secession

W0293639

secession

Frank Steinhofer
Das Terrain
Roman

secession

FRANK STEINHOFER

DAS TERRAIN

ROMAN

Erste Auflage
© 2021 by Secession Verlag Berlin
Alle Rechte vorbehalten

Lektorat: Christian Ruzicska
Korrektorat: Peter Natter
www.secession-berlin.com

Gestaltung und Satz:
Erik Spiekermann und Marco Stölk, Berlin
Herstellung: Daniel Klotz, Berlin
Druck und buchbinderische Verarbeitung:
Friedrich Pustet KG, Regensburg
Papier Innenteil: 100g Fly 05
Papier Überzug: Charmant-Gewebe
Papier Vor- und Nachsatz: 115g Fly 05
Gesetzt aus FF OXIDE STENCIL und FF Franziska

Illustration Umschlag: Daren Thomas Magee

Printed in Germany
ISBN 978-3-96639-033-0

Für die fünfte Himmelsrichtung.

DIE NATUR stach ihm ins Auge. Erst ein Baum, dann Bäume, dann zog ihn der Dschungel in seinen Bann. Viktor blickte tief hinein in die bedrohlich wirkende Dunkelheit. Er hörte Schreie, Scharren und Rascheln im Unterholz. Eine Kugel zischte an seinem Kopf vorbei und drang krachend in den Stamm eines Baumriesen. Viktor schrak auf und rannte los. Lianen schlugen ihm ins Gesicht, ein zweiter Schuss fiel, streifte ihn. Er stürzte, seine Hand grub sich in den feuchten Grund des Waldes. »Steh auf!«, feuerte er sich an und erhob sich wieder. Seine Beine – er spürte sie kaum mehr, aber sie trugen ihn. Sie trugen ihn schneller, als er denken konnte in den immer dichter werdenden Dschungel hinein.

Er sprang über aststarke Wurzeln, sah herumgeisternde Schatten, Vögel und direkt vor ihm eine Kreatur, die zischend zurückwich. Er blieb stehen, schaute sich um. Ein rotes Glühen durchbrach den Wall aus Blättern. Die Magmatürme, dachte er, der Countdown für die Sprengung wird gleich beginnen. Er spurtete los, vom Mut getrieben, den der Anblick der angestrahlten Türme in ihm hervorrief. Er sah die Liane nicht, auf die er zulief, knallte mit dem Kopf gegen sie, taumelte und fiel zu Boden.

Stille, das Keuchen der Erde.

Sein Blick bewegte sich entlang der aufragenden Stämme, wanderte von Ast zu Ast, verlor sich in den Kronen der Bäume, erfasste das schimmernde Firmament über ihm. Er schloss die Augen. Ein Nachglühen der Gestirne warf rote und gelbe Punkte auf seine Netzhaut. Als er die Augen wieder aufschlug, sah er blitzendes Metall über sich. Ein Schatten baute sich vor ihm auf. »Das Ende, *amigo!*« Die Stimme drang zu ihm, erst leise, dann lauter werdend; sie war ihm vertraut. Ein letzter Schuss.

BETON

FERNANDA RAÍZ stieß einen Seufzer in die Welt hinaus: Regen prasselte auf die Erde, flutete die Straßen, schlug auf ihrer Veranda auf und schwemmte den Schmutz des Tages fort. Der Smog, der gerade noch Himmelskuppel und Atemwege belegt hatte, löste sich auf, und plötzlich bot sich ihrem Blick hier und da das Blau eines ansonsten von Wolken dicht verhangenen Himmels. Vor ihr blitzten die hohen Türme von Banken und Geschäftshäusern auf, ihr langer Schatten verdunkelte die kleineren Mietshäuser mit ihren Restaurants und Cafés auf der gegenüberliegenden Straßenseite. Autos stockten am Straßenrand, eine Frau stellte sich unter das Blechdach ihres Verkaufstandes, fing Regenwasser auf und reinigte damit ihre Herdplatte. Die Luft roch frisch, und seltsam: Fernanda vermochte die Züge von Mexico City nicht mehr zu deuten, das im Wolkenbruch unterging. Diese riesige Stadt – atmete sie auf. Jede Nacht schliefen Abermillionen erschöpft ein, um sich tags darauf wieder zu erheben. Das Licht dieses schwülen Tages, das eben noch Palmen und Gesichter hatte erglühen lassen, wich einer unter heftigen Böen aufziehenden Dunkelheit. Fernanda ging über die Außenwendeltreppe zurück in ihr »Observatorium«, wie sie ihr Arbeitszimmer pathetisch nannte. Von hier aus konnte sie das Viertel ringsum, aber auch die Entwicklung der bedrohten Pflanzenarten, die sie hier versammelt hielt, in Ruhe beobachten. Eine Deckenlampe strahlte auf, kaum, dass sie den Raum betreten hatte, und bildete um das Kabinett ihrer Pflanzen einen goldenen Lichtkreis. Sie näherte sich zögerlich einer Pflanze, die ihr ein befreundeter Kunstsammler geschenkt hatte. Sie öffnete leicht ihre Hand. Ihr Zeigefinger schwebte für einen Moment in der Luft, senkte sich dann herab und berührte mit aller Vorsicht den zarten, behaarten Stiel der Pflanze.

Einer Pflanze, die weinte.

Ihre Fingerspitze glitt über den Stängel, über die hauchzarten Blätter und erntete mit einer sanften Bewegung die zähflüssigen Tränen, die auf ihrem Handrücken zu Perlen verschmolzen. Wie faszinierend, dachte sie. Sie fühlte sich vom Anblick des Grüns in ihrem Observatorium erfüllt, hegte aber noch Argwohn gegenüber diesem fleischfressenden Geschenk des Kunstsammlers: *Byblis Lamenta*, benannt nach einer griechischen Göttin und dem Rinnsal ihrer Tränen. Das Weinen selbst hatte die Pflanze zur Tarnung erhoben, um mit dem Schleim ihrer Drüsen ihre Opfer in den Tod zu locken. Ein feiner Mechanismus, wie Fernanda fand; feiner als etwa derjenige der Venusfliegenfalle, die eher mit weiblicher Verführung verglichen wird als mit männlicher Begierde. Viel zu oft fühlte sie sich von dieser brüsken Männlichkeit bestürmt. Kaum ein Reiz, kaum eine erste Berührung, und schon entzündete sich bei ihren Verehrern die Gier nach Befriedigung und schlug meist in Verachtung um, sofern sie diese nicht rasch genug erfüllte, und mit ihr in jenen hasserfüllten Blick, der ihr zu verstehen gab, dass sie als Frau Anfang fünfzig froh sein sollte, wenn ihr Körper überhaupt, geschweige denn liebevoll, noch angefasst würde. Was für eine Zeitverschwendung, dachte sie und musterte ihr Gesicht im Spiegel der Fenster: Buschige Brauen, ausgeprägte Wangenknochen, eine lange, schlanke Nase, darunter ihr sanfter Mund, der wählerisch mit Worten war, doch weit und großzügig im Lachen; eine feine Nackenlinie, und dichtes, schwarzes Haar mit bläulichem Schimmer, das sie heute zu einem Zopf gebändigt hatte, der ihre großen walnussbraunen Augen betonte, die, wie sie fand, in ihrer Sprache schöne Dinge sahen. Nein, Bewunderung war für sie nie eine Frage schneller Entfaltung gewesen, Erregung keineswegs die Erzählung eines Blitzes. Das hatte ihr Leben anspruchsvoller werden lassen – und wesentlich einsamer. Sie blickte zur Seite. Draußen wurde es dunkler, das Observatorium wirkte nun wärmer auf sie. Sie lockerte den Gürtel ihres Hausmantels und sah hinüber zu Zitlali in der Mitte des Raumes. Landkarten lagen auf dem Boden verstreut. Das Mädchen studierte, vom Bann des Unentdeckten angezogen, ihrem kindlichen Bewusstsein ferne Winkel der Welt. Fernanda war vom Schicksal dieses Kindes berührt. Bei einem Unfall hatte es seine Eltern verloren. Seither hatte Zitlali bei ihr ein Zuhause gefunden. Der Unfall – sie stockte und trat näher an das Mädchen heran, legte ihr behutsam die Hand auf den Rücken, als legte sie ein Pflaster auf eine Wunde. Wie durch ein Geräusch aus dem Schlaf geschreckt, zuckte Zitlali zusammen und schaute empor.

»Was ist das?«

Fernanda beugte sich zu ihr. »Amerika. Ein Teil davon gehörte früher zu Mexiko.«

Das Mädchen nickte und fragte weiter: »Und das?«

»Japan. Dort haben viele Menschen so schöne Augen wie du.«

»Und das?« Zitlali umkreiste mit dem Zeigefinger eine Insel.

»Das habe ich eingezeichnet. Es ist Bermeja.«

»Bermeja?« Das Mädchen stutzte und spielte Harfe auf einer ihrer schwarzen Strähnen.

»Das ist eine Insel der Fantasie. Dort wohnen die Träume. Du träumst doch oft, nicht wahr?«

Das Mädchen nickte bedächtig, Fernanda fuhr fort: »Auf eine Weltkarte ohne das Land der Fantasie sollten wir niemals blicken. Es würde sich nicht lohnen.« Sie streichelte dem Mädchen über den Kopf. »Es muss ja einen Ort geben, zu dem hin unsere Gedanken reisen können. Wo es zwei Sonnen gibt, vielleicht auch drei. Wo du wunderschön Gitarre spielen kannst, am Saum eines Meeres mit glasklarem Wasser! Bist du schon einmal auf dem Rücken riesiger Schildkröten durch Flüsse gepaddelt?«

»Nein, aber kann ich nach der Schule dorthin?«

Fernanda lachte: »Ja, bestimmt.«

»Aber ich bin noch klein«, wisperte Zitlali hinter vorgehaltener Hand. »Kommen dort nicht nur Erwachsene hin? Große Frauen und Männer?«

»Große Männer haben selten Fantasie.«

Plötzlich war ein Räuspern zu vernehmen. Eine hochgewachsene Gestalt erschien im Zwielicht des Türrahmens und schmunzelte. »Das habe ich gehört.«

»Damion, so spät?« Noch hatte Fernanda sich nicht ganz gesammelt, da trat bereits der Kopf ihres Besuchers in den Lichtkegel der Lampe, was seine hohe Stirn und sein braunschimmerndes, schulterlanges Haar aufleuchten ließ. Gleichmütig wie ein Messer ging er auf sie zu. Sein nachtblauer Anzug verbarg nicht die Masse an aufgesparter Kraft.

»Alles ist vorbereitet«, sagte er und wuschelte Zitlali durchs Haar. Seine Stimme klang ruhig. »Bist du bereit?«

»Ich? Ja!«

»Eine persönliche Frage noch …«

Sie straffte den Gürtel des Hausmantels, dessen Stoff an der kleinen Wölbung ihres Bauches aufbauschte, und nickte ihm aufmunternd zu.

»Warum willst du das Museum wirklich bauen?«, fragte er ernst. »Erkläre es mir.«

»Was soll ich sagen?«, begann sie zögerlich. »Schau dich an.« Sie blickte ihm offen in die Augen. »Ein stattlicher Mann, du hast meiner Familie während der Wirtschaftskrise geholfen. Aber du bist von Geburt an privilegiert, vieles kam dir zugeflogen. Wohin du auch gehst, empfängt dich in den Augen der Menschen ein zumindest neutrales Willkommen, nicht wahr? Nur, du kennst diese abwertenden Blicke nicht.« Sie ging durch ihr Observatorium, die Ärmel ihres Hausmantels, eine Mischung aus Kimono und Kittel, wirbelten auf. »Ich bin lange mit dem Stigma herumgelaufen, anders zu sein als die Norm, als Sonderling … als Frau.« Sie griff nach dem Blatt einer Pflanze und befühlte dessen Innenseite. »Mein Handeln war eingeschränkt. Weißt du, wie viel Kraft es kostet, das zu fordern, was normal erscheint? Nicht nur Teilhabe oder Gleichheit, sondern vor allem …«, sie fahndete nach den richtigen Worten, »… die Fantasie von Glück? Ich habe ein Leben lang im Widerstand gelebt, Macht und Demütigung ertragen. Ich möchte mir und uns endlich die Räume der Fantasie zurückerobern. In ihr liegt doch für alle so etwas wie Glück, meinst du nicht?«

Damion kniff die Augen zusammen und blickte auf das Mädchen. »Utopien haben ihren Preis.«

»Wie hoch kann der wohl sein?«, fragte sie forsch. »Bei all den Krisen, all der Zerstörung. Die Welt ist allein mit ihren alten Ideen.«

»Visionen sind wirkungslos«, urteilte er mit einer abschmetternden Handbewegung. »Sie schüren nur neues Verlangen. Sei praktisch, nimm dein Geld, gib es für Sinnvolles aus.«

»Bereitest du mich gerade auf meine Kritiker vor?« Sie war erzürnt, ihre Wangen gerötet.

Damion verzog keine Miene und fügte trocken hinzu: »In Mexiko ist das Recht, ein normaler Mensch zu sein, bereits eine Illusion. Es fehlt, es mangelt, überall, an allem. Wie zynisch, nicht zuerst an den Hunger zu denken!« Seine wasserblauen Augen leuchteten auf. »Wer braucht eine Idee, wenn er nichts zu essen hat?«

»Eine andere, eine bessere Idee!«, drängte sie. »Welcher Mangel entsteht durch den Mangel an Fantasie? Was passiert, wenn Menschen, denen Ungerechtigkeit widerfährt, nie die Vorstellung eines anderen Lebens entwickeln können?«

»Hilf ihnen direkt!«, forderte er.

»Und wie?« Sie schweifte mit ihrem Blick durch das Grün. Ihre Pflanzen hatten sie gelehrt, was Fürsorge bedeutet. Sie betrachtete eine schwere, violette Blüte; atmete dann tief durch. »Diese Wesen hier haben alle ein Bewusstsein. Sie registrieren, was um sie herum passiert.«

Er strich sich unruhig durchs Haar. »Was willst du mir sagen?«

»Empathie entsteht durch Anerkennung von Bewusstsein.«

»Ja, schon gut, wir müssten neben den Tieren auch die Pflanzen ernster nehmen.«

Sie ging auf seinen ironischen Unterton keineswegs ein: »Genauer gesagt, sollten wir alles Leben ernster nehmen und uns an ein Potenzial erinnern, das allem Sein innewohnt.« Sie sah zu Zitlali hinüber, die nun im Schneidersitz auf dem Boden saß und nicht mehr länger die Karten studierte. »Die Fähigkeit zu staunen.« Sie biss sich auf die Unterlippe, ihre Stimme wurde leiser, erlosch fast. »Leben wir einfach nicht mehr gegen diesen Planeten, sondern mit ihm.«

Erneut betrachtete sie ihr Spiegelbild im Fenster. Das ewige Aufbegehren hatte sie ausgezehrt, sie war müde, ihre Nerven ausgefasert, ihr linkes Augenlid fing an zu zucken. »Wir rotten aus. Und die westliche Hemisphäre nennt es Weltgeschichte. Diese absurde Idee von Fortschritt, die immer schon auf der Ausbeutung des anderen beruhte.« Sie schüttelte heftig den Kopf. »Wann geben wir sie endlich auf? Die Überlegenheit.« Eine kurze Pause verstrich. »Und entwickeln eine Idee, die sich nicht gegen die Natur und andere Menschen richtet, sondern sie einbezieht. Dafür braucht es einen Ort, einen neuen Ereignishorizont, der sich vor den Augen aller auftut.«

Er lachte spöttisch auf. »Wie soll das klappen? Im Dschungel? Mit einem Museum?« Ein Stakkato an Fragen. Wort um Wort spitzte er provokant zu.

»Nenn es, wie du willst.« Sie zuckte mit den Achseln. »Ich glaube daran.«

Er musterte sie lange und sagte dann völlig emotionslos: »Okay, ich stelle das Team zusammen.« Aus der Innenseite seines Sakkos zog er einen Brief hervor, den er in ihre leicht zitternde Handfläche legte. »Das ist für dich. Ich werde alles in die Wege leiten.«

Sie faltete den Brief auf, fühlte das weiche Papier und begann zu lesen, erst abwartend, dann fassungslos, bis sie endlich den Brief fallen ließ und anschließend selbst zu Boden ging. In den Räumen ihres Observatoriums hatte eine Pflanze geweint. Und jetzt sie.

»Warum weinst du?«, fragte Zitlali leise.

DAMION FARABOW stand auf einer Schotterstraße. Eine Zeitung klemmte unter seinem Arm. Er blickte auf die Kirchturmuhr eines Dorfes im Norden Mexikos, das unter der brütenden Mittagssonne zu schmachten schien. Sein alter Ford wurde auf eine Hebebühne gehievt. Rund um die Werkstatt lagen ganze Wracks und einzelne Autoteile verstreut. Ein Garten voller Schrott, dachte er und schnäuzte sich die Nase. Das herumliegende Metall warf das Sonnenlicht zurück, er kniff schützend die Augen zusammen. Seit jeher hatte Schrott ein Gefühl von Heimat in ihm ausgelöst. Als Kind hatte er nicht in der Natur, sondern zwischen Bahngleisen und einem Arm des Chicago River gespielt, der zu der dreckigen Brühe eines Industriekanals verkommen war. Seine Kindheit hatte mehr Gestank gekannt als Duft.

Er blickte auf die Uhr an seinem Handgelenk: kurz vor zwölf. Es ist noch früh, rief er sich in Erinnerung. Beinahe hätte ihm die Autopanne das Ziel seiner Reise vermasselt. Erst zeichnete er mit seinen Stiefeln Kreise ins Geröll, dann stapfte er die Auffahrt entlang zu einem Imbiss an der Straße. Er ging ins Dorf, drehte eine Runde, die ihn langweilte, schlenderte dann zurück zum Imbiss, bestellte etwas zu essen, setzte sich auf einen der herumstehenden Plastikeimer. Der Verkäufer knetete Maisteig und reichte ihm wenig später einen Pappteller. Ein in die Jahre gekommenes Väterchen mit tief in die Stirn gezogenem Sombrero wiegte sich in seinem Rohrstuhl im Schatten eines löchrigen Sonnenschirms. Damion faltete seinen Taco und träufelte Chilisoße in die Mulde. Er breitete die Zeitung über seinen Knien aus: Er sah das Bild einer Leiche und las die Schlagzeile: *Frau auf offener Straße erschossen.*

»Was ist mit den Vermissten?«, fragte er kalt. Der Straßenverkäufer zuckte mit den Achseln. Damion wischte sich den Mund mit einer Serviette ab. »Es heißt, einer von ihnen wurde am Straßenrand gefunden!«, hakte er nach. »Eingewickelt in eine blutige Decke!« Auf der Herdplatte qualmte Fett vor sich hin. Ein Köter beschnüffelte die Abfalltonne, der Verkäufer verjagte ihn mit einem grellen Pfiff. »Du stellst viele Fragen«, knurrte er dann. Das Väterchen im Rohrstuhl kommentierte das Geschehen mit einem Lächeln. Er hatte viele Zähne verloren. Die Lücken fuhr er mit der Zunge ab; es schien, als wolle er sich vergewissern, dass sie nicht mehr da waren: Diese Zähne, die genauso sicher verschwanden wie die Menschen hier. Damion sah, wie der Mechaniker seinen Ford von der Hebebühne fuhr. Er aß den letzten Bissen auf, warf den Teller in die Tonne und knüllte Geldscheine hervor.

»Funktioniert wieder, *Señor*«, erklärte der Mechaniker und wischte sich die Hände an einem ölverschmierten Tuch ab. Die ersten Kilometer auf der Straße vergingen wie im Flug. Die Panamericana rollte unter ihm hinweg und verlor sich in der Ferne. Bullige Trucks zogen an ihm vorbei. Gelegentlich sah er eine Karawane von Menschen, die ihr Heil an der Grenze suchten. Ich habe alle Grenzen in mir verloren, dachte Damion. In der Kindheit hatte er noch ein Gefühl für sie, so etwas wie eine innere Karte. In Chicago wusste er, in welche Ecken er gehen konnte und welche Gegenden er meiden sollte. Als Kind hatte er alle, die er um ihr Wissen beneidete, mit Fragen gelöchert. So hatte er große Teile der Stadt und ihre Geschichten aufgesogen. Chicago, das war Getreide, Kaugummi für Amerikas Kinnbacken, Schlachten am Fließband in den Fleischfabriken, gigantische Wolkenkratzer als Zeichen immerwährenden Wandels. Als Junge hatte er den Jazz in den Bars geliebt, das jüdische Leben in der Southside, vor allem aber hatte er eine gewisse Art Gangstertum verehrt, das keine Haltung oder Verantwortung brauchte, solange es mit Dreistigkeit durchkam. Er hatte sich bald mit den Klugscheißern auf der Straße arrangiert, straffe Autodidakten wie sein Großvater, der zunächst professioneller Saxophonspieler und dann Rechtsanwalt geworden war; er kannte die Geometrie von Downtown und die unvernünftige Leere des Nordens, wo reiche Typen ihre Häuser in weiten Abständen zueinander bauten, um sich nicht in die Quere zu kommen; die alten Industriebaracken, in denen sein Vater sich abgeschuftet hatte, bis er schließlich Geschäftsmann geworden war und Dosenmilch verkaufte, später Autoteile. Beides war ihm misslungen. In Damions Augen blieb sein »Erzeuger« ein schwächlicher Versager. Der Wandel – er hatte ihn einfach geschluckt, für seinen Dad war er zu umfassend und zu rasch gekommen. Als Junge war ihm bewusst geworden, dass man besser daran tat, sich Veränderungen nicht in den Weg zu stellen.

Eines Tages hatte er an der Winthrop Avenue gestanden und zu einem Gebäude hochgeschaut, auf dessen Dachkante eine junge Frau gesessen hatte, um ihrem Leben ein Ende zu setzen. Sie sah traurig aus. Es war schwer zu ertragen, sie im wehenden Kleid auf dem Vorsprung des Dachs zu sehen, in dieser windigen Stadt. Er hatte zu ihr hinaufgerufen: »Spring endlich! Spring!« Auf eine gewisse Art hatte es ihn erleichtert, als sie dann tatsächlich sprang. Es ist vernünftig, hatte er damals gedacht und seinen Eltern von dem Vorfall beim Abendbrot erzählt. Die Mutter hatte seine Hand ergriffen, war jedoch unfähig gewesen, ihrer Empfindung Worte zu verleihen. Sie hatte damals schon harte Gesichtszüge angenommen, musste aber wenigstens ein paar Jahre ihres Lebens schön gewesen sein. Er hatte dann von seinem Glas Milch getrunken und seinen Dad gefragt: »Warum springst du nicht auch?« An diesem Abend war zuerst er, dann seine Mutter verprügelt worden. Es wäre vieles einfacher gewesen, wäre sein Vater früher gesprungen, dachte er heute.

Jetzt erklang alte Jazz-Musik aus dem Autoradio. Er drehte den Song lauter, pfiff die Melodie mit. Die Luft im Wagen wurde stickiger. Er kurbelte die Scheibe herunter, fuhr an einem Pick-up vorbei, der am Straßenrand parkte, wenig später jedoch losfuhr und ihn bald schon überholte. Erst als der Wagen ihn schnitt, seine Geschwindigkeit drosselte und ihn zum Anhalten zwang, registrierte er die vermummten Männer mit gezogenen Handfeuerwaffen, die sich auf der Ladefläche erhoben und nun in einer flüssigen Bewegung und mit gerichtetem Lauf auf seinen Ford zumarschierten.

»Schaut mal Leute, wir haben einen Hippie gefunden«, schrie einer der Männer und machte sich über Damions langes Haar lustig. »Los, steig, aus, *Jesús*!«

Aus dem Radio tönte das Solo eines Saxophons zu Ende. Er stieg aus dem Wagen. Alles ging schnell: Die Männer überwältigten ihn, durchsuchten seine Taschen, den Kofferraum, warfen ihn schließlich auf die Ladefläche, fesselten ihn und verbanden ihm die Augen. Ein gutes Zeichen?, überlegte er. Er sollte sich bloß den Weg nicht merken, das war wahrscheinlich alles. Mehrmals stieß er sich den Kopf an der Ladefläche. Irgendwann endete die Fahrt. Die Männer brachten ihn in einen düsteren Raum. Die Sonne fiel durch ein Loch in der Wand. Sie zogen ihn nackt aus und fesselten ihn an einen Stuhl in der Mitte des Raumes. In der Ecke lag eine Matratze. Der Geruch von Urin und Sex ließ das Licht klebrig wirken. Er sah Schatten, die stumm ihre Zigaretten hielten; einige Männer, die ihre Maschinengewehre säuberten, und andere, die sich eine TV-Liveübertragung eines Fußballspiels ansahen. Ein Schädel näherte sich ihm von hinten. Er spürte das Gesicht plötzlich über sich, als es seinen Kopf fast berührte: »Wie geht es dir, *Jesús*?«, flüsterte es hämisch über ihm. Damion blickte das Gesicht nicht an, zwang sich zur Ruhe und sprach sich Mut zu: Alles würde ein gutes Ende nehmen, solange er diesem Gesicht nicht in die Augen schaute.

»Wir haben in deinem Wagen nichts Wertvolles gefunden. Du hast nicht mal Geld dabei. Was bist du nur für eine arme Sau!« Der Typ beugte sich vor, und da erkannte Damion ihn. Die Zigaretten glühten auf, die Männer stießen konzentriert Rauchschwaden aus. »Aber vielleicht hat deine Familie ein bisschen Kohle? – Was meint ihr?« Die Gruppe johlte.

Damion hörte Schritte, sah schwerfällige Silhouetten, die näherkamen und einen Halbkreis um ihn bildeten. Langes Schweigen. Der Anführer trat dichter an ihn heran. »Weißt du, warum sie mich El Cuchillo nennen? Das Messerchen?«

Damion schluckte, mit fast unmenschlicher Anstrengung versuchte er, den Blick Richtung Boden zu halten. Schau ihn nicht an, befahl er sich, und wiegte seinen Oberkörper hin und her; er verkrampfte bei dem Versuch, die Fesseln zu lösen, die in sein Fleisch schnitten. El Cuchillo schlich um ihn herum und flüsterte ihm ins

Ohr. »Ich schneide Leuten die Ohren und Nasen ab.« Noch bevor die Worte in ihn einsickern konnten, spürte er, wie ein winziges Stück Fleisch aus seinem Ohr herausgebissen wurde. Die Männer grölten, als El Cuchillo einen Blutklumpen zu Boden spuckte. Damion widerstand dem Impuls aufzuschreien. Er wünschte sich, ohnmächtig zu werden. Doch die Ohnmacht blieb aus. Der Fernseher zeigte einen Flankenlauf. Ein Spieler köpfelte den Ball ins Netz. Ein paar Typen im Hintergrund jubelten.

»Jesús. Ruf doch deine Maria an«, scherzte El Cuchillo und zückte ein Handy aus der Tasche. »Sie hat bestimmt was für dich zur Seite gelegt.« Er zündete sich eine Zigarette an, blies Rauchkaskaden in die Luft. Ein Glanz von Grausamkeit schwelte in seinen Augen. Das Handy glitt in die Tasche zurück. Er nahm die Zigarette und rieb sie zwischen den Fingern, ging auf Damion zu und drückte das glühende Ende der Zigarette auf seinem Gesicht aus, nahe dem rechten Auge. Es roch sofort nach versengtem Fleisch. Damion verschwamm das Augenlicht. Er wusste nicht, ob ihm Blut oder Tränen die Wangen herunterliefen. El Cuchillo klopfte sich vor Erregung auf die Brust. »Das Ende, *amigo*!«, hörte er ihn sagen. Dann, in einem äußerst irritierenden Moment, kicherte Damion auf. Zuerst leise, dann lauter. »Willst du aus mir auch einen Cowboy machen?«, röchelte er und spuckte auf den Boden. »Wie der Lieutenant damals? Oder mich auf die Straße schmeißen? Wie den Kerl vor ein paar Wochen? Der hat doch auch auf diesem Stuhl gesessen, nicht wahr?« Er schaute seinen Peiniger angriffslustig an. »Was ist, Ángel, keine Lust mehr?«

Der Mann fuhr beim Ausruf seines Namens zusammen. »Wer zum Teufel bist du?«, fragte er.

Damion dehnte die Pause aus. Dann sagte er: »Ein Freund, Ángel.«

»Was willst du?«

»Dir ein Angebot unterbreiten.«

Ein Söldner trat aus dem Schatten hervor und fluchte. »Der Typ nervt. Machen wir ihn kalt.«

Ángel schleuderte ihn zurück. Seine Augen glichen tiefen Gräben, aus deren Dunkel Blitze aufschossen. »Nein«, keifte er. »Ich will wissen, was er zu sagen hat.«

36

EIN LUFTZUG wehte Fernanda eine Strähne aus der Stirn. Sie blickte zum felsigen Eingang einer unterirdischen Höhle, dann in das missmutige Gesicht ihres Gegenübers, forschte nach einer kurzen Notiz, einem Nicken, nach etwas, das sie darin bestärkt hätte, weitergehen zu können. Sie war aufgeregt. Allein bis hierher hatte sich der Weg als recht beschwerlich erwiesen. Vor drei Tagen hatte ihr Begleiter, Adrian Chan Sánchez, ein die Kultur der Maya ehrender Wissenschaftler der Universität Oriente in Valladolid, eine Korallenschlange vor der Kalksteinhöhle gesichtet. »Jeder Eingang hat einen eigenen Wächter«, hallte sein Orakelspruch in ihr nach. Drei Nächte hatten sie im Dschungel kampiert und Zeremonien zur Besänftigung der Geister abgehalten. Den Mayas galten die Unterwasserhöhlen als heilig, sie verehrten die Cenotes als Tore zur Unterwelt, das wusste Fernanda. Dennoch war sie erstaunt darüber, wie viel Ehrfurcht der Wissenschaftler dem auserkorenen Wächter entgegengebracht hatte.

»Die Passage ist offen«, erklärte Adrian, und nickte ihr zu. Ein kleiner Lustschauer rieselte ihr über den Rücken, wohl Ausdruck des menschlichen Instinkts, wie sie glaubte, wenn es eine Schwelle zu überqueren gilt, ohne dass man die Folgen überblicken kann. Sie schulterten ihre Rucksäcke mit den Tauchgeräten und gingen durch den steinernen Korridor auf die kreisrunde Cenote zu. Die Sonne drang dünn durch den Spalt im Felsen ein, ihre Kraft verlor sich, die Farben verdämmerten. Die Enge der Felsenschlucht presste die beiden vorwärts, bis sie eine Senke erreichten. Vor ihnen tat sich ein mit türkisfarbenem Wasser gefülltes Erdloch auf. Es ähnelte einem überdimensionalen marmornen Taufbecken, war von Pflanzen und Wurzeln umwuchert. Wortlos zogen sie ihre Ausrüstung über, glitten ins Wasser; eine letzte Kontrolle, dann sanken beide in die Tiefe. Stufe um Stufe drang Stille in Fernanda ein. Nur wenige Meter vergingen, schon hielt die Cenote sie gefangen. Fernanda hatte das Gefühl, hinter die Zeit zu gelangen. Sie folgte dem verlockenden Ruf der Höhle, tauchte an Steinen, Schatten und versunkenen Bäumen vorbei; folgte den engen, sich stets weiterverzweigenden Röhren im Gestein und tastete sich voller Lust immer tiefer hinein in den Bauch der Höhle, vorbei an weiteren Öffnungen, die sich plötzlich über ihr auftaten und das grandiose Spiel des Lichtes aufblitzen ließen. Nie hatte sie sich der menschlichen Sphäre ferner gefühlt. Schwerelos, schwebend, endlich undefiniert: ein kleines Nichts im Weltenraum.

Plötzlich flimmerte ihre Lampe und erlosch. Etwas Glitschiges streifte ihr Gesicht, ihr Atem beschleunigte sich, ging flacher. Sie geriet in Panik, glaubte, dass es ihr an Luft fehle, sie schlug um sich, biss auf den Bügel in ihrem Mund. Ihre Bewegungen wurden hastiger, sie ermahnte sich, kontrollierter zu atmen – tiefer – und die Luft aus der Lunge zu pressen, sie tauchte in vollkommener Dunkelheit weiter vorwärts und konzentrierte sich auf einen einzigen Gedanken: keine Panik! Langsam, Atemzug für Atemzug, schwamm sie in dem unterirdischen Gang Meter um Meter in der Hoffnung weiter, dass sich wieder eine der typischen Öffnungen im Erdboden zeigen würde, wo sie auftauchen könnte. Der fahle Lichtschein, den Adrians Lampe in ihre Richtung warf, beruhigte sie. Minuten später zeigte sich tatsächlich das fantastische Schauspiel eindringenden Sonnenlichts über ihr im Wasser. Die aufblühende Farbenpracht zwischen tiefblauen und helltürkisen Tönen, das Glitzern im Gestein verhießen mehr als nur Rettung: Die eben noch verspürte Angst wich einem Staunen über das unfassbar Schöne vor ihr. Sie tauchte auf, hievte ihren Körper aus dem Wasser, streifte sich die Taucherbrille ab und spuckte den Atemregler aus. Sie keuchte: die Höhle, das Wasser, das Licht, der intensive erste Atemzug an freier Luft. Sie lächelte. Mit ihrer Geburt hatte sie für eine Enttäuschung gesorgt, die bittere Enttäuschung bei ihrem Vater, nur ein Mädchen zu sein, kein Junge. Ein halbes Leben lang hatte sie versucht, ihren Wert unter Beweis zu stellen. Jetzt streifte sie sich mit der Hand über die Wange und lachte befreit auf.

Vor ihr schlugen Bläschen hoch, gefolgt von Adrians Kopf. Mit einem Ruck saß er neben ihr und nahm seinerseits die Taucherbrille ab. »Alles in Ordnung?«

Sie zuckte mit den Achseln, als wäre nichts passiert.

»Glauben Sie jetzt, dass es hier spukt?«

»Ich glaube, Sie hätten die Schlange etwas höflicher bitten sollen.«

Adrian nickte belustigt und erklärte ihr dann, sich noch einmal in eine Meditation begeben zu wollen, um die Geister in der Höhle zu besänftigen.

Minutenlang saßen sie nebeneinander da, Minuten, in denen Fernanda einfach nur schwieg. Schließlich wandte er ihr seinen Kopf zu: »Bereit?«

»Ja. Aber haben Sie gefunden, wonach wir suchen?«, fragte sie vorsichtig.

»Seit Urzeiten gebiert das Wasser Leben«, murmelte er und löste zwei Behälter vom Tauchgurt, hielt die Proben gegen das Licht der einfallenden Sonne. Die Flüssigkeit wies eine geleeartige Konsistenz auf. »Plastikpartikel sind durch das Gestein eingedrungen«, stellte er trocken fest und deutete mit ernster Miene auf die Felswände. »Der Stein auf der gesamten Halbinsel ist porös. Der Regen sickert durch den Boden und sammelt sich in den Unterwasserhöhlen. Sie sind über Hunderte von Kilometern miteinander verbunden.« Seine Stimme hatte den dozierenden Klang eines Akademikers angenommen. »Über uns befinden sich Müllkippen, die meisten davon sind illegal. Der Abfall hat sich den Weg in die Tiefe gebahnt – und wird das Grundwasser einer gesamten Region verseuchen.«

»Wie schlimm ist es?«, fragte sie.

»Ich kann es nicht sagen, ich muss die Proben untersuchen lassen.« Adrian verstaute die Behälter wieder an seinem Gurt und überprüfte die Gerätschaften. »Ohne das Licht Ihrer Lampe halten Sie sich dicht an meinen Füßen, haben Sie keine Angst.«

Bevor die beiden ihre Taucherbrille über den Kopf stülpten, verweilte ihr Blick noch auf dem Wasser. Die Landschaft wandelte sich vor ihrem inneren Auge. Sie sah verrottenden Müll am heiligen Ort, menschengemachtes Treibgut: Flaschen, zerfasernde Binden und klebriges Plastik. Die Schönheit, die sie verspürt hatte, war dem Eindruck eines nassen Grabes gewichen. Sie brauchten eine gute Stunde, um an den Eingang der Höhle zurückzuschwimmen.

Später dann, auf der Küstenstraße nach Tulum, ihrem Zielort, sprachen sie kein Wort miteinander. Nur einmal geriet Adrian aus der Fassung und schlug mit der Hand aufs Lenkrad. Sie wusste, dass sein ohnmächtiger Ärger der fortschreitenden Zerstörung der Schutzgebiete geschuldet war. Sie blickte aus dem Fenster. Als sie Tulum das erste Mal besucht hatte, hatte es friedlich im Dornröschenschlaf eines Fischerdörfchens gelegen. Unberührte Strände, kristallklares Wasser, ein Idyll der mexikanischen Karibik. Nur ein paar Hütten in Meeresnähe, sonst nichts. Einmal hatte sie in den Ruinen der Maya-Stätte übernachtet, unter freiem Sternenhimmel. Sie bat Adrian, sie dort aussteigen zu lassen, sie wollte die wenigen Kilometer zum Treffpunkt zu Fuß gehen. Sie winkte dem weiterfahrenden Kollegen kurz nach und drehte sich dem Meer zu.

Was ist mit den Orten meiner Erinnerungen geschehen?, dachte sie und schlenderte los. Am Strand stieß sie auf Schamanen, die Touristen mit Kakao reinigten. Sie traf auf Männer in Tangas und auf traurig streunende Hunde. Ein Hotel reihte sich an das nächste. Weiter hinten an einer Felsgruppe sah sie Frauen in Federn gekleidet, die sich in Trance tanzten, umringt von ratternden Dieselmotoren, die dem hiesigen Treiben den notwendigen Strom lieferten. Sie roch Benzin und den Gestank roher Eier, der einem Wall in der Sonne verfaulender brauner Algen entwich. Ein Arbeiter kehrte den Strand, versuchte ihn piekfein und postkartenweiß zu halten; eine absurde Sisyphusarbeit, bei der er die Algen aufhäufte, mit einer Schubkarre wegbrachte, während die Wellen wieder und wieder den dunklen Schlamm an Land spülten. Das Wasser, ehemals türkisfarben, wirkte wie dünner Kaffee.

Sie kletterte über Felsen hinweg und durchquerte schließlich eine Bucht. Sie traf auf ein Kind, das ihr mit seinen zarten Händen einen Regenbogen schenkte, eine Geste der Liebe, die ihr wohl und zugleich weh tat, dann bedrängte sie ein Ausländer, der ihr

Drogen verkaufen wollte. Als sie dankend ablehnte, pries er seine Massagekünste an. Fernanda löste ihre Erinnerungen an diesen einst unberührten Ort in den Fluten auf.

Habe ich nicht Gleiches vor? Der Gedanke ließ sie in den Wellen erschaudern. Ihr Außenposten im Dschungel würde auch in die Natur eingreifen, mit unvorhersehbaren Folgen. Sie dachte zurück an den Brief jenes Mannes, den sie so sehr geschätzt hatte. Seine Fähigkeit zuzuhören, hatte schon gereicht, ihr Vertrauen zu einer Zeit zu gewinnen, in der ihr irgendwelche Typen noch die Handlung eines Films erklären wollten. »Schau, *mi amor*«, hatte sie einmal einen Verflossenen im Kino flüstern hören. »Gleich küssen sie sich. Schau, wie sie ihn ansieht. Alles nur Fassade! Die lieben sich gar nicht. Hast du bemerkt, wie sie den Musiker anschaut?«

Sie senkte den Kopf, ließ sich ins Rauschen des Meeres fallen. Ihre Erziehung war klassisch verlaufen, ihre Entfremdung auch. Sie war in einer Klosterschule ausgebildet worden, deren Werte die Frau dem Mann zur Seite stellten. Als ihr Vater erfahren hatte, dass sie lieber Zeitschriften wie *La Correa Feminista* las und sich als Heranwachsende in *pequenos grupos* organisierte, kleinen Frauenzirkeln, die Foucault besprachen, gegen den Machismo ankämpften und über die reproduktive Union aus Mann und Frau diskutierten, war er ausgerastet. Als Zeichen, dass sie verrückt sei und nicht er, hatte der Patriarch seine Tochter in die Psychiatrie einweisen lassen, das *Haus des Lachens* genannt. Sehr schick für jene Zeit, dachte sie nun, wie im reichen Paris. Die Tage dort waren einander sehr ähnlich verlaufen: Die Flagge ehren, Frühsport treiben, die meisten Patienten hatten erst Elektroschocks erhalten, dann eine Therapie. Es hatte in der Kolonialvilla drei Pavillons gegeben, einen für die Aussätzigen, einen für die Armen und einen für die Reichen. Sie hatte sich dort mit Señor Trenecito angefreundet, dem Mann der Züglein. Er hatte gern behauptet, Eigentümer aller Eisenbahnen der Welt zu sein sowie einer Zugstrecke, die die Erde in Zukunft mit dem Mond verbinden würde. Sie hatte Sympathie mit der grauhaarigen Frau gehegt, die stundenlang mit ihrer Lupe Insekten beobachtete und beleidigt war, wenn jemand in ihren Raum eindrang. Ein halbes Jahr Psychiatrie hatte sie nicht von dem »feministischen Unsinn« heilen können, wie von ihrem Vater erhofft. An dem Tag, als sie wieder ihr Elternhaus betreten hatte, hatte sie in ihr Tagebuch notiert:

> Was ist die Realität, wenn nicht eine unaufhörliche Parodie des Lebens, ein Maskenspiel, eine bis ins Unendliche vervielfältigte Darstellung unser selbst in der Familie, im Staat, in der Bildung, den Städten und ihren Gebäuden, in der Wissenschaft, der Sexualität, im Wort, der Wirtschaft und ihrem Fortschritt, ja selbst in all den verdrängten Fragmenten, die uns ausmachen?
>
> Vertrete nichts und niemanden, außer den einen schönen Moment der Verrückten, die ihn gemacht haben.

Ihr Weg in die Kunst schien vorgezeichnet zu sein. Allerdings hatte sie in dieser Welt wenige Verrückte getroffen, die meisten Menschen, denen sie begegnet war, stellten sich als »Scheusale« heraus, als Handlanger der Lüge oder der eigenen Eitelkeit. Sie blickte auf den Strand, er hatte sich geleert. Vor ihr lag eine Hütte, mit einer Balustrade aus Holz und einem Dach aus Palmblättern. Der Wind hatte Sand auf die Stufen geweht. Damions athletische Statur sprang ihr ins Auge, seine breiten, definierten Schultern. Selten war sie einem so gut trainierten Mann in seinen Vierzigern begegnet. Er winkte sie herbei und empfing sie auf der Veranda, die Sonnenbrille auf, in Shorts, sein Hemd war aufgeknöpft.

»Bereit, das Kernteam kennenzulernen?«, rief er ihr zu und strich sich in der gut eingeübten Gestik eines vom Leben verwöhnten Sonnyboys eine tiefhängende Strähne aus dem Gesicht.

»Wir haben Fisch zubereitet«, köderte er. Seine Laune stimmte sie milde.

Sie ging an ihm vorbei, schnell fuhr ein dicht zusammengerücktes Bündel an Personen auseinander, Tische wurden verschoben, Stühle im Halbkreis arrangiert. Getuschel war hörbar, als Damion aus Fernandas Schatten hervortrat. Er hielt inne und versicherte sich der Blicke, die auf ihm ruhten. »Okay, machen wir es kurz.« Er zeigte auf eine junge Frau im Trägerhemd mit kurzgeschorenem, schwarzem Haar, spitzen Wangen und großen, grünen Augen, die sich lässig an der Tischkante anlehnte. »Sabina: in Tijuana aufgewachsen, in San Diego Kunstgeschichte studiert, in der texanischen Künstlerkolonie Marfa den Laden geschmissen.« Sabina nickte, lächelte leicht. Dann kam Damion auf Carlos zu sprechen, der still eingesunken an einem kleinen Tisch saß. »Indigene Wurzeln, großgeworden in Oaxaca, Studium der Kulturpolitik in London, enzyklopädisches Wissen über präkolumbianische Kunst.« Schließlich deutete er auf einen ehemaligen Elitesoldaten aus Guatemala, bevor er mit der Bemerkung schloss: »Ángel kennt den Dschungel wie seine Westentasche, sorgt für unser aller Sicherheit. Noch Fragen?«

An anderen Tagen wäre Fernanda näher auf die Biografien der Menschen eingegangen, die nun für sie arbeiten sollten. Heute fühlte sie sich entkräftet und hoffte, mit einem Lächeln alles zu sagen, wozu Worte nicht mehr imstande waren. Sie senkte den Kopf. »Wir haben eine lange Reise vor uns, wir sollten uns ausruhen«, gab sie dann beinahe tonlos von sich. Still zog sie an der Gruppe vorbei, ging auf ihr Zimmer und versuchte, ein wenig Schlaf zu finden. Es wollte ihr nicht gelingen. Als sie daraufhin ihren Koffer packte, schwirrten ihr lose Gedanken durch den Kopf. Es mag eine Zeit gegeben haben, dachte sie, in der ein Abstieg unter die Erde noch Geheimnisse hervorgebracht hat, kostbare Mineralien oder neue Mythen. Diese Zeit war unwiderruflich vorbei. Wo einst Schätze verborgen lagen, stinkt heute Müll. Auf der Oberfläche sah es nicht anders aus. Die Menschen hinterließen zu viele Spuren. Sie legte sich wieder aufs Bett, faltete ihre schlanken Hände über der Brust, schloss die Augen.

Vor zwei Jahrzehnten hatte sie eine Konferenz in Mexico City besucht. Dort hatte der Wissenschaftler Paul Crutzen zum ersten Mal die Ära des Anthropozäns ausgerufen. In Wahrheit, das spürte sie jetzt, war das Thanatozän angebrochen, das Erdzeitalter des Todes, des Absterbens. Niemand konnte zu einst vertrauten Orten, zur Vielfalt der Arten, zur Fülle des Lebens zurückkehren. Die Menschheit schrieb nur noch Verluste.

Auf der Veranda schwor unterdessen Damion sein Team auf die kommenden Wochen ein, im Halbschlaf hörte sie seine Worte. »Okay«, trommelte er los. »Ab heute gilt ein straffer Terminplan. Wir haben hier die besten Köpfe für unser Projekt zusammengestellt.« Stille. Die Brandung tönte herüber. Dann: »Mal sehen, ob der alte Kontinent Europa noch irgendwas zu bieten hat.«

IM MUSEUM am Rothenbaum in Hamburg zeichnete Viktor Sørless und führte den Kohlestift wie eine Sense. Ratsch – der Stift wirbelte hoch und ein Strich war vollendet. Viktor musterte seine Skizze und sah darauf feixende Gesichter mit langen Nasen und schräg stehenden, weit aufgerissenen Augen; ein Rausch an Linien und Kreisen. In den letzten Tagen hatte er tatsächlich wieder das Bedürfnis verspürt, zu zeichnen, doch allein das Halten des Stiftes, das Herumstochern in fremden Augen, Gesichtern und Körpern, kam ihm, inmitten der hiesigen Abendgesellschaft, übergriffig vor. Es störte wie ein Finger in der Wunde. Dennoch vermochte die aus seiner Hand stammende Schraffur sich wie ein Schleier über die ihn umgebende Wirklichkeit zu legen, was ihn tatsächlich beruhigte. Auch heute, in dieser mondänen Abendgesellschaft, in der er bislang die Abwesenheit von Gesellschaft war. Er war keinem Gespräch gefolgt, hatte nur kurz an dahinjagenden Lippen gehangen, sich aus dem Zentrum der tafelnden Gäste geschlichen, die sich immerzu selbst fotografierten; vielleicht, so dachte er nun bei sich, weil sie einen Mangel an Ewigkeit verspüren, zwischen all diesen Artefakten, die aus den Vitrinen heraus leise über die Zeit triumphierten. Er beobachtete, wie sich die Geladenen des *Ephemeren Dinners* erhoben – berauscht von der Rede des Kurators im faltenfreien Hemd, bestärkt von der Pracht des Saals, flankiert von überlebensgroßen Holzfiguren, die 1908 auf einer Südsee-Expedition »erworben« worden waren, deren eigentliche »Bedeutung« jedoch, so die angebrachte Texttafel, »nicht geklärt« war.

Wer will es hier auch schon allzu genau wissen?, dachte er. Die Feier sollte schließlich Vergessen schenken. Die Gäste lachten, tanzten. Auf ihren Uhren verging eine sorglose Zeit. Von einigen Gesichtern glaubte er die Zufriedenheit ablesen zu können, die mit einer nicht gerade geringfügigen Spende zur Entfaltung von Kultur einherging, ganz unerheblich welcher Kultur im Übrigen, und ohne die Gefahr, dass irgendeine Weltsicht ins Wanken geraten oder etwa die Verdauung gestört würde. Eine Gruppe von Gästen versammelte sich im Schatten eines zeitgenössischen Künstlers, der gerade eben noch von jenem Kurator im faltenfreien Hemd als Person gepriesen worden war, die »wider alle Müdigkeit hintersinnige Mandalas malt, welche die Referenzhölle der Gegenwart thematisieren«.

Da stand er, Viktor, nun also, sein Notizbuch zur Seite gelegt, mitten in der Referenzhölle der Gegenwart, anteilslos an einen Ecktisch gelehnt, geduckt und mit eingezogenen Schultern, und wollte nur noch eins: verschwinden. Mit seinen fünfunddreißig Jahren hatte Viktor Sørless weder Geld noch Einfluss erlangt, geschweige denn das Gefühl erworben, dazuzugehören, und er fragte sich, warum gerade ihm eine Einladung zuteilgeworden und er obendrein dem leichtsinnigen Impuls gefolgt war, mal wieder unter Leute zu gehen – eine Wendung, die er verachtete.

Ich passe nicht ins Bild, dachte er. Ein Befund, den er weiteren Personen ausstellen mochte, die seine Aufmerksamkeit an diesem Abend erregt hatten, wie etwa ein Mann Mitte vierzig, der hochgewachsen war und aus der Menge ragte mit seinem aristokratisch aufrecht getragenen Kopf und knochigem Gesicht, das Viktor an den Wangen leicht eingefallen zu sein schien. Er trug schulterlanges, braunes Haar, besaß wache, hell funkelnde Augen. Während er auf irgendetwas herumkaute, zeigte sich in seinen Zügen eine gewisse Härte, vielleicht sogar ein ausgeprägter Zynismus, Viktor wollte das noch nicht für sich entscheiden; ein richtiges Lächeln jedenfalls würden diese Lippen nicht zustande bringen, dachte er, drückten sie doch eher eine Art Belustigung aus, eine Art Süffisanz dem Geschehen hier gegenüber, mit dem sich dieser Typ, so kontrolliert wie er dastand, ganz sicher nicht identifizierte. Seine Halssehnen wirkten straff gespannt. Der weiche Fall seiner Locken aber nahm ihm etwas von seiner Bedrohlichkeit, strahlte vielleicht sogar etwas Erotisches aus. Erstaunlich, dachte Viktor. Selten hatte ihn jemand durch seine pure Erscheinung derart eingeschüchtert, dieser Typ wirkte verwegen, unbeugsam, schien alles zu überblicken, aber nichts von sich selbst preiszugeben. Viktor trank einen Schluck Wein. Nahe am Fenster stand sein Freund Benedetto, gemeinsam mit einer Frau, auf die Benedetto schon den ganzen Abend über seine Aufmerksamkeit gerichtet hatte. Die beiden unterhielten sich. Viktor fiel das weich anmutende Gesicht der eher jung wirkenden Frau auf, deren tiefliegende Augen schwarz umzeichnet waren wie bei einem Vampir. Was nicht so recht zu ihrer sonnenverwöhnten Haut passen wollte, wie er fand. Und dann: Dieser Tick in der Schulter, der so wirkte, als wollte sie der Welt immer wieder einen Rempler verpassen. Benedetto trug ein kariertes Hemd, löcherige Jeans. Kurz, eine Garderobe, bei der alle Sorgfalt darauf verwendet wurde, sich von der Feierlichkeit des Abends abzusetzen. Mit einer Hand stützte er sich auf den Fenstersims, mit der anderen rauchte er eine Zigarette. Seine dunklen Locken fielen ihm über die Ohren; und diese Frau lächelte, mit jedem Wort, mit dem er sie scheinbar wie mit einem Lasso näher an sich heranzog.

Benedetto, der Weltenbummler, dachte Viktor amüsiert. Tatsächlich war Benedetto Rissono ein belesener Schreiberling, der Reiseberichte verfasste, Duschvorhänge betextete und sich ein paar Scheine mit halbseidenen Geschichten dazuverdiente, bis er – so sein gern verkündeter Plan – einen »großen Coup« im Journalismus landen würde, etwa mit der Aufdeckung eines »politischen Skandals«, was mit dem Aufstieg in eine neue Gehaltsklasse einhergehen würde. Viktor hatte in seinem Leben weder Freundschaften geschlossen noch gesucht. Für den zwei Jahre jüngeren Benedetto hegte er indes Zuneigung. Es war schlicht die Lebensfreude und Leichtigkeit, mit welcher dieser Florentiner auf Männer ebenso zuging wie auf Frauen, die Viktor faszinierte. Seine Kunst bestand darin, keine Handlung als Kunst aussehen zu lassen. Sprezzatura – schoss es Viktor durch den Kopf. Diese Art von Lässigkeit, die daher rührte, dass das, was man tat oder sagte, anscheinend mühelos und fast ohne Nachdenken zustande kam, ohne sichtbare Anstrengung. Gefolgt von einem Leuchten in den Augen, das jedes Gegenüber als wichtigsten Menschen der Welt auszeichnete. Schon hob Benedetto sein Weinglas, hielt es gegen das Licht und schien das tiefdunkle Rot zu bewundern. Als Viktor diese Geste ihm wohlgesonnen spiegelte, lief sein Freund auf ihn zu, schnappte sich den Notizblock und betrachtete die Zeichnungen.

»Gut getroffen«, pfiff er anerkennend und blickte sich um. Er nahm einen kräftigen Schluck, als würde er das Glas trinken, nicht den Wein. »Diesmal habe ich sogar Kleider an.«

Viktor nickte. »Das ist richtig.«

»Und wer ist diese Gestalt hier, die mit den Tentakeln?«, fragte Benedetto.

Viktor blickte dunkel auf. »Siehst du die tanzende Frau da drüben? Und der Typ an ihrer Seite? Der sieht doch aus, naja, wie … wie 'ne Krake. Die ganze Zeit über betätschelt er sie aufdringlich, schlingt seine Arme um ihren Rücken, zieht ihr Gesicht an seins ran, aber er küsst sie einfach nicht, ich versteh's nicht, der küsst sie einfach nicht.«

»Schau an, unser Romeo träumt in seinem Notizbuch.« Benedetto ließ sein samtenes, mediterranes Lachen hören. Er zündete sich eine Zigarette an, zog so intensiv an ihr, dass sie sich heiß und schnell verzehrte.

»Und wer ist die …?« Viktors Kopf wies zum Fenster.

»Ich stelle sie dir gern vor.«

»Schon gut. – Und deine Freundin?«

»Wir sind nicht mehr zusammen.«

»Neulich hast du mir von ihr noch vorgeschwärmt?«

Benedetto hob, gemeinsam mit beiden Armen, die Augenbrauen und ließ sie auch gemeinsam wieder fallen.

»Dein Herz ist ein Stundenhotel«, sagte Viktor kühl.

»Entspann dich mal!«

Viktor blickte seinen Freund ernst an. *Entspannen* – diese Aufforderung war ihm lästig geworden. Er entschuldigte sich, denn er spürte, wie eine Flamme in ihm hochschlug. Er verließ den Saal, ging tiefer hinein in den Bauch des Weltkulturmuseums, durch die Kammern des sich mit Nachtgrau anfüllenden Gebäudes, bis er dessen Herzstück erreicht hatte: den Maskensaal. Der Raum war verschachtelt, von Zirpen- und Trommelgeräuschen beschallt. Er erinnerte sich, wie er als kleines Kind noch staunend diese Welt erkundet hatte. Auch jetzt wirkten die Masken wundersam auf ihn, hier wie Tiere, dort wie Gespenster. Doch je länger er sie anstarrte, desto mehr bedrückten sie ihn. Wer schaut hier eigentlich auf wen?, dachte er und fragte sich, worin der Sinn bestand, das Andersartige zu feiern, indem man es ausstellte. Eine aus Holz geschnitzte Maske leuchtete in der Aneinanderreihung der Objekte auf, ihr übermäßig großer, mit Haaren beklebter Kopf wies drei perfekt runde Löcher auf: zwei Augen und ein Mund. Viktor starrte auf den Mund. In dessen Dunkelheit hinein. Warum habe ich nie mit einem Mann geschlafen?, fragte er sich. So viel zum freien Willen, war sein nächster Gedanke, ein Gedanke, der ihm zeitlebens wichtig gewesen war. Er las die Überschriften auf dem Schild zu den Masken: *Besuch der Geister*.

Vor kurzem hatte er Benedetto gezeichnet, als dieser nachts in seinem Studio unangekündigt vorbeigeschaut hatte. Er wusste nicht, wie es dazu gekommen war. Plötzlich hatte Benedetto mitten im Raum gestanden und Opernmusik aufgelegt. Seine sonst gekonnte Führung des Kohlestiftes auf Papier – Benedettos Anblick hatte sie aus der Bahn gehoben, als er sein Hemd ausgezogen und über den Stuhl geworfen hatte. Viktor hatte dann auf das weiche Papier nur noch sanften Druck ausgeübt, mehr schraffiert als gezeichnet, am Ende aber waren dic Linien harmonisch ausgefallen. Beim Abschied spürten sie gegenseitig ihren Atem. Eine für Viktor angenehme, aber nicht fassbare Nähe hatte in der Luft gelegen. Benedetto hatte sich mit der Hand über seine Hosennaht gestrichen, eine kurze, flüchtige, aber dennoch offensichtlich deutlich vollzogene Geste. Viktor hatte mit Unbehagen reagiert und es verborgen gehalten, anstatt es mit Benedetto zu erkunden.

»Welche Maske passt zu dir?«

Viktor schrak auf. Der hochgewachsene Mann aus der Abendgesellschaft stand im Halbschatten und deutete auf die Vitrine. »Welche Maske?«, fragte der Fremde erneut und trat in den fahlen Lichtkegel der Deckenlampe. Viktor sah das straff gespannte Trapez dieser Schultern. Von Nahem betrachtet war die Nase des Fremden ähnlich krumm wie seine eigene, eine grässliche Wunde zeichnete sich unter dem Auge ab, etwas mit seinem Ohr stimmte nicht. »Verrät die Maske nicht mehr über den Menschen als sein Gesicht?« Das war keine wirkliche Frage, eher eine Mitteilung, mit tiefer Stimme in den Raum geworfen. Der Fremde legte seine kräftige Hand auf Viktors Schulter. »Damion«, stellte er sich vor. Viktors Mundwinkel sprangen hin und her, mit Mühe hielt er Worte zurück, die aggressiv geklungen hätten. »Warum so einsam?«, fragte der Fremde.

»Unter Geistern ist man nicht einsam«, schnellte es aus Viktor heraus, ohne dass er das Gefühl hatte, Herr der Lage zu sein. »Aber ja, wir sollten zurück zu den andern.«

Sie liefen nebeneinander an den Ausstellungsobjekten vorbei, durchschritten diverse Kammern, sahen hier irgendwelche Vogelfedern, dort zu Schmuck oder Werkzeug bearbeitete Metalle. Eine Schautafel dokumentierte die Vermessung von Körpern indigener Gemeinschaften. Stirnbreite, Länge der Augen, Orbitalhöhe, Abstand der Brustwarzen, Umfang des Halses, des Leibes auf Nabelhöhe, der Oberarme, der Unterarme, der Waden, die Entfernung vom Tragun zur Nasenwurzel, die Entfernung vom Tragun zur Mitte der Oberlippe, die Entfernung vom Tragun zur Mitte der Unterlippe. Der Lärm der Abendgesellschaft tönte lauter an sie heran, wenige Schritte später waren sie wieder unter den gut gekleideten Gästen. Damion musterte die Bilder an den Wänden. »Und du? Sag bloß, du malst auch hintersinnige Mandalas?«

»Ich – «, Viktor fand keine geeignete Antwort, fragte schließlich stattdessen: »Du bist nicht von hier?«

»Scharf beobachtet.«

»Woher?«

»Chicago.«

»Der Chicago River. Ein seltsamer Fluss.«

»Warum seltsam, Kleiner?«

»Ach, nicht wichtig.« Viktor argumentierte nicht mehr so gern, er bestellte lieber Alkohol.

»Nein, erzähl schon, komm!«

»Also, na ja, anscheinend ergießt sich der Fluss in den Michigan-See. Aber in Wirklichkeit ergießt sich der Michigan-See in den Chicago River. Weil der derart verdreckt war, hat man vor über hundert Jahren kurzerhand einen Seitenarm in einen Industriekanal verwandelt, die Brühe umgeleitet und das Flussbett so tief ausgebaggert, dass der See nun in den Fluss zurückfließen muss. Eine Vergewaltigung der Natur.«

»Sachte, sachte!« Damion sprach leise und legte ihm erneut eine Hand auf die Schulter. »Der Fluss ist heute ein Juwel der Stadt. Ein wirkliches Juwel. Die Leute, sie schwimmen in ihm, er macht sie glücklich.«

»Strenggenommen ... « Viktor hielt inne, das Interesse an der Unterhaltung versickerte in ihm. Einige Augenblicke standen die beiden voneinander abgewandt nebeneinander da. Damion griff sich einen Cocktail vom Tablett, das ein Kellner an ihm vorbeitrug. Er warf das Rührstäbchen weg und prostete der Frau mit den dunkel umschatteten Augen zu.

»Strenggenommen hast du sie eben schon angestarrt. Sie kommt aus Venezuela«, sagte Damion, eine nimmermüde Wachsamkeit im Blick. »Vater: Weinbauer aus Chile«, ergänzte er. »Sie heißt Irene.« Sein ausgestreckter Arm ermutigte die junge Frau, doch näherzutreten. »Darf ich vorstellen?« Der Klang in Damions Stimme verwandelte sich, wurde samtweich und verbindlich. »Wie war noch gleich dein Name?«, fragte er. Vier Augen blickten Viktor erwartungsvoll an.

»Viktor Sørless.«

»Irene ist Aktivistin. Sie setzt sich für Kinder ein, die in Gefängnissen aufgewachsen sind.«

»Freut mich.« Viktor streckte ihr seine Hand entgegen. Er lächelte. Sie lächelte zurück, die nervöse Unruhe in ihrer Schulter ließ seine Hand in der Luft allein schweben.

»Vicky hier, der ist auch talentiert. Was machst du noch mal genau?« Damion hob gespannt den Kopf.

Viktor stutzte. »Architekt.« Er ging also auf das Spiel ein.

»Ich bleibe ein paar Tage in der Stadt«, sagte Irene. Sie wirkte zutraulich. »Was kann ich mir anschauen?«

Viktor schüttelte den Kopf. »In der Stadt? Nichts. Nichts wirklich Interessantes.«

Sie blickte ihn irritiert an. Hastig klopfte er sich auf die Brust und tastete sein Sakko ab.

»Vielleicht habe ich hier etwas für dich. Warte … das Haus in den Dünen.« Seine Stimme überschlug sich. »Es befindet sich gerade im Bau, an der dänischen Küste, ein hübscher Ausflug dahin. Moment … hier … das sind meine Skizzen dazu.«

»Das Haus in den Dünen?«, äffte Damion ihn ironisch nach.

»Eine Galerie im Wind«, fuhr Viktor fort. »Das Gebäude wurde für einen Berührungssynästhetiker entworfen. So jemand spürt auf eigener Haut, wenn andere sich berühren. Der Wind in den Dünen beruhigt ihn.« Nach einer Pause fügte er, schon etwas vorsichtiger, hinzu, Wind sei die Berührung der Einsamen, dann verhaspelte er sich, flüchtete sich in technische Details, sprach über das Solardach und den Lehmputz des Hauses. Seine Stimme wirkte heiser, er streifte Irene nur mit halbem Blick.

»Schön«, sagte sie dünn und blickte Damion an. Kurz vor ihrem Abgang versicherte sie, die Begegnung sei ihr eine große Freude gewesen. Viktor schaute ihr nach und entschied, in einen Winkel zu verschwinden, in den das Licht dieses Abends nicht vordrang.

»Halt.« Damion griff nach seinem Arm. »Unser Team sucht einen Architekten.« Viktor starrte ihn irritiert an. »Du verkaufst dich miserabel, aber dein Ansatz könnte jemandem gefallen. Karte?«

»Nein, nicht dabei.«

»Hier.« Damion griff nach seinem Notizblock und zückte einen Füller aus der Innentasche seines Jacketts. »Schreib auf!«

Nur widerwillig kam Viktor der Aufforderung nach, setzte unter seinen Namen seine Telefonnummer.

»Adresse?«, fragte Damion unnachgiebig. Viktor fühlte sich ertappt. Sein Büro befand sich in desolatem Zustand. Er schrieb die Adresse auf und erklärte leise: »Das ist unser altes Studio, bald ist die Adresse nicht mehr gültig. Wir expandieren.« Damion nickte desinteressiert und verschwand in der Menge.

Viktor, plötzlich alleingelassen, blickte in all die fremden Gesichter um ihn herum, die ihm nun noch fremder erschienen als die Masken in den Kammern. Er vernahm das Klirren der Gläser, den heiteren Lärm. Er trank Wein. Stand immer noch allein da. Trank wieder Wein. Irgendwann sah er den Künstler, und mit dem Künstler die Nachhut an Neugierigen; er sah Benedetto, der gelöst mit einem jungen Mann tanzte. An der Tafel hockte ein Glatzköpfiger, entsprungen aus einem Gemälde von Marc Chagall, gezeichnet von linkischer Traurigkeit. Der Typ saugte am Halm eines Cocktails, wirkte einsam, allein, verloren, sein Blick heftete sich blöde an die Beinlinie einer jungen Frau. Der Krakenmann hielt in seinen Armen noch immer das gleiche Opfer. Viktor griff wieder zu seinem Kohlestift, zeichnete das Pärchen und retuschierte das Ergebnis; er verlieh den Tanzenden einen geheimnisvollen Ausdruck. Mit einem Ruck preschte er auf das Paar zu, streckte den Arm aus, wollte dem Mann die Skizze überreichen, die, seines Erachtens, eine zärtlichere, liebevollere Version zeigte, als die beiden sie in Wirklichkeit abgaben. »Was bist du denn für ein Freak?«, fauchte der Mann erbost und schubste ihn von sich. Viktor fiel zu Boden. Die Menge wich zurück. Er stand ungelenk auf, fiel noch einmal, befühlte die Innenseite seines Schenkels, seine Leiste schmerzte, sein Kopf drehte sich. Er entschuldigte sich lallend bei den Umstehenden und humpelte auf die Treppe der Eingangshalle zu, blickte noch einmal zurück und ging dann kopfschüttelnd und irgendetwas vor sich her brummend weiter hinaus auf die Straße. Er war auch an diesem Abend der Unmöglichkeit begegnet, sich selbst zu entkommen. Man kann da einfach nichts machen, dachte er noch, bevor die kalte Nacht seinen Atem sichtbar werden ließ.

STUDIO VIKTOR SØRLESS. Der Briefkasten sprang auf und Reklame quoll heraus. Viktor versuchte, die Sendungen aus der Luft zu fischen, musste aber hilflos zusehen, wie die Briefe, einer nach dem anderen, zu Boden flatterten. Es ist nicht mein Tag, dachte er sich, las die Post auf und verstaute sie gleich wieder im Briefkasten. Sein Blick blieb auf dem Firmenschild haften. Er musterte den skandinavischen Vokal in seinem Nachnamen, den Kreis mit dem aufstrebenden Strich. Das Ø symbolisiert in der Mathematik eine leere Menge, nach den vergangenen Tagen konnte er sich jedoch nicht mehr des Eindrucks erwehren, die Chiffre sei zum Zeichen seiner Gewöhnlichkeit geworden. Ein Durchschnittszeichen, mehr nicht. Er verließ den Hausflur zum Hinterhof hin, blinzelte draußen in die Mittagssonne, das Blau des Himmels war verheißungsvoll. Unter dem Druck leichter Böen neigten sich ein paar hohe schlanke Bäume einander zu, in den ersten Zweigen hing die Andeutung von Grün, wie ein Flüstern. Ein weiterer Frühling kündigte sich an. In ihm tat sich nichts auf.

Auf dem Sportplatz linkerhand spielten hochgeschossene Jugendliche mit nacktem Oberkörper Basketball. Gekonnt dribbelten sie den Ball über den Platz, schwangen sich in die Luft, versenkten ihn immer wieder im Korb. Ihre Rücken waren schweißüberzogen, trotz der noch frischen Jahreszeit. Viktor, der in den letzten Wochen eigentlich nur noch über dem Schreibtisch gebrütet hatte, gefiel die Leichtigkeit ihrer Bewegungen, die Anmut, mit der sie sich der Schwerkraft widersetzten.

Durch den Eingang zum Hintergebäude betrat er sein Büro. Augenblicklich erhob sich sein Partner Anton vom Schreibtisch. »Hey, wie war dein Wochenende?«, fragte er munter, erschrak aber sogleich über Viktors entstelltes Gesicht. »Du hast ein blaues Auge, was ist passiert?«

Viktor winkte ab. »Nicht der Rede wert.« Der Schmerz in seiner Leiste meldete sich zurück. Er humpelte an Anton vorbei hinein in einen vollgestopften Raum, den er als Labor hergerichtet hatte. Hier widmete er sich der Erforschung eines Werkstoffs, von dem er sich die Zukunft des Bauens erhoffte: Lehm.

Er legte seine Tasche neben die Messgeräte auf den Tisch und schlug mit dem Knöchel seines Mittelfingers auf einen luftgetrockneten Ziegel aus Nyanza. Er mochte den Klang wie auch die Farbe dieses Steins. Anton hatte ihn von seiner letzten Reise aus Ruanda mitgebracht. Auf den Regalböden lagen, sauber sortiert, unterschiedliche Lehmsteine. Er hatte sie alle geprüft, regelrecht auf Biegen und Brechen, und auf ihre Tauglichkeit für einen möglichen Einsatz unter klimatisch unterschiedlichen Bedingungen abgeklopft; er hatte sich mit Bodenkunde befasst, mit Gesteinsverwitterung; er träumte von einer Renaissance des Lehms, dem Baustoff der Natur, der in anderen Sprachen schlicht Erde hieß. »Mit Erde bauen«, sagte er sich immer. »Was für eine schöne Aufgabe.« Anstatt mit Zement, der in seiner Herstellung gewaltige Mengen Sand und Energie verschlang und als verarbeiteter Beton die Welt erstarren ließ.

Wenn es nach ihm ginge, würde Beton nicht als Fundament des modernen Lebens herhalten, um Zeit und Elemente zu zähmen. Aber seine Beständigkeit versprach, wonach sich die Menschen offenbar sehnten: gebaute Kontrolle. Doch Beton hinterließ Wunden. Durch ihn wurde die blaue und grüne Umwelt von Sekunde zu Sekunde grauer. Auf seinen Reisen durch Japan hatte er ein Land gesehen, das sich allmählich zumauerte. Dabei hatte er doch gedacht, Vertrauen in die Unbeständigkeit des Seins, beschrieben durch das Wort *Mujō*, wäre tief in der japanischen Kultur verwurzelt. »Es fühlt sich so an, als wären wir im Gefängnis, obwohl wir nichts Schlimmes getan haben«, hatte eine Austernfischerin in Yamada zu ihm gesagt und mit einem Kopfschütteln auf die häuserhohen Betonwälle vor ihrer Küste gedeutet. Sie sollen die Fluten aufhalten. Aber sie trennen die Menschen von ihrer Umgebung. »Ich kann das Meer nicht mehr sehen«, hatte die Frau noch hinzugefügt.

Lehm hingegen, Lehm bedeutete Leben. Er lag allen zu Füßen, unter der Erde, als Humus; im Grunde als Bindemittel einer humanen Bauweise. Lehm war in Wasser löslich und in natürliche Kreisläufe rückführbar. Warum wollte es die Welt nicht verstehen?

Anton betrat Viktors Büro. Es riss ihn aus seinen Gedanken. Viktor sah auf und sah die Brillengläser, die im Sonnenlicht funkelten. Anton wirkte wie ein neuzeitlicher Mönch auf ihn: das Haar kurz rasiert, ein schlichtes Hemd, blaue scharfe Augen hinter einer Brille, die unglaublich dünn wirkte, ja, fast unsichtbar. Viktor bemühte sich zu lächeln.

»Nur eine Morddrohung, diesmal«, sagte Anton und reichte ihm eine ausgedruckte E-Mail. Viktors Kehle schnürte sich zusammen, als er die Nachricht entgegennahm und durchlas.

»Leave our nature and scrap this awful building or I will kill you. Nobody wants it. Looks like a damn control tower, or a fucking bunker from WW2, what a fucking joke, yu fucking scum. Have yu no respect for our nature?«

Er zerknüllte das Papier und warf es in die Ecke. »Noch mehr Fanpost?«

Die beiden blickten sich wortlos an.

»Rechtsextreme Politiker haben sich eingeschaltet«, sagte Anton nach einer Pause. »Sie wollen das Bauvorhaben stoppen. Unser Wohnhaus sei eine Schande für die Natur – ihre Natur. Die Dänen, behaupten sie, hätten Millionen ausgegeben, um deutsche Bunker von der Westküste zu beseitigen, und jetzt komme ein ›Halbnazi‹ daher, und knalle ihnen einen neuen Schandfleck aus Beton vor die Nase.«

»Naturstein«, korrigierte Viktor. »Er stammt aus der Region. Ist das patriotisch genug?«

Anton zuckte mit den Achseln. »In ihren Augen verschandeln wir die Gegend. Der kleine Mann, fauchen sie, dürfe seine Häuser nicht ändern, geschweige denn umbauen, weil er sonst Ärger mit den Behörden kriegt. Aber wir – «, betonte Anton, »wir haben eine Baugenehmigung in den Dünen. Das sei, sagen sie, Verrat, wie die Windräder in West-Jütland.«

Viktor winkte ab. »Wir bauen nicht in, sondern an den Dünen. Außerdem hält der Bauherr zu uns. Er hat …«

»… heute abgesagt«, unterbrach ihn Anton und schob sich die Brille zurecht. Der vollkommen ruhig ausgesprochene Satz stampfte Viktor innerlich zu Boden.

»Wie bitte?« Er blickte Anton hilflos an.

»Zu viel Trubel! In mehr als 30 Ländern wurde über das *Dune House* berichtet. Gib das Stichwort einfach mal in eine Suchmaschine ein. Die ersten Leute fahnden schon nach dem Bauplatz. Er hat einfach Angst. Er will dort nicht mehr wohnen – und hat das Projekt abgeblasen.«

»Was heißt das?«

»Das heißt, dass wir, nach der Abfindung, …«, Anton lächelte zum ersten Mal, »pleite sind.«

»Wir haben noch den Wettbewerb.« Viktor biss sich auf die Unterlippe, wollte verkünden, dass alles gut werde, die Worte blieben ihm aber im Hals stecken. Er schielte zur Silbermedaille der Architekturschule aus seiner Zeit in London. Sie strahlte keine Zuversicht mehr aus, sondern prangte mit dem verlorenen Glanz einer nicht eingelösten Zukunft verlogen an der Wand. Scin Partner trat einen Schritt näher auf ihn zu und strich mit dem Finger über den Lehmstein. »Du weißt, Gregor und ich bekommen ein Kind. Wir haben grünes Licht für die Adoption.«

Viktor hob beide Brauen. »Du wirst ein guter Vater sein«, sagte er ruhig, und fügte hinzu: »Oder eine Mutter, wie immer du möchtest.«

Anton blieb ernst. Ihm stand nicht der Sinn danach, die Atmosphäre mit Gelächter zu reinigen. »Ich mag deine Entwürfe«, sagte er stattdessen. »Den Atriumturm oder die Mensa auf den Färöer-Inseln, in der sich die Studenten verlieben sollen, um so das Problem der Abwanderung zu lösen. Etwas naiv …«

»… aber?«

»Wir müssen etwas Normales bauen«, wetterte er. »Mit Beton, wie alle anderen, nicht mit Lehm. Wir haben noch die Anfrage der Tanzschule. Sie wollen einen LED-Sternenhimmel haben, der sich individuell steuern lässt, ebenso wie die Spots und Lichtvouten.«

»Die Fata Andromeda«, entfuhr es Viktor. »Ich reiße lieber Decken ein, damit Menschen unter echten Sternen tanzen.«

»So«, sagte Anton leise, und die Worte kamen wie ein Seufzer über seine Lippen: »*Das* ist dein Problem: Arroganz. Je weniger Kunden wir haben, desto aufsässiger wirst du. Sanieren wir einfach ein Haus von reichen Leuten, das wäre …«

»Zeitverschwendung«, fiel Viktor ihm ins Wort. »Wenn wir damit anfangen, dekorieren wir Villen, und zwar ein Leben lang.«

»Irrtum. Wir haben kein Leben mehr«, blaffte Anton, nahm die Brille ab, und putzte die Gläser mit dem Zipfel seines Hemdes. Viktor wandte seinem Partner den Rücken zu und begab sich an seinen Schreibtisch. Durch die offenstehende Tür seines Büros sah er die Praktikantin aus Barcelona kommen. Jeden Morgen warf sie ihre Tasche auf den Boden, blickte sich dann forsch um, dann einem ihrer beiden Chefs in die Augen, dann kochte sie missmutig Kaffee: In diesem Ablauf der immer gleichen Gesten verbarg sich eine einzige Aufforderung – *gebt mir endlich Arbeit!*

Die Stille im Studioraum bedrückte Viktor, er schlich sich an den Zeichentisch und blätterte die letzten Entwürfe zum *Dune House* durch, das die Presse weltweit elektrisiert hatte, das aber nun, wie es aussah, niemals gebaut werden sollte. Er sah das Architekturmodell vor sich stehen und hielt inne; dort lag ein weiteres Modell im Maßstab 1 : 100, und ein noch genaueres im Verhältnis 1 : 50. Nur ein einziger Maßstab war ihm nicht geglückt: 1 : 1. Ein ganz normales Haus, kein Palast aus Pappe.

Er streckte den Rücken und wurde auf ein Objekt auf seinem Schreibtisch aufmerksam. Er nahm es in beide Hände, besah es sich genauer: Eine nicht gerade kleine Statue, ihre Beine waren zum Lotussitz verschränkt, sie thronte auf einem Sockel voller kryptischer Inschriften.

»Was hat es damit auf sich?«, rief er ins Studio.

»Interessant, dass dir das Ding jetzt erst auffällt. Du musst ganz schön verpennt sein.« Anton schlurfte langsam auf Viktor zu, stand schließlich vor ihm, in der gebeugten Haltung eines schlaksigen Hünen, und reckte betont langsam den Zeigefinger empor. »Darf ich vorstellen? – Das ... ist Xochipilli. Bei den Azteken die Göttin des Tanzes, der Blumen und der Künste.«

Viktor lächelte. »Und sie kommt?«

»Kam per Post. Mach sie auf.«

»Auf?« Er fingerte an der Statue herum. Sie wog schwer in seinen Händen. Er hob sie hoch, wendete und prüfte sie von allen Seiten – und wusste nicht wie.

»Hier.« Anton drückte auf einen Knopf am rechten Ohr der Statue. Ihr Schädel poppte auf. Viktor fischte ein Bündel Dokumente heraus, die er auf den Schreibtisch legte, sein Augenmerk fiel auf einen bedruckten Briefumschlag: *Xinatli, die Vision.*

»Öffne ihn und lies selbst! Dürfte dich interessieren«, sagte Anton.

Viktor räusperte sich, las dann laut vor: »Können wir noch berührt werden, wenn uns die Kunst nicht mehr berühren kann?« Er blickte auf, die Frage war groß, er fand sie sympathisch. Sein Studiopartner hatte bereits die Arme vor seiner Brust verschränkt und fixierte einen unsichtbaren Fleck an der Wand. Viktor las weiter. »Nie war die Kunst so frei. Vor allem in der westlichen Hemisphäre. Weder formale Kriterien noch Deutungen weisen sie in ihre Schranken. Sie kann zieren oder verstören. Sie pocht auf Autonomie, obgleich sie allein vom Markt entschieden wird, vom Magnetismus der Aufmerksamkeit. In einer Zeit schreiender Ungerechtigkeit, in einer Ära der Armut, Migration und Naturzerstörung erscheint dies überflüssiger denn je. Wir brauchen ein weitaus globaleres Verständnis von Kunst. Wir brauchen: einen Klimawandel im Geiste.« Viktor griff nach einem Stift, machte Randnotizen auf dem Briefbogen – und las weiter. »Zu selten riskieren Museen, aufs Ganze zu gehen und unser aller Zusammenleben durch neue

Ideen voranzubringen. Es ist an der Zeit, dass sich Kunst am Leben inspiriert, nicht an seiner Entfremdung. Es ist ebenso an der Zeit, unserer kalt rechnenden Ökonomie eine erotisierende Ökologie gegenüberzustellen. Kunst kann eine nie dagewesene Beziehung mit der Natur eingehen, sobald sie ihrer Fülle, ja, ihrer poetischen Kraft nachgeht und den Zyklus von Wachsen, Vergehen und Werden verinnerlicht. Was würden wir über unseren Wirkungsrahmen als Mensch lernen können, wenn wir uns nicht mehr über die Natur erheben, sondern sie in unsere schöpferischen Möglichkeiten aufnehmen und in ihnen weitertragen? Xinatli soll ein neuer Außenposten sein, wo wir erforschen können, was für unser Leben das Miterleben bedeutet. Menschen jeglicher Herkunft sollen sich gegenseitig erfahren dürfen. Am Ende wird Xinatli nicht nur ein Ort sein, sondern eine lebendige Philosophie des Zusammenlebens im 21. Jahrhundert garantieren. Unterzeichnet. Fernanda Raíz.«

Viktor stockte. »Fantastisch! Aber wer ist diese Fernanda Raíz?«

»Tja.«

»Sag schon. Wer ist diese Frau?«

»Eine mexikanische Kunstsammlerin. Tochter von einem hohen Tier irgendeiner Bergbaufirma. Reiche Erbin – und ein Phantom. Sie scheut Auftritte in der Öffentlichkeit.«

»Wie kommt sie auf uns?« Viktor blätterte durch die übrigen Dokumente, hob kurz bedeutungsvoll die Hand, ließ sie wieder sinken, blätterte weiter, sah plötzlich den Namen Damion auf der Projektliste stehen und spürte ein flaues Gefühl im Magen.

»Wir sollen ein Gebäude im Dschungel entwerfen«, sagte Anton.

»Was?«

»Ein Museum. Im mexikanischen Dschungel«, wiederholte er ungeduldig. »Das hier ist die Ausschreibung für das Hauptgebäude der Sammlung und für ein sogenanntes Respirationszentrum, eine Art Hotel, vermute ich.«

»Wo befindet sich die Baufläche?«

»Das ist jetzt nicht dein Ernst!«

»Wo befindet sich die Baufläche?«

»Ich habe sie auf keiner Karte finden können, wohl an der Grenze zwischen Chiapas und Tabasco.«

»Sagt mir nicht viel. Ich war einmal in Yukatan und an den Stränden der Riviera Maya, mit Rebekka ... Tja ... Wer sind die Auftraggeber?«

»Eine Stiftung. Finanziert von Fernandas Holding.«

Viktor griff nach der Ausschreibung, las sie Zeile um Zeile mit lauter Stimme vor, die mit jeder weiteren Information kraftvoller, ja regelrecht lebendig klang. Schließlich blickte er zu Anton empor: »Unsere Chance, nicht wahr?«

Anton hielt die Arme noch immer vor seiner Brust verschränkt. »Was genau? Ein Museum im Dschungel? Ein Ort, der auf keiner Karte verzeichnet ist? Die Ausschreibung einer Bergbautycoon-Erbin, die sich irgendwann vor lauter Langweile dazu entschlossen hat, Kunst zu sammeln und nun auch noch einen auf grüne Weltverbesserin macht?«

»Wann läuft die Einreichung ab?«

»In zwei Wochen.«

»In *zwei* Wochen?«

»Dann müssten wir unsere Ergebnisse präsentieren«, erklärte Anton. »Vier oder sechs Leute. Fernanda Raíz kommt persönlich vorbei.«

»Gut«, sagte Viktor.

Anton stöhnte auf. »Schau dich mal um! Was siehst du?« Er ließ seine Hand mit der Brille durch den Raum wandern, ehe er nachsetzte: »Eine Streichholzschachtel. Unser Büro ist ein Witz! Ein schlechter Witz ohne Pointe! Wir sollen hier, genau *hier*, ein Gremium internationaler Investoren empfangen? Du bist einfach bekloppt!«

Viktor atmete durch. Es stimmte, sie probten noch immer Professionalität, er und sein Partner: Zwei Schreibtische und ein Zeichentisch, das Labor mit den Lehmsteinen, die Küche mit der Herdplatte, die nicht mehr heizte und neben dieser ein Kühlschrank, der nicht mehr kühlte, dazu ein Berg leerer Flaschen, die davon zeugten, dass er den Kaffee gerne auch mal mit einem Schuss Whisky verdünnte.

»Das hier ist eine Nummer zu groß für uns«, sagte Anton.

»Museen sind die Kathedralen unserer Zeit.«

»Und?«

»*Dafür* sind wir Architekten geworden.«

»Du bist ein Architekt ohne Bauwerke!« Anton machte wütend kehrt, drehte sich nach kaum zwei Schritten erneut zu Viktor um und brüllte ihn mit ausgestrecktem Zeigefinger an: »Du verblüffst nur, du erschaffst nichts, rein gar nichts!« Seine Nasenflügel bebten. »Das Leben spielt sich nicht auf Zeichenpapier ab. Was du bis heute allerdings nicht begriffen hast. Aber genau deswegen hat dich auch Rebekka verlassen!« Er hatte gesagt, was er zu sagen hatte und verließ mit hochrotem Kopf den Raum. Viktor griff nach einem Stift, hielt ihn lange aufrecht vor sich. Die Erinnerung an Rebekka tat noch immer weh. Er atmete auf und versuchte gedanklich abzutauchen. Vor seinem inneren Auge fokussierte er tropische Landschaften. »Ein Museum im Dschungel«, murmelte er.

Der Strich auf dem Papier kam zunächst zitternd, seine Hand aber wurde jetzt ruhiger und ein Umriss erkennbar. Ein Umriss, der nichts erkennen ließ. Brillant, dachte Viktor, brillantes Mittelmaß. Er sah das Gebäude nicht vor sich, er sah es verschwinden. Er sah den Grundriss als Grube, als gähnende Leere in sich selbst, und spürte, wie ihm das Wunder der großen Idee entglitt. Eine Idee, wie so viele in seinem Leben, die als Luftschlösser zerplatzten. Er sollte endlich Villen sanieren, wie es Anton vorgeschlagen hatte, gerade eben erst, er sollte endlich seine naiven Ansichten zur Ausnüchterung in die für Realismus zuständige Region seiner Hirnzellen stecken und besser spät als nie akzeptieren, dass das Leben leichter wird, wenn man seine Ideale über Bord wirft und sich einfach einreiht. Man kommt weiter, wenn man sich einreiht, und wenn man das nicht tut, bleibt man eben auf der Strecke. Existenzen enden nicht mit einem Knall. Sie zerfallen leise.

33

BENEDETTO RISSONO fühlte sich beflügelt. Auf Zehenspitzen tänzelte er in seinen Lackschuhen die Stufen der Züricher Oper hinab, über den Teppich, hinaus in den Abend. Seine Lungen füllten sich mit kühler Frühlingsluft. Er blickte auf den Zürichberg, der von Nebelschwaden umhüllt dalag. Die Lichter der Stadt spiegelten sich auf dem Wasser des Sees, der ruhig vor ihm schimmerte.

Er atmete tief ein. Herrlich, die Oper, dachte er sich. Eigentlich sollte er von Haus aus mit ihr fremdeln. Sein Vater hatte beim AC Florenz Fußball gespielt und sich später als Amateurboxer die Wut aus dem Körper geschlagen. Er war in seiner Gegend berühmt gewesen für seine *Pugno di Pietra*, legendäre Fäuste aus Stein, die jede Deckung durchbrachen und später bei der Erziehung seines Sohnes eine Art Ansporn für notwendige Leistungen bilden sollten. Der sportliche Italiener glaubte unwiderruflich, ein jeder halte sein Glück in den eigenen Händen. Man musste sie nur geschickt nutzen, um jeglichen Gegner auszuschalten. Und der junge Benedetto musste erst in die Fußstapfen seines Vaters treten, bevor er den Lauf seines Lebens schließlich den väterlichen Händen entreißen konnte.

Sicher, der Alte hätte sich über den Abend lustig gemacht, über diese »verweiblichten Gecken und pudrigen Gören«, die »verzärtelte« Inszenierung; er hätte lauthals losgelacht über das »schwule« Kostüm des Belcantos, der heute nicht nur traumhaft leicht an der Rampe seine Partien gesungen, sondern der Figur zudem einen extrem starken Charakter verliehen hatte. Seine Koloraturen waren perlend klar aus seiner Kehle geflossen. Benedetto schwelgte noch im Rausch der Schönheit dieser Arien, die im starken Kontrast zu den Songs standen, die während seiner Jugend zuhause in den Stadien gesungen worden waren, auf den Bolzplätzen und in den heruntergekommenen Umkleidekabinen. Früher war er mit der Jugendmannschaft des AC Florenz durch die Provinzen gezogen, hatte große Siege eingefahren. Die jungen Spieler, auf äußersten Zusammenhalt getrimmt, hatten im Rausch ihres

Erfolgs gejubelt und die Macht ihrer kraftvollen Körper gespürt und waren unter den Duschen doch verspielt gewesen wie kleine Kinder. Der Taumel des Sieges, das dampfende Wasser, der Alkohol und die von gegrölten Liedern begleiteten Rangeleien hatten nicht selten die Grenze zwischen kumpelhafter Berührung und erotischer Lust eingerissen. Gerne wurde nach einem solch fantastischen Sieg einem Spieler das Shampoo aus der Hand geschnappt, ihm über dem Kopf entleert, der dann von vielen Händen kräftig eingeseift wurde, während zwei, drei andere Jungs ihr sich windendes Opfer umklammert hielten und der Übermut im Spiel für eine allgemeine Enthemmung sorgte, bei der unter lautem Gelächter *il culo più bello*, der schönste Hintern, gefüllt wurde: Sei es mit dem Schlauch für Kaltwasser, leeren Shampoodosen oder auch mal mit einem der prächtigsten Glieder dieser jungen Männer. Niemand aber hätte es je gewagt, ihn, Benedetto, den Träger der Kapitänsbinde, anzurühren, das Metronom des Mittelfelds, das so lange Tempo aus dem Spiel zu nehmen gewusst hatte, bis es seiner Zeitrechnung folgte. Der violette Stolz des Vereins. Seine Bestimmung hätte darin gelegen, den Traum seines Vaters zu erfüllen und Profi zu werden und damit auch die unerträgliche Armut hinter sich zu lassen, die sich wie eine Erbkrankheit durch die Familie zog. Sie war von den Großvätern auf die Väter und Söhne übergegangen wie die schwarzen Locken und hohen Schläfen oder auch die Hochzeitsanzüge, von denen er heute Abend jenes Exemplar trug, in dem sein Vater seiner Mutter das Jawort gegeben hatte. Benedetto schüttelte das Weiß seines Hemdes aus den zu kurzen Ärmeln, die Hose spannte an seinen muskulösen Beinen.

Der erste Pulk an Gästen strömte nun an ihm vorbei: sein Zeichen. Er ging zurück ins Foyer, wartete vor der Garderobe und behielt die Treppe scharf im Auge. Im Kopf hatte er sich Anekdoten zurechtgelegt. Das Aufstiegsmärchen über Enrico Caruso vielleicht, das zog immer, etwas recht Menschliches, dachte er, das friedlich den Abend besiegeln konnte.

Seine Begleitung stieg langsam die Stufen hinunter. Die Dame war hochgewachsen und hatte eine breite, fast flache Brust, weißes Haar und eine nahezu wölbungsfreie Stirn. Sie sah elegant aus in ihrem perfekt sitzenden blauen Kleid, mit dem dezenten Lippenstift und den zartbeigen Schuhen aus Saffianleder. Ein sicher sehr kostbares Perlencollier rundete den Eindruck ab, trotz ihrer knochigen Schultern. Er reichte ihr den Arm, sie hakte sich wortlos ein. Gemeinsam schritten sie zur Garderobe.

»Wie schön die Oper war«, sagte er und half ihr in den Nerz.

»Wissen Sie«, sprach sie betont vornehm, »wer die Oper nicht mag, ist nicht kultiviert.«

Er nickte gewissenhaft, sehr ernst. »*Prima la musica*«, antwortete er und hatte keine Ahnung, was er damit meinte. Die Scheinwerfer der Limousine blendeten auf, als der wartende Fahrer sie auf der Straße erblickte. Benedetto öffnete die Tür, half der Dame in den Wagen und stieg auf der anderen Seite ein. Sie fuhren los. Er musterte ihr Profil, wie es sich in der Scheibe spiegelte. Häuser zogen an ihnen vorbei: groß, modern, gläsern. Sie passierten ein Gebäude am Ufer, das in die Jahre gekommen war. Er blickte sich um. »War das nicht mein Hotel?«, fragte er.

Die Dame klappte ihre Handtasche auf und zog Lippenstift nach. Dann blickte sie zu ihm: »Der Abend war schön. Warum sollte er jetzt enden?«

Weil ich müde bin, hätte er antworten wollen. Stattdessen griff er nach ihrer Hand, hielt sie in der seinen. Er hatte das Gefühl, es beruhige ihn mehr als sie. Mit der freien Hand fischte er eine kleine blaue Pille aus seiner Sakkotasche. Er wartete auf einen günstigen Moment und schmiss sich die Pille ein. Er wusste, es würde etwa eine Stunde dauern, bis sie wirkte.

Die Straße führte inzwischen durch einen dichter werdenden Wald. Sie fuhren bergan, auf die Chefetage der Stadt zu. Er verfolgte das Mondlicht nach jeder Kurve im Rückspiegel, bis die Limousine langsamer wurde und in eine Auffahrt einscherte. Ein Tor öffnete sich, die Reifen knirschten auf dem Kies. Eine Flutlichtfalle strahlte auf und beleuchtete eine Art Schloss mit kunstvoll gezimmerten Balken. Sie stiegen in umgekehrter Reihenfolge aus, wie sie eingestiegen waren, der Fahrer blieb gelassen im Wagen sitzen. Es war nicht der Marmor auf dem Boden, der auf Benedetto Eindruck machte, nicht die kunstvollen Bilder an der Wand oder die grünen Vertäfelungen an der Decke, sondern die Vorhalle, die sie betraten. Benedetto hatte das Gefühl, als befände er sich in einem Grandhotel. Was stellt man mit so viel Platz an?, fragte er sich. Als Kind hatte er am Stadtrand von Florenz gemeinsam mit seinen Eltern, der Großmutter, seinen Geschwistern und weiteren Mitgliedern der Familie gelebt. Jahrelang, beinahe zwei Jahrzehnte, wie in einem Kaninchenstall. Er hatte mit seinem Onkel und zwei seiner Brüder in einem Raum geschlafen. Im Winter hatte ihnen nur ein alter Kachelofen Wärme gespendet, im Sommer hatten die Kastenventilatoren an allen Fenstern das Haus in ein brummendes Wespennest verwandelt.

»Wollen Sie mit nach oben kommen?«, holte die Dame ihn zurück in ihre Gegenwart. Sie stand an der weit geschwungenen Treppe, hatte bereits ihre beringte Hand auf das Geländer gelegt. Er nickte. Die Stufen knarzten an einigen Stellen, ein Einbrecher hätte sich ertappt gefühlt. Aber er war ja kein ungebetener Gast. Sie gelangten in einen großen Salon mit schweren, weißen Vorhängen und hellen Möbeln. Eine Flügeltür führte zum angrenzenden Schlafzimmer. Die Dame zog ihren Nerz aus und legte ihn auf einem Diwan ab. Das Perlencollier verwahrte sie in einer Samtschatulle.

»Wollen Sie etwas Musik machen?«, fragte sie.

Benedetto warf einen beflissenen Blick auf die Plattensammlung, die ein cremeweißes Regal füllte. Enrico Carusos Stimme erklang bald im Raum. Sie beglückte ihn. Er legte den Kopf zur Seite und lauschte der Musik. »Caruso wurde im Armenviertel von Neapel geboren«, kam es ihm über die Lippen. »Als der große Komponist Giacomo Puccini ihn zum ersten Mal hörte, fragte er erstaunt: ›Wer hat Sie zu mir geschickt? Gott?‹« Benedetto lächelte. »Schön, nicht wahr?« Als er sich der Dame zuwandte, hatte diese sich bereits aufs Bett gesetzt und war entkleidet. Sie legte sich auf den Bauch, streckte Beine und Arme wie ein Seestern auseinander.

»Stellen Sie sich vor, ich wäre tot«, sagte sie. »Machen Sie einfach alles, was sie tun müssen.«

Benedetto nickte. Er war in einer psychisch prekären Situation. Wie immer zählte am Ende sein Körper, nicht sein Geist. Er zog sein Sakko aus, nahm sich Zeit, legte es sorgsam auf der Lehne eines Sessels ab. Er knöpfte langsam sein Hemd auf und bewegte sich in Richtung des Durchgangs, hin zu der offenstehenden Flügeltür. Was nun folgte, glich in gewisser Weise dem Gang ins Stadion vor einem Spiel. Alles schmolz zu einem Moment zusammen. Dieser Körper war nicht nur eine durch viele Trainingseinheiten geformte Materie, nein, er war eine Ansammlung straffer Muskeln und Sehnen, die zu funktionieren hatten; ein kampfbereiter Körper, gänzlich von Konzentration durchdrungen. Er hatte ihre Silhouette fest im Blick. Ging auf das Bett zu. Nahm einen ihrer Fußballen in die Hand. Die Absätze ihrer Schuhe hatten sie rot anschwellen lassen. Plötzlich schwang die Flügeltür zu. Benedetto erschrak und drehte sich um. Im Raum stand ein zitternder, alter Mann in Unterwäsche, eine Videokamera in der Hand, seine Augen waren wie ängstliche Träume, er wirkte wie ein Kind, das unabsichtlich etwas kaputt gemacht hatte und nun um Verzeihung bettelte. Benedetto folgte dem Blick des Mannes, der auf einen blütenweißen Umschlag am Kopfende des Bettes zielte. So funktionierte also die Ablassbitte, sprachlos und in eindeutige Gesten gehüllt.

»Schneiden Sie mein Gesicht raus«, sagte Benedetto nach einigem Zögern. Wenig später sollte ein nur sanft nachgebender Körper unter ihm laut werden.

DER WUNSCH nach einem aufregenden Leben hatte sich in Viktor verflüchtigt, wenig nur schien ihm noch ein mögliches Versäumnis zu sein. Zu oft hatte er seine Nächte im Qualm von Berliner Eckkneipen verbracht, auf Feiern im Osten der Stadt, vom Wunsch durchdrungen, seine Einsamkeit mit Menschen zu füllen. Zu später Stunde war seine Leidenschaft meist zu einer unerträglichen Lieblosigkeit zerfallen, die nichts anderes wahrscheinlicher machte als in der Dumpfheit eines abgestorbenen Gefühls aufzuwachen und sich unnötig allein zu fühlen, gerade weil jemand neben ihm lag. Seit seiner letzten Beziehung hatte er mit niemanden mehr geschlafen, sich zu keinem Rendezvous getroffen, geschweige denn versucht, noch den Nimbus eines erfüllten Lebens auszustrahlen. In vielerlei Hinsicht war er wohl ein soziales Alien, das als Fossil einer anderen Epoche bestaunt werden konnte. Er las keine Nachrichten, masturbierte nicht mehr über Erotikfilmen, nutzte kaum noch technologische Krücken – für ihn nichts als Einflüsse, die seine Vorstellungskraft lähmten. Selbst zu den wenigen Treffen mit Kunden fertigte er lieber Collagen statt computergenerierter Visualisierungen an. »Eine Collage hat ein offenes Ende«, hatte er seinem Partner Anton gegenüber diese Entscheidung begründet. »Jeder kann sie mit eigenen Eindrücken, Fotos oder Skizzen vervollständigen.«

Auch heute widerstand er allen Verlockungen, die Berlin wie einen Paradeflor vor ihm auszurollen schien. Er stand früh auf, machte sich Spiegeleier in Benedettos kleinem Apartment am Körnerpark, der als grüne Insel vor dem Fenster lag. Sein Freund hatte ihm diese Wohnung in Neukölln zur Verfügung gestellt, solange er selbst für eine Reportage außer Landes war. Benedettos Zimmer waren, wie Zimmer eben waren: Es gab eine Kommode, einen Schreibtisch und ein Bett am Fenster. Dennoch fühlte er sich warm umschlossen von der nicht sonderlich kostspieligen, dafür aber aufwendig zusammengetragenen Einrichtung. An der Wand hingen Partiturblätter, medizinische Karten mit mundmotorischen Übungen, auf dem Boden lagen Sitzkissen und Platten herum. Viktor fiel die schwere Hantelstange im Flur auf, die Pflanzen überall, die Küche mit ihren handbemalten Fliesen und nicht zuletzt ein aus filigran wirkendem Holz gearbeiteter Jali, mit den typisch rundgebogenen Zweigen eines blätterlosen Baumes, der im Schlafzimmer als Paravent und Lichtvorhang zwischen Kleiderschrank und Bett stand. Die Trennung zwischen Ankleide und Schlafstätte in ein und demselben Raum faszinierte Viktor. Jalis werden in der indischen Architektur nicht nur als Ornament, sondern auch zur Trennung der Geschlechter und somit der Identitäten eingesetzt. Ist es möglich, fragte sich Viktor, dass wir uns morgens als ein anderer ankleiden, als wir abends, nach der Passage eines Tages, schlafen gehen? »Mit wem tut Benedetto dies hier wohl?«, sann er flüsternd. Das Licht strömte vom Fenster und gebrochen durch den Jali auf das Bett. Viktor fühlte sich seltsam berührt. Er entkleidete sich, schmiegte sich nackt in das Laken ein und strich sich minutenlang über die Brust. Später nahm er die U-Bahn zur Friedrichstraße. Ging ohne Umweg zur Grimm-Bibliothek. Auch heute ließ er die Großstadt Großstadt sein, im Inneren der riesigen Bibliothek herrschte Konzentration. Er hörte das gedämpfte Murmeln der Besucher, das Knarren von Bücherkarren und das gelegentliche Rascheln von Seiten. Er ging die Treppen der Bibliothek hinauf und blickte hinab in den Lesesaal. Dieser war in der Mitte des Gebäudes angeordnet, türmte sich wie ein Bücherregal in Reihen nach oben, viel höher als die übliche Traufhöhe der Stadt. Die Architektur der Bibliothek überhöhte sozusagen die Funktion des Lesens und machte es zu einem sakralen Akt, zu einer Weihe. Der Innenraum war groß wie ein Schiff, in ihm vibrierte förmlich die Stille. Auf beiden Seiten bildeten die einzelnen Geschosse jeweils versetzte Terrassen aus, auf diese Weise entstand eine Galerie der Blicke: Nicht nur das eigene Buch, sondern auch der andere konnte zur Lektüre werden. Wer hier las, las in Gemeinschaft.

Als Kind hatte Viktor mit seiner Mutter Bibliotheken besucht. Eine Bibliothek war auch der erste Ort, an dem er seine Unabhängigkeit erlangt hatte. Mit sieben Jahren durfte er bereits allein losziehen – und er hatte es geliebt, durch die Regale zu schlendern, die

Buchrücken mit den Augen abzutasten, mit den Händen nach ihnen zu greifen. Diese Reisen waren verträumte, reibungsfreie Pausen in seiner Kindheit. Er war stets reicher nach Hause zurückgekehrt, als er es verlassen hatte, und nun, heute, verbrachte er wieder jeden Tag in der Bibliothek und recherchierte zu Mexiko, las, was er finden konnte, von den Aufzeichnungen der Bodenbeschaffenheit in diversen Regionen bis hin zu den Bauweisen untergegangener Kulturen. Seine Notizen füllten bereits zwei dicke Blöcke.

Zwischendurch widmete er sich den Informationen zu Xinatli. Ein Kunstprojekt hielt ihn in Atem, das in dem Museum ausgestellt werden sollte. Es bestand aus zwei Teppichen. Die Geschichte dazu war vertrackt. Die mexikanisch-französische Künstlerin Jeanne Garcia hatte sich mit nichts ahnenden Polizisten angefreundet und ihnen ihre Zuneigung vorgespielt, sie durch Intimität infiltriert, um aus der Asservatenkammer Beweise verschiedener Polizeireviere des Bundesstaats Taumalipas zu entwenden. Dabei handelte es sich um Kleiderfetzen und Habseligkeiten von Vermissten, deren Fälle, wie sie recherchiert hatte, nie aufgeklärt worden waren. Die Stoffe waren blutgetränkt, weil die Vermissten gefoltert, verstümmelt und wie Müll auf die Straße geschmissen worden waren. Aus den Stoffen verwebte Garcia den *Roten Teppich*, der vor dem Museum ausgerollt werden sollte. Ein furchtbarer Laufsteg in die Welt der Kunst, dachte Viktor. Die Installation war eine Hommage an die mexikanische Künstlerin Rosa María Robles und zugleich eine weiterführende Arbeit, mit der Jeanne ihr offen Tribut zollen wollte. Robles hatte bereits 2007 im Bundesstaat Sinaloa eine Stoffinstallation ausgestellt, die mit diversen Verbrechen aus dem Drogenkrieg in Bezug gestanden hatte. Die Generalstaatsanwaltschaft von Sinaloa hatte die Künstlerin damals unter Druck gesetzt und sie gezwungen, Teile aus der Ausstellung zu entfernen. Jeanne Garcia wollte mit ihrer thematischen Reprise in verschärfter Form beweisen, dass die Straffreiheit der Täter und somit die Verstrickung des Staates vollkommen ungesühnt geblieben waren. Zudem wollte sie als dokumentarischen Appendix ihre *Protokolle der Verwebung* offenlegen, in denen sie die kriminelle Verbindung zwischen Polizei, Mördern und Gouverneuren aufdeckte und das Muster dieser Verbindungen abstrahierte, aus ihnen eine *narrative Struktur* verdichtete, was zur Grundlage eines Webmusters für einen weiteren Teppich dienen sollte, dem sogenannten *Weißen Teppich*, der, aus blütenreinem Papier gearbeitet, sich mit Schmutz färben würde, sobald man über ihn hinweglief. Nach Stunden konzentrierter Lektüre rauchte Viktor der Schädel, er hatte genug für heute.

Draußen hatte die Dämmerung Einzug gehalten. Die Bücher aus der Bibliothek wogen schwer in seiner Tasche – zuhause konnte er sich den Entwürfen für das Museum widmen. Anton hatte wiederholt versucht, ihn anzurufen. Er hatte sein Handy auf lautlos geschaltet und gab nun einem zufahrenden Taxi ein Handzeichen. Aber Taxis – sie hören ja nicht mehr auf Handzeichen, dachte er sich, stülpte die Kapuze seines Pullovers über den Kopf und gab sich der Stadt hin. Er ruderte mit den Armen, Schritt um Schritt, sein Puls stimulierte sich. Die entspannte Abendluft eines Sonnentages füllte seine Brust. Er ging vorbei an einem schraubenförmigen Haus, einem verfallenen Altbau mit großen Bogenfenstern, einem verwilderten Park, ehe er nahe des Kanals in eine Seitenstraße einbog. Hier fand er eine Baustelle vor. Das Schild am Zaun rief die Zukunft des Lebens und Arbeitens aus, eine Gründergemeinschaft am Ufer. Der abgebildete Neubau sah aus wie eine Klinik, daran änderte das hingetupfte Grün nichts: Es handelte sich um einen pastellfarbenen Block mit transparenten Wohnkästen, die sich mit Glasbalkons brüsteten, mit einer Garage samt Mobilitätsangebot, modernster Haustechnik und einer Küche aus Holz-Imitat, die aalglatt und antiseptisch ausgeleuchtet wirkte. Wenn man moderne Architektur als einen Versuch verstand, die Angst vor Schmutz und Krankheiten auszurotten und dunkle Räume wie Ecken zu meiden, dann ergab dieser Ort Sinn. Ein Grundbedürfnis ließ der Bau allerdings außer Acht: Menschen brauchen Schönheit, um sich zu entfalten. Dieser Klotz machte Viktor wütend. Das Ding war schlicht einfallslos. Akzeptabel für alle, inspirierend für niemanden, eine

Krypta der Gleichmacherei. Und genau darin lag wohl auch das unschlagbare Argument: Das Los der Bewohner war die Schwebe. Flexibel bleiben, auf dem Sprung sein, zu einer anderen Arbeit übergehen, in eine andere Stadt oder auch gleich die Beziehung wechseln. Wer zu lange bleibt, verfehlt das Werden, erinnerte er sich an einen Spruch, den er irgendwo gelesen hatte. Dabei wohnte dem gotischen Ursprung von Wohnen, *wunian,* doch ein Zufriedensein inne, ein Zum-Frieden-Gebracht-Sein. Welchen Frieden?, fragte er sich. Welchen Frieden wird wohl dieser Bau stiften? Er funktionierte als soziale Durchlaufmaschine, wie gemacht für ein Leben ohne Reibung. Es war eine Architektur, die aus Menschen nicht das Beste herausholen, sie nicht emanzipieren oder gar eine mutige Lebensform ergreifen lassen wollte. Sie ließ sie schlicht in einem seelenlosen Wohnblock erkalten. Wenn die Zukunft des Zusammenlebens so aussah, war er nicht an ihr interessiert.

Er setzte sich in ein Straßencafé am Kanal, bestellte beim Kellner eine Flasche Wein und kramte sein Notizbuch und einen Füllfederhalter hervor. Sein Vater hatte ihm diesen in einer Box mit ein paar anderen Gegenständen hinterlassen. Eine einzige Box – alles, was von ihm übriggeblieben war, nachdem er sich aus dem Staub gemachte hatte. Viktor vermisste ein Phantom, einen Menschen, der nur mehr anhand welker Geschichten aus seiner Kindheit existierte, in Form von Bildern, einer Handvoll Fotos, aber ohne die Note eines Körpers – einen Menschen also, für den man Netze der Erinnerung auswarf und nur einen läppischen Beifang bekam. Sein Vater war nicht präsent gewesen, als Viktor zum ersten Mal zur Schule gegangen war; er war nicht da gewesen, als er seine erste Freundin zum Abendessen ausgeführt hatte; und er hatte gefehlt, als Viktor seinen Abschluss in Architektur gemacht hatte. Pünktlich zu Viktors neuntem Geburtstag hatte er sich entschlossen abzuhauen. Von da an hatte Viktor mit seiner deutschen Mutter, die im Laufe der Jahre immer stärker verbitterte, allein gelebt. Es war schwer für sie gewesen, allein zurechtzukommen. Viktor hatte früh das Gefühl gehabt, ihr zur Seite stehen zu müssen, so gut es damals eben ging.

»Du bist eine Kämpferin«, hatte er einmal leise und falsch erwachsen zu ihr gesagt, als sie von der Arbeit in einer Telefonzentrale nach Hause gekommen war und feststellte, dass sie niemanden mehr im Leben hatte, der sie anrief. »Ich bin eine Mutter«, hatte sie geantwortet und das Abendessen zubereitet.

Viktor schlug das Notizbuch auf und brachte den Füller in Position. In fremden Augen wollte er mehr Rätsel denn Erklärungen finden. Doch der Anblick der Menschen hier verstörte ihn. Er sah Sitznachbarn ohne Nähe. Sie schauten auf Screens, sie schauten nicht auf. Er wollte offen in die Welt blicken, aber sie schirmten sich ab. Die Gegenwart eines anderen schien ihre Neugierde nicht mehr zu entfesseln. Ihre Körper nahmen eine Betonhaltung ein, wurden unbeweglich. Er lauschte den Gesprächen, die geführt wurden. Sie waren geprägt von Polemisierung und bestanden weitestgehend aus bloßen Meinungen. Die wichtigsten Fragen waren Wellness-Fragen. Er hatte diese Gespräche noch nie gemocht und reagierte allergisch auf bestimmte Verhaltensformen. Wenn jemand etwas Gutes für den anderen übrighatte, dann nur das vergiftet Gute. Niemand war freigebig genug, Größe und Anmut anstandslos anzuerkennen, solange eigene Leistungen nicht wahrgenommen wurden. Für Liebe gab es Likes, für Orgasmen eigene Workshops, für Ideen kein Geld. Sie schauten auf Screens und schauten nicht auf. Zwischen all diese Menschen schien sich ein dunkler Vorhang zu legen, eine Decke aus unfühlbarem Stoff, den anderen ausschließend.

Er klappte das Notizbuch zu, hinterließ Geld auf dem Tisch, ohne den Wein angerührt zu haben und verließ das Café. Ein Spaziergang am Kanal brachte ihn auf andere Gedanken. Er setzte sich auf eine Bank und klappte sein Notizbuch wieder auf. Sein Handy vibrierte, meldete eine neue Nachricht. Ich sollte Anton endlich zurückrufen, dachte er noch, doch nicht sein Partner hatte ihm geschrieben. Es war dann auch nicht die mit einer unbekannten Nummer einhergehende Hoffnung auf irgendeinen neuen Kunden, die seinen Atem hätte schneller gehen lassen, sondern die Vorschau eines angehängten Videos. Zuerst dachte er, ein x-beliebiges Pärchen hätte ihm eine falsch adressierte Amateuraufnahme zugeschickt. Aber der nackte Frauenkörper, der sich auf einem Bett räkelte, mit angewinkelten Beinen und nach oben gestrecktem Hintern war kein ihm fremder Körper. Die Kamera fuhr die Beine der Frau entlang, über Bauch und Brust, langsamer werdend, bis sie am Hals einrastete. Eine Hand griff zwei helle Strähnen aus dem Haar der Frau und ließ sie durch ihre Finger gleiten. Wie hatte er diese Locken geliebt, diese Korkenzieherlocken, an den vielen Tagen und Nächten, als sie ein Gesicht einrahmten, das mal gelächelt, mal geweint hatte, oder schlicht sehr ernst geblieben war, ein Gesicht allemal, das mit ihm im Alltag versunken war, in Gewöhnlichkeit, und in einer Großmannssucht, die das Weite ausfüllen wollte. Gemeinsam hatten sie Realitäten ausgehebelt und die Kissen weich geschlagen. Nun sah er Rebekka lustvoll in diese Laken gebettet.

»Schläfst du schon?«, fragte eine Stimme, für einen kurzen Moment meinte Viktor, Benedetto wiedererkannt zu haben. Die Kamera bewegte sich im Handschweif, folgte den Konturen des Frauenkörpers, bis ein Zeigefinger über die Mulde zwischen Rücken und Po strich, sich weiter vortastete, um ihr zärtlich in den Schritt zu greifen. Sie stöhnte auf. Er mochte nicht länger hinsehen, aber er konnte nicht anders. Ein Finger tauchte tiefer in ihren Schoß ab, ihr Becken begann zu kreisen. Er spürte, wie sich ihre Lust mehrte. »Du hast mich aufgeweckt«, sagte sie verschlafen. »Weck mich noch mehr auf.« – Ein Satz wie ein Ruck, der gewaltsam Viktors Herz auseinanderriss. Er griff nach seinem Füller, drehte ihn um, drückte die Spitze aufs Papier, fuhr mit den Fingern den Schaft hinunter, wieder hinauf, wieder hinunter, blind für sein eigenes Tun, den Blick auf das Video geheftet. Eine Flut von Bildern strömte auf ihn ein. Er sah zwei Körper, die sich in Figuren legten, hörte Schreie, den Taumel zwischen Schmerz und Lust, einen fleischfarbenen Hai, der in ihrem Innern Beute riss. Er sah Hände, die an der Hüfte zupackten, um es diesem Schmetterlingswesen mit den schönen, so wunderschönen Korkerzieherlocken, hart zu besorgen.

In Viktors Körper hämmerte ein Rhythmus. Es tat weh, überall. Sein Blut schäumte, sein Notizbuch glitt ihm aus der Hand. Er konnte nicht beschreiben, was in ihm vorging, Hitze, Kälte. Wut. Vielleicht sogar Erregung. Er fühlte sich verloren in seinem eigenen Körper, der ihm deplatziert vorkam, und er hörte nichts als diese Laute, Geräusche, die aus dem Innern zweier Menschen schallten: klagend und schön. Sie drangen nun zu ihm wie die Geißelung aus einer fernen Zeit, einer Zeit, in der Rebekkas Körper ihm noch ein Tempel war, von dem ein göttlicher Bann ausging und der für ihn nie zu einer Art Selbstverständlichkeit hätte werden dürfen. Vor gut einem Jahr dann war ihre gemeinsame Zeit abgelaufen, ihre gemeinsamen Geräusche waren verstummt. Wenn es ihr dabei gut geht, soll es so sein, dachte er jetzt bitter und weinte. Das Video war zu Ende, sein Leben ging weiter.

AM UFER des Fjords stand eine malvenfarbene Hütte. Ihr Boot steuerte darauf zu. Das umliegende Land stürzte über schroffe Klippen und schwand hinab in dämmerdunkles Blau, in die Tiefe eines nicht zu erahnenden Grundes. Wie fremd mir diese Landschaft doch ist, dachte Viktor. Er versuchte, sie in sich aufzuspüren, als Teil seiner Herkunft. Aber es wollte ihm nicht gelingen. Die Felsen im Fjord ragten hoch auf, zeitenlose Brocken aus Granit. Moos drang aus Spalten hervor, die Nadelbäume zeigten einen rauen Wuchs. Über allem lag eine ursprüngliche Feindseligkeit, die ihn außen vorließ. Der Wind drehte sich ein, drückte Tränen in die Gesichter der Männer. Viktor, drei Lagen übergestülpt, schaute auf Thore Ødegård mit seinem dichten Bart und einer Wollmütze, die er tief in die Stirn über seinen eisblauen Augen gezogen hatte. Thore verkörperte eine Gelassenheit, die ihn das lange Leben auf See gelehrt hatte. Er pfiff auf den Wind, die aufziehende Kälte, entnahm hin und wieder einer kleinen Dose schwarzen Kautabak, rubbelte mit dem Zeigefinger den Snus am Zahnfleisch entlang und zog seine Wange schräg hoch zu einem raubtierhaften Lächeln. Ruckelnd setzte der Motor aus, das Boot schaukelte sanft hin und her. Viktor äugte über die Reling.

»Eben noch lagen wir ganz ruhig im Wasser«, sagte er irritiert, blickte zu Thore, der ihn ignorierte, und sagte dann mehr zu sich selbst: »Erst wenn wir zur Ruhe kommen, spüren wir die Kräfte, die an uns zerren.« Thore antwortete noch immer nicht. Er blickte Richtung Fjord und prüfte die Distanz bis zum Steg. Viktor rekapitulierte seine letzten zwei Tage: Das Video hatte ihn aus der Bahn geworfen, Leere und Einsamkeit hatten wieder von ihm Besitz ergriffen, im Telefonat mit seiner Mutter war er auf seinen Vater zu sprechen gekommen. Sie, die Mutter, war es, die den Namen Thore Ødegård ins Spiel gebracht hatte, einen ehemaligen Bekannten seines Vaters, soweit sie wusste. Viktor hatte daraufhin seinen Koffer gepackt und war hierhergekommen, ins Land seiner frühen Kindheit. Er hatte Heimweh nach sich selbst verspürt, nach einer Erde, auf der er sich wiederzufinden hoffte. »Das Wasser, es bewegt sich nicht mehr«, war sein nächster Versuch, mit Thore ins Gespräch zu kommen.

»Die See ist ölfilmstill, *transtiller*«, brummte Thore und blickte Viktor argwöhnisch an. »Früher kam ich vom Meer zurück und wurde an Land seekrank«, sagte er nach einer Weile etwas milder.

Viktor war in eine sentimentale Falle getappt, es wurde ihm langsam bewusst. Ruhe, Abgeschiedenheit, die Suche nach Ursprung – es hier unmittelbar erfahren zu wollen, war einfältig von ihm gewesen. Thore nahm derweil ein Seil in die Hand, vertäute das Boot an einem Pfahl, ging über den Steg Richtung Hütte und klopfte seine Stiefel aus. Getrockneter Lengfisch hing an hölzernen Gestellen in der windstillen Luft ruhig da. Viktor dachte daran, wie er damals, in denselben Stiefeln, die er auch heute trug, Rebekka kennengelernt hatte. Er erinnerte sich, wie er regelrecht in sie hineingestolpert war, als er den Warteraum einer Praxis betreten hatte. Er wusste nicht, ob es an ihren wachsamen, tiefliegenden Augen gelegen haben mochte, die ihn an jenem Tag so derart rot entzündet angeblickt hatten, oder an etwas ganz anderem. Er musste Rebekka damals einfach zeichnen, ihre Schönheit festhalten, was er dann auch getan und ihr noch im Wartezimmer das schnell skizzierte Porträt geschenkt hatte. Sie mochte seine Stimme, hatte sie später gesagt, und gescherzt, dass es jedenfalls keine Liebe auf den ersten Blick gewesen sei, da sie ihn an jenem Tag aufgrund der Augenentzündung kaum hatte sehen können. Ihr Sehvermögen hatte, so sein Eindruck heute, immerzu nach der Versicherung eines ihr nahestehenden Menschen gesucht. Er, Viktor, hingegen hielt Menschen generell lieber auf Abstand. Inwiefern hatte sie damals, bei der ersten Begegnung, ihr Empfinden für ihn in einer möglichen Intimität wurzeln lassen? Er zitterte ein wenig, denn die Frage war wie ein Widerhaken, an dessen Ende der Grund seines Unbehagens lauerte. Wie hatte es angefangen? Mit der unausgesprochenen Ewigkeitsvermutung auf beiden Seiten, sie wären füreinander wie geschaffen. Er hatte ganz zu Anfang dieser geteilten Intimität ihr apfelsinenrotes Haar in seinen Händen gehalten, diese Korkenzieherlocken, und dann über ihre dick angeschwollenen Augenlider mit seinen Fingerkuppen gestreichelt. Sie hatte schüchtern gewirkt, nahezu zerbrechlich. Aber in dieser Zartheit hatte sich für ihn eine enorm kraftvolle Schönheit ausgedrückt. Heute hatte er den Eindruck, die Verbindung, die er zwischen ihrer Schwäche und ihrer Schönheit hergestellt hatte, könnte auch nur seinem Blick entsprungen sein, der wohl einem naiven Bedürfnis nach Erfüllung geschuldet gewesen sein mochte. Ihre Begegnung konnte gewiss als intensives Aufeinanderprallen verstanden werden, ja, das gestand er sich zu, hatten sie doch beinahe täglich etwas gemeinsam unternommen, waren in Konzerte gegangen, ins Kino, hatten Bestenlisten von außergewöhnlichen Restaurants aufgestellt, die sie dann auch gemeinsam besucht und ihr Essen dort genossen hatten. Sie hatten sich zu ihren sonderbaren, aber weitsichtigen Interessen und sicheren Geschmacksurteilen gegenseitig gratuliert – und sich daraus ein verschwörerisches Band gestrickt. Sie hatten sich jeweils in der Wunschfarbe des anderen gekleidet und ihre Wahrnehmungen einander angenähert. Dieses Band existierte heute nicht mehr, und doch, miteinander zu schlafen, war einfach atemberaubend schön gewesen. Störungen, die aufgetreten waren, hatten sie mit gegenseitigen Komplimenten übertönt, wahrscheinlich, so dachte er jetzt, um von sich selbst abzulenken. Waren sie streng miteinander gewesen, hatten sie dennoch den gemeinsamen Glauben hochgehalten, bald wieder und noch intensiver zueinander zu finden. »Wir müssen noch stärker in die Erfahrung gehen«, hatte Rebekka einmal gesagt. Heute, im Nachhinein, klang ihm dieser Satz wie Kitt in den Ohren, der die sich auftuende Kluft nicht hatte überbrücken können. An einem späten Herbstabend hatten sie zusammen auf dem Bett gelegen. Er hatte sie gezeichnet, ihr das Bild geschenkt. Eine Träne war ihr über die Wange geronnen. »Das ist viel schöner als ich«, hatte sie gesagt und er sie daraufhin gefragt, warum sie denn weine?

»Weil, du mich nie so angefasst hast«, hatte ihre brutal ehrliche Antwort gelautet, mit der das Ende in Sichtweite geraten war. Heute würde er es anders formulieren, heute würde er sagen können, dass ihm klar geworden war, die Skizze aus seiner Hand mehr geliebt zu haben als sie, seine Rebekka mit den schönen Korkenzieherlocken, und dennoch tat es unfassbar weh.

Viktor betrat hinter Thore die ofenwarme Stube der Hütte. Da standen sie nun, die beiden ungleichen Männer, von denen der eine hoffte, der andere würde ihm irgendetwas sagen, was ihn auf irgendeine Spur bringen mochte. Im Licht der Glühbirne erschienen ihre Blicke glasig. Viktor hielt die Stille nicht aus und nahm an einem Holztisch Platz, der direkt am Fenster stand.

»Danke, dass Sie sich Zeit genommen haben«, sagte er endlich. »Meine Mutter hat mir erzählt, Sie hätten meinen Vater gekannt?«

»Sørless, richtig?«

»Ja …«

»Dein Vater war Ingenieur auf der ersten Bohrplattform in der Nordsee. Damals ging es mit dem Öl los.«

»Woher kannten Sie sich?«

»Ich war Tiefseetaucher.« Thore deutete auf Medaillen und zerfledderte Wimpel an der Wand. »Auf der Cormorant Alpha …«

Die zögerliche Art, in der er den Namen aussprach, mochte auf eine schwierige Erfahrung hinweisen. Viktor aber blieb ruhig.

»… die Plattform sollte in der Nordsee verankert werden. Es gab Drucktests unter Wasser. Ich hatte Dienst an der Winde, dein Vater war im Kontrollraum an Deck. Dann brach die Hölle los.«

»Was war passiert?«

»Ein Ventil an den Beinen der Bohrinsel war versehentlich geöffnet worden. Eine riesige Fontäne schoss auf die Plattform. Blowout, der schlimmste Unfall, der passieren kann. Die Plattform begann zu sinken. Die ersten Arbeiter sprangen verzweifelt ins Meer. Das Management befahl zu evakuieren. Ein Freund befand sich noch in der Dekompressionskammer, ich selbst in der Taucherkapsel. Es wäre unser Todesurteil gewesen.«

»Wie ging es weiter?«

Thore holte eine Flasche Schnaps aus dem Wandschrank, stellte zwei Gläser auf den Tisch und schenkte ein.

»Dein Vater funkte mich von Deck aus an und befahl, das Leck mit Metallplatten dichtzumachen. Heute erledigen das Tauchroboter.«

»Und?«

»Damals gab es noch keine Tauchroboter. Der Unterdruck eines Lecks saugt alles in sich hinein, das Wasser reißt an dir. Wir ließen die Taucherkapsel trotzdem hinunter. Uns blieb nichts anderes übrig.«

Er stopfte sich eine Pfeife und ging hinaus auf die Veranda. Das aufflammende Streichholz durchbrach für eine Sekunde die Dunkelheit. Thore zog an seiner Pfeife, paffte eine Zeitlang, und kehrte dann zurück in die Stube.

»Irgendwie haben wir das Leck dichtgemacht. Die Plattform war kurz davor zu kentern. Ein paar Grad weiter, und ... «, er machte eine abfallende Bewegung und blickte Viktor müde an.

»Wie ist es ausgegangen?«

»Dein Vater hat sich bei uns bedankt. Aber die Ölgesellschaft ließ uns ein paar Tage später in Oslo antanzen. Drei Männer in Anzügen erklärten uns, dass sich der Vorfall nicht ereignet hätte.«

»Was?«

Thore lächelte, ein Lächeln, das seine schrägstehenden Augen verengte. »Öl ist der Lebenssaft dieses Landes. Es hat Norwegen reich gemacht. Niemand wollte damals, dass die Industrie mit einem Fehlschlag beginnt.«

»Und mein Vater?«

»Die Crew wurde auseinandergerissen und auf Einsätze in alle Erdteile verbannt, von deinem Vater habe ich nie mehr etwas gehört.«

Viktors Augen schimmerten feucht, dann wischte er sich die Enttäuschung aus den Augen. »Ich werde wohl gehen, danke für Ihre Zeit, Thore.« Er erhob sich und wollte zur Tür.

»Auch ich bin ohne Vater aufgewachsen, aber einen wie deinen hätte ich mir gewünscht!«

»Ich mir auch«, antwortete Viktor kühler als er wollte, umarmte aber diesen Mann am Meer, und wünschte ihm alles Gute.

Als er noch am selben Abend wieder sein Studio betrat, lagen leere Pizzaschachteln auf dem Boden, begleitet von leergetrunkenen Flaschen. In der allgemeinen Unordnung erkannte er mehr Einfallsreichtum als in seinen Entwürfen für das Museum. Beim Aufsammeln der Schachteln stutzte er. »Die Geschichte Mexikos müsste mit einer Kritik der ... « Er beugte sich zu Boden und türmte die Schachteln aufeinander. Wo habe ich das gelesen? Er packte hastig die Bücher aus seinem Koffer, breitete sie auf dem Tisch aus, suchte nach einem Anhaltspunkt. »Die poetische Qualität eines Ortes entfaltet sich in seinem metaphorischen Reiz«, murmelte er. »Leere Worte«, murmelte er weiter, »diese leeren Worte, sie müssen endlich aus meinem Kopf raus, das semantische Feld ist belegt. Auf Erkenntnis zurückkommen. Auf Erkenntnis. Auf den Nous, das Erschnüffeln. Das Erahnen. Das Bild muss vor dem Wort auftauchen.« Er griff nach einem Stift, kritzelte etwas auf ein Blatt Papier, hielt die Skizze hoch. Er betrachtete sie lange und knickte erschöpft ein. Nach wenigen Minuten rief er Anton an.

»W-Weißt du ... wie spät es ist?«, stotterte dieser schläfrig.

»Wir treffen uns in zehn Minuten im Lehmlabor.«

Anton Gesicht wirkte matt und faltig, als er wenig später im purpurnen Morgenlicht auftauchte. Er legte seinen Mantel ab und setze sich auf einen Stuhl, aufrecht und voller zurückgehaltener Wut.

»Welche Form symbolisiert die Klassengesellschaft?« Viktor legte eine Skizze auf seinen Knien ab. »Diese Form lösen wir auf!«, jubelte er.

Anton blickte auf die Zeichnung und kratzte sich am Kopf. »Wie willst du es bauen?«

»Mit Lehm.«

Anton stand auf und nahm seinen Mantel.

»Nein, warte.«

»Lehm verwittert bei Feuchtigkeit. In diesem gottverdammten Dschungel regnet es jeden Tag.«

»Gottgesegneter Dschungel! Und: Stampflehmverfahren.«

»Reicht niemals aus, und das weißt du!«

»Hier«, Viktor kramte eine Abbildung hervor. »Das ist das physikalische Profil einer Probe aus Comalcalco.«

»Coma- was?«

»Eine archäologische Stätte in Tabasco. Die alten Einwohner des Urwalds hatten Lehmziegelsteine für ihre Bauten verwendet. Offensichtlich hatten sie einen Weg gefunden, der die Trockenschwindung und Rissbildung verhindert. Für den Rest finden wir auch noch eine Lösung.«

Anton setzte sich hin. Es ist beinahe noch Nacht, besagte sein Blick. Vor ihm sitzt ein Idiot, verriet sein Kopfschütteln. Viktor indessen strahlte ihn an. »Könnte klappen«, sagte Anton schließlich, ohne wirklich zu glauben, dass es stimmte. »Aber wir haben kein Büro.«

»Nein«, antwortete Viktor enthusiastisch. »Wir erfinden eines.«

ÁNGEL OVIDIO stand in den wogenden Fluten des Flusses. Der Dschungel rief wieder nach ihm: Er hörte das Rascheln von Tieren im Unterholz, wildes Geschrei, spitzes Kreischen, hier und da ein Brüllen, er spürte das Wasser, das ihn umströmte, das über ihn hinwegzog, an ihm vorbei. Seine Stiefel lösten sich auf, die Uniform, die schwere Ausrüstung – alles wurde konturlos, sein Körper steif vor Kälte. Nur sein Wille blieb ungebrochen. Wie lange er wohl schon so im Wasser stand? Die Zeit war stumm geworden, der Urwald laut. Aber seine Ausbildung verlangte von ihm, hart zu bleiben, die Sinne, alle Sinne in Alarmbereitschaft zu versetzen: riechen, hören, fühlen, sehen, schmecken. Das waren die Waffen, die ein Kaibil wachhalten musste. Um zu überleben und zu töten. Sein Blick war eisern nach vorne gerichtet. Seine Zähne mahlten aufeinander, aber er biss doch gar nicht auf irgendwas herum? Was war los? »Dieser Strom kriegt uns nicht klein!«, brüllte er plötzlich laut, vernahm aber keine Antwort. Dann drang ein Jammern von der Seite an ihn heran. »Was hast du, Bruder? Gib jetzt bloß nicht auf!«

»Ich kann nicht mehr«, stöhnte eine männliche Stimme.

Ángel spürte Zorn in sich aufsteigen. »Du kennst unsere Parole: Wenn ich vorstoße, folge mir, wenn ich anhalte, bedränge mich, wenn ich zurückweiche, töte mich!« Dann schrie er wutentbrannt: »Ich werde dich töten! Ich werde dich töten, noch bevor dich das Wasser nimmt!« An seinem Hals traten dicke Adern hervor. »Wir sind Abkömmlinge von Kayb'il B'alam, dem größten Maya-Krieger aller Zeiten.«

Ja, Kaibiles, das waren sie: Männer des Dschungels, der Hitze, der Nacht. Sie kamen aus dem nämlichen Dunkel, das sie hervorgebracht hatte. Ihre Schule war die Grausamkeit. Alles, was sie als Menschen ausgemacht hätte, war systematisch vernichtet worden. Sie hatten Minen mit bloßer Hand entschärft, Tieren bei lebendigem Leib den Kopf abgerissen und ihr Blut getrunken, andauernde Demütigungen über sich ergehen lassen. Sie überlebten im tiefsten Urwald, bei widrigstem Wetter. Die Erinnerung an ihre Familien war ausgelöscht. Die Vergangenheit war ausgelöscht. Ángel war vollendet, war der lautlose Tod.

Zwischen den Wipfeln kroch die Sonne hervor und schien durch das Blätterdach des Regenwaldes. »Es wird nicht mehr lange dauern«, brummte Ángel und spürte, wie seine Hand erstarrte und die Starre den Arm erklomm. »Siehst du!«, schrie er. »Es wird hell, die letzte Prüfung ist bestanden. Wir schlagen uns bald den Bauch voll, Bruder! Mit Alligatoren, ha, ha, ha! Sie werden die ganze Nacht über dem Feuer schmoren! Die ganze Nacht, hörst du! Wir entführen den Minister und werfen die Drecksau in einen See, wie es der Brauch will!« Zum ersten Mal wandte er seinen Blick zur Seite, um in den Augen seines Kriegsbruders die Freude aufleuchten zu sehen. Doch der Strom hatte diesen fortgerissen. Das Wasser stieg weiter an. Panisch stellte Ángel fest, dass es ihm bereits zum Kinn reichte, und als es in den Mund schwappte, schreckte er aus dem Schlaf hoch.

Sofort stand er auf, schüttelte ein Bein, als würde er sich von einem nächtlichen Wadenkrampf befreien. Sein Atem ging heftig, kalter Schweiß lief seinen Rücken hinunter. Er rieb sich die Augen, bis seine Wangen schmerzten. Mehrere Sekunden schwankte er und musste sich an der Schranktür abstützen. In seinem Kopf drehte sich alles, sein Mund war trocken. Um sich zu beruhigen, zählte er die Narben an seinem Körper, Souvenirs etlicher Gefechte. Er hatte immer gedacht, dass sich das Unterbewusstsein im Schlaf räche, wegen der Verdrängung, der es am Tag unterlag. Allein, dieser Traum war kein Traum, sondern pure Erinnerung. Es klopfte an der Tür. Er band sich das Bettlaken um die Hüfte und riss die Tür auf.

»Du bist spät dran«, bemerkte Damion kalt. »Hattest du wieder Albträume?«

Ángel bäumte sich auf und wies ihn herrisch an. »Ich habe keine Albträume. Sie haben mich!«

»Oje.« Damion lächelte. »Ich habe dir eine Chance gegeben. Vermassele sie nicht.«

»Du bist mir noch eine Antwort schuldig. Wer, verdammt, bist du?«

Damion glättete eine nur scheinbare Falte auf seinem Sakko und nahm seine Sonnenbrille ab. Die grässliche Wunde unter seinem Auge kam zum Vorschein, ein dunkles Fresko auf seiner sonst makellosen Haut. »Jüngster Absolvent der Ökonomie an der Universität in Chicago.« Er salutierte dicht vor ihm. »Ehemaliger Sonderberater der US-Regierung in Mexiko.«

Ein eisiges Schweigen schnitt die Luft in zwei Reviere. Damion beugte sich vor, eine Strähne berührte Ángels Gesicht, seine Stimme wurde weicher, als er Ángel heiser ins Ohr hauchte: »Der kleine Junge des großen Massakers, sucht er dich auch heim?«

Ángel erschrak, glotzte Damion aus übergroßen Augen an.

»Okay.« Damion klopfte ihm auf die Schulter. »Wir haben alle Informationen über die Architekten der Ausschreibung zusammen.« Er zog seine Sonnenbrille wieder auf und lächelte gegen das Licht des frühen Tages. »Einen haben wir in der Falle.«

DAS POTEMKINSCHE STUDIO war bereit zur Inspektion. Zwei Tage und Nächte hatten sie an einer Kulisse gebaut, die ein geregeltes, wenn nicht sogar ein imposantes Architektenleben vorgaukeln sollte. Täuschend echt, dachte Viktor, während er sich nervös mit der Hand über die Brust fuhr.

»Sind wir gut vorbereitet, *Jefe*?«, stichelte Anton.

»Besser als je zuvor.«

»Hast du die Namensschilder an der Tür ausgetauscht?«

»Habe ich.«

»Hast du die Magazine vorbereitet?«

Viktor reagierte gelassen. »Unser Dünenhaus liegt überall aus.« Er knackste mit den Fingern und schenkte sich einen Drink ein. Er begutachtete das provisorisch eingerichtete Atelier, der Wodka legte sich langsam auf sein Gemüt und betäubte die Nerven auf das notwendige Maß. Zweifel flauten ab. Er stürzte den Rest des Drinks hinunter. »Lass uns eine Begehung machen.«

Anton ließ in seinem Mienenspiel nur vage Zuversicht erkennen. Die beiden gingen durch einen großen Raum, dessen Holzparkett bei jedem Schritt knarzte und von dessen Decke hier und da Putz abbröckelte. Dicke metallische Rohre und Stromkabel zogen sich entlang der Kanten des alten Gewölbes. Viktor inspizierte die im Bücherregal aufgestellten Titel. »Gute Auswahl«, murmelte er leise, »die will zwar keiner lesen, aber sie erfüllen ihren Zweck. Und hier, schau, hier haben wir alte Türblätter vom Schrottplatz aufgebockt und sie in Zeichentische umgewandelt«, erklärte er Anton gegenüber stolz. »Und das, das ist Johann Sebastian. Freunde nennen ihn Jonny.«

Anton schüttelte dem jungen Mann die Hand.

»Er meistert nicht nur feinstes Vinyl als DJ, er meistert auch den freien Strich.«

Jonny grinste und wollte Viktors Lob umgehend beweisen. Anstelle eines perfekt gerundeten Kreises jedoch sah Viktor eine schwächliche Ellipse entstehen. Er klopfte Johnny seufzend auf die Schulter: »Okay, nur Mut, und weiter so!«

Sie liefen durch die improvisierte Gemeinschaft: Freunde, Architekturstudenten und Köche bevölkerten die Tische, eine Künstlerin hatte sich im Übereifer einen Laborkittel angezogen, ein Gärtner studierte einen Plot am kalkweißen Mauerwerk. Viktor hatte sie alle zusammengetrommelt. Selbstverständlich war Benedetto seiner Einladung ebenfalls gefolgt. Sein Freund hatte einen kirschroten Rollkragenpullover übergestreift, er trug sein widerspenstiges Haar charismatisch gescheitelt, eine Brille aus den 50er Jahren verlieh ihm eine gewisse intellektuelle Schärfe.

»Steht dir, Mister Stararchitekt«, grinste Viktor.

»Bändigen wir sie!«, schmetterte Benedetto. »Die gute alte Furie namens Schönheit!« Er lachte laut auf und umarmte Viktor herzlich. »Ich werde über eure Eröffnung schreiben, wenn wir in Mexiko sind – und über eine Oper im *Palacio de Bellas Artes*.«

Anton war nicht zum Scherzen aufgelegt und machte auch keinen Hehl daraus: »Ich nehme an, das hier soll unser Präsentationsraum sein?«

»Eine Schatzkammer!«, strahlte Viktor. »Plastiken von untergegangenen Kulturen, Zeichnungen von diversen Tempeln.« Er schwenkte seinen Arm im weiten Bogen, präsentierte den Ausblick aufs Fleet, in dem sich smaragdgrünes Wasser kräuselte.

»Beeindruckend«, lobte Anton und blickte nach oben: »Stammt der Projektor etwa hier aus einer Sportbar?«

»Klasse, nicht wahr?«

»Noch überzeugender wäre es, wenn wir den Aufkleber ablösen.«

Viktor stieg kurzerhand auf einen Klappstuhl und zog das Schildchen ab. »Und rühr mir nicht die frischen Kekse an, die sollen nur das Bild abrunden. Wir haben außerdem einen Humidor mit Zigarren und eine Auswahl an Whiskysorten. Der Clou daran: Die haben alle unterschiedliche Pegelstände. Das zeugt von unseren regelmäßigen Geschäftstreffen und unserer weltmännischen Weitläufigkeit.«

»Aha«, nickte Anton kurz und musterte das kostbar verzierte Tablett mit den Getränken von allen Seiten. Unterdessen prüfte Viktor die Verkabelung und warf einen letzten Blick auf die Präsentation der Entwürfe: Die Bilanz etlicher schlafloser Nächte, in denen jede freie Minute einem Ideal geopfert worden war. Es klingelte.

»Showtime!«, rief er allen zu. »Nehmt Architektenhaltung an!« Die Statisten bezogen ihre Plätze. Anton ging zur Tür. Viktor blieb im Konferenzraum und wartete. Es dauert lange, sehr lange. Zu lange, dachte er. Anton befand sich immer noch im Flur und führte Gespräche, die er aufgrund seiner Skepsis eigentlich nicht führen sollte. Die Entourage traf ein. Damion schritt geschmeidig im nachtdunklen Anzug voran, gefolgt von einer Frau mit millimeterkurz geschorenem schwarzem Haar. Ihr gewissenhafter Blick faszinierte Viktor: Sabina, Verantwortliche für Öffentlichkeitsarbeit und Kommunikation, wie sie ihm später präsentiert werden sollte, tastete die Umgebung vollständig ab und schien zugleich völlig desinteressiert zu bleiben. Gekleidet war sie in eine enge Hose und ein ärmelloses Top. Ihre Arme waren definiert und von Tattoos übersäht, die Wangen stark konturiert. Sie erinnerte Viktor an einen mexikanischen Cyperpunk. Ein bulliger Mann mit breitem Nacken und militärischer Kurzhaarfrisur hielt sich bedeckt im Hintergrund. Er glich einem Gladiator im Maßanzug. Ein schlaksiger Jungspund blieb in seiner Nähe. Er trug kurzes, rötlichbraunes Haar und eine ausgefallene Designerbrille. Sein Anzug wirkte so neu, als hätte er sich gerade erst in einer Flughafenboutique neu eingekleidet. Und dann, in gebotenem Abstand, betrat eine Frau mit wogender Energie und fülliger Haarpracht den Raum. Sie trug eine brombeerfarbene, weite Hose und dunkelgrüne Sandaletten.

Anton stellte monoton die Personen einander vor. Viktor schüttelte Hände. Ángel, der Mann mit den geschorenen Haaren, verweigerte den Handschlag. Sein linkes Augenlid hing schief, sein rechtes Auge blickte Viktor geringschätzig an. Anton bat alle zu Tisch und mimte den Gastgeber. »Whisky?«

Damion zwinkerte und leerte den eingeschenkten Drink in einem Zug; Carlos, der Mann im Anzug, stellte sich als »Kurator des Museums« vor und drehte schräg den Ledersessel zur Seite. »Señor Sørless, beeindrucken Sie uns.«

Die Gesichtszüge der Anwesenden waren auf einen Nenner zu bringen: katatonische Starre. Viktor sammelte sich und hob seine Stimme: »Unser Gebäude wird die Idee von Xinatli aufgreifen und das Verhältnis von Kunst, Natur und nationalen Identitäten neu ausloten. Die gesellschaftliche Vision, Natur und artifizielle Formgebung in einen semantischen Schwebezustand zu bringen, wird kreativ umgesetzt.«

»Verschon uns mit dem Bullshit! Komm zum Punkt!« Damion polierte mit dem Zeigefinger sein Gebiss. »Bring den Funk in Function!«

Bring den Funk in Function, hallte es in Viktor wieder. Im Raum reifte Unbehagen heran. Wie unter Hypnose klebte er eine Collage an die Wand und bat Anton, das Modell zu holen. »Wir wollen das Trauma der Vergangenheit, durch den Traum von einer besseren Zukunft ersetzen«, seine Stimme festigte sich. »Mexiko ist ein Land, über das wir mehr Vorurteile haben als Wissen. Wir reden oft von Korruption und denken an die Schrecken eines Drogenstaates.«

Ángelt blinzelte ihn pfeilscharf an, Viktor fuhr unbeeindruckt fort und fügte Fotos in die Landschaft der Collage ein. »Aber wie sieht die Lebenswirklichkeit der Menschen aus, die über Jahrhunderte die Beute von Kolonialherren und fremden Mächten waren? In einem Land, das keine Armut kennen müsste, weil sein Boden und seine Kultur extrem reich sind.« Er dirigierte die Blicke zur Wand, Bild um Bild. Das verhaltene Murmeln verunsicherte ihn nicht mehr. »Wir versuchen, die Menschen zu ihrer Geschichte und zu einer Natur zurückzuführen, von der sie gewaltsam getrennt wurden. Mit einem Bau, der wie ein Organismus mit dem Dschungel verwächst. Mit einem Bau, der ein terra-zentrisches Weltbild spiegelt. Natur und Kunst dürfen als das präsent sein, was sie seit je waren: Sie werden weder kultiviert noch auf irgendeinen Markt zurechtgeschnitten, nein, wir setzen sie in einen produktiven Zusammenhang miteinander.« Er schaute Anton an, der ihm fatalistisch zunickte, und sammelte sich für die alles entscheidende Frage. »Welche Form ist Bestandteil mesoamerikanischer Kultur – und symbolisiert zugleich die hierarchische Gesellschaft von Arm und Reich?« Er blickte fragend in die Runde. »Die Stufenpyramide. Wir lösen sie auf!«, jauchzte er und fügte eine große Skizze in die Mitte der Collage ein. »Wir arrangieren sie neu! Die breiteste Schicht heben wir in die Mitte, auf Augenhöhe mit der Natur. Ein Schlot stabilisiert das Gebäude. Er reicht von hoch oben bis tief in die Erde. Dort mündet er in ein Becken. Von jedem Stockwerk aus ist der Schlot einzusehen. Natürliches Regenwasser fällt in ihn hinein, Auswölbungen im Fels sorgen für Wassserfälle, ich nenne sie mal die ›weinenden Felsen‹. Weinend, weil ganz unten, im Erdgeschoss, auf den letzten Stufen des Beckens, Buchstaben aus Lehm aufgetragen sind, Buchstaben, wie sie einst von den Konquistadoren der indigenen Bevölkerung als Stigmata auf die Stirn gebrannt worden sind. Das *G* steht für *Guerra*, Krieg, um nur einen zu nennen. Das Wasser wäscht den weichen Lehm, die Wunden der Vergangenheit, mit der Zeit aus, bis die jeweiligen Initialen irgendwann nicht mehr zu erkennen sein werden.« Viktors Mund war vom Reden trocken, er trank einen Schluck Wasser. »In den Seitenblöcken befinden sich die Ausstellungsräume. Die Wände bauen wir mit einer stabilen Lehmmischung, nur eine Stelle wird mit gefrorenem Glas umwunden. Je nach Perspektive verschleiert es sich wie von Zauberhand und also immer wieder neu. Wir blicken von innen auf die wilde Vegetation, von außen gesehen aber spiegelt sich im Glas der Dschungel. Eine optische Täuschung. Von weitem wirkt die Pyramide *durchbrochen*. Als würde sie schweben.« Er redete sich in schöpferische Trance. »Am Eingang wird das Kunstwerk von Jeanne Garcia ausgerollt. Der Rote Teppich. Er verspricht Glamour, aber Leichen pflastern den Boden. Wir schreiten auf dem Blut von Toten in das Gebäude. Die verwobenen Kleidungsstücke künden vom Schicksal der Opfer und erzählen zugleich von der Straflosigkeit, die gewissermaßen durch den ahnungslosen Besucher erneut mit Füßen getreten wird.«

Viktor heftete die erste Visualisierung an die Wand, deren Erstellung eine von Antons Bedingungen für die Präsentation war. »Die Plattform der Pyramide öffnet sich zum Licht hin.« Er hob seinen Blick, schaute dann Fernanda direkt in die Augen. »Ich denke, die Neuerzählung der mexikanischen Gesellschaft müsste, wie Octavio Paz es verlangt hat, mit einer Kritik der Pyramidengesellschaft beginnen, und also mit der Neuerzählung einer Pyramide selbst.« Er reckte sich auf, stand kerzengerade da. »Die Neuerzählung einer Pyramide. Hier – ist sie.«

Er spürte keine Reaktion, nicht einmal den Widerhall seiner Worte auf dem Gesicht seines Partners. Ein breites Schweigen wogte im Raum und lastete auf seinen Schultern.

»Was ist mit dem Respirationszentrum?«, fragte Sabina kühl.

Viktor stockte der Atem. Irritiert wiederholte er. »Mit dem Respirationszentrum?« Noch bevor er eine Antwort geben konnte, regte sich Fernanda auf ihrem Stuhl, und hob ihre Hand. »Wissen Sie, meine Mutter schrieb Gedichte, mein Vater war Offizier bei der Armee und begann um die Jahrtausendwende ein Stromnetz in Chiapas und Campeche auszubauen. Es zog sich durch den Regenwald.« Sie machte eine Pause. »Realismus und Träumerei sind in die Geschichte meiner Familie eingeschrieben. Miserable Bildung entwürdigt den Menschen, davon bin ich überzeugt. In Kunst und Natur liegt das wahre Potenzial Mexikos.« Sabina und Carlos nickten, Damion hingegen schenkte sich einen weiteren Whisky ein. Er hatte innerhalb einer Viertelstunde den Pegel ihrer internationalen Weitläufigkeit um mehr als die Hälfte gesenkt. »Die Idee ist einfach. Xinatli soll ein Ort der De- und Rekonstruktion sein, der im besten Fall weiltweit ein neues Denken anstoßen kann. Ein Ort der Wiederverzauberung.« Fernanda erhob sich und schritt langsam, mit verschränkten Armen, das Modell ab, das auf dem Tisch stand. Sie berührte kurz mit ihrem Zeigefinger die Stelle des Modells, wo der Rote Teppich ausgelegt werden sollte. Und jetzt war sie es, die

Viktor direkt in die Augen sah: »Die Platzierung ist würdelos. Zu sensationslüstern«, bemerkte sie harsch. Sabina faltete bereits resolut ihren Laptop zusammen und war im Begriff aufzustehen, als Fernanda diesen Impuls unterbrach. »Aber die Dekonstruktion der Pyramide gefällt mir. Jedem Akt einer formalen Zerstörung liegt ein Akt der Schöpfung inne. Das ist die Grundlage aller Bewegung.« Sie blickte Viktor ein weiteres Mal an, lächelte ihm wie einem Freund zu, und wandte sich dann an Sabina: »Sag ihnen, sie sollen die Entwürfe in drei Wochen liefern und verhandle die Konditionen.«

Dann ging alles sehr schnell. Glückwünsche, Händeschütteln, Verabschiedung an der Tür. Schon war die Entourage verschwunden. Nur Damion war geblieben und hatte sich zu Viktor gesellt. Jetzt musterte er das Büro, sah zu Johann Sebastian, der mit einer Köchin flirtete, während Benedetto erst leise und dann immer lauter mit einer Gesangseinlage die Truppe unterhielt.

»Ich mag deine Leute. Gutes Team!« Damion massierte Viktor die Schulter. »Sie sind irgendwie anders als die anderen Architekten, die wir aufgesucht haben.«

»Was soll ich sagen?«, Viktor drehte sich aus dem Griff an seiner Schulter und vermied es, Damion anzublicken. »Moderne Arbeitswelt, gemischte Teams.«

»Mach die Entwürfe fertig, Kleiner. Ich glaube, du weißt noch nicht ganz, worauf du dich eingelassen hast.« Er tätschelte Viktors rechte Wange, strich ihm über die Schulterpartie des Sakkos und zupfte dann seinen verrutschten Kragen zurecht. »Wir sehen uns«, sagte er beim Gehen. »*El monstruo* erwartet dich!«

AUFBRUCH

DAS FLUGTAXI glitt durch die Nacht. Viktor blickte zu den Rotoren über ihm, die leise die Luft zerteilten. Die Konstruktion erstaunte ihn. Zu seiner Rechten saß Sabina Dávila, die er noch immer nicht richtig einzuschätzen wusste. »Warum verkaufen wir das Gebäude nicht als tropischen Minimalismus?«, fragte sie, ohne ihr Lachen noch irgendwie verbergen zu wollen. »Das würde der Presse gefallen.« Sie schlug ihm scherzhaft ihren Ellenbogen in die Rippen. »Am Anfang, dachte ich ja noch, was für ein Anfänger! Aber die Entwürfe, alle Achtung!«

»Danke.« Viktor nickte und dachte, die deutliche Kühle, mit der Sabina ihm bislang begegnet war, sei dabei, sich zu legen. Sie erzählte während der noch verbleibenden Flugzeit von ihrer Kindheit in Tijuana, einem Ort, »so nah an der US-Grenze und doch so fern vom Paradies. Tätsächlich trennen nur wenige Meter die Menschen dort von einem Versprechen auf eine bessere Zukunft. Aber auch von einer heißen, trockenen Wüste. Wer da überleben will, der muss sich schon eine gewisse Stacheligkeit zulegen«, erklärte sie lachend. »Das gilt für uns Menschen ebenso wie für die Hyänen, die dort leben, und die zeigen sich da regelrecht anpassungsfähig!« Und wieder lachte sie, dann blickte sie Viktor plötzlich ernst an: »Wir hatten es nicht leicht, meine Familie und ich. Mein Vater besitzt in Tijuana eine Werkstatt, anfangs war es reines Überleben, später, als alte Käfer aufgerüstet wurden, konnte ich ihm zur Hand gehen, um mein Studium zu finanzieren.«

»Ist dein Vater bei Euch in der Familie der erste, der sich selbstständig machte?«, fragte er ehrlich interessiert nach, und ahnte nicht, was für eine Lawine er lostreten würde. »Nein, nein, nein, das Gen hatte schon mein Großvater, Ignacio. Er war ein Schlitzohr! Ihm war es als Erstem gelungen, aus dem ›bescheidenen mexikanischen Handwerk‹, wie er immer betonte hatte, echte amerikanische Dollars zu machen. Mit einem kleinen kriminellen Trick hatte Opa es geschafft, die Ahnungslosigkeit der Grenzbeamten auszunutzen und rahmengenähte Schuhe in die Vereinigten Staaten zu schmuggeln. Die Geschichte war zur Legende in unserer Familie geworden, mit der sich alle gern schmückten. Zunächst hatte er nur die jeweils linken Schuhe eines Paares in einem Häuschen nahe der Grenze gebunkert. Dann war er mit den rechten zur Zollschranke gefahren, die in jener Zeit noch nicht der bestbewachteste Grenzabschnitt der Welt war. Die Cops kontrollierten ihn. Sie meinten: Mit Hunderten Schuhen käme er da nicht rüber. Mein Großvater, der Schelm, hatte Reue vorgetäuscht. Die Ware wurde konfisziert und eine Woche später beim Zoll versteigert. Aber wer hat schon Interesse an einem einzelnen rechten Schuh?« Sabina schmunzelte, und kreiselte mit ihrem Finger in der Luft. »Mein Großvater Ignacio! Er hielt sein mageres Ärmchen in die Luft, kaufte alle Schuhe zu einem Spottpreis ein und deponierte sie in einem Lager in den USA. Die Woche darauf wiederholte er die Masche, nur diesmal auf links gedreht. Wieder wurden die Schuhe beschlagnahmt, wieder versteigert, wieder war mein Großvater der einzige Bieter, der nun in den USA die einzelnen Schuhe zu Paaren zusammenführte und an reiche Geschäftsmänner verhökerte. So wie den selbst gebrannten Whisky, den er aus Maisresten herstellte, und ich könnte dir noch mehr erzählen. Mit dem Geld, das er damals rangeschafft hat, konnte mein Vater dann auch seine Werkstatt eröffnen.«

»Und wie kommt jemand wie du zur Kunst?«

»Kennst du Marfa?« fragte sie. »In Texas?«

»Die Künstlerstadt?«

»Ich habe dort in einer Galerie gearbeitet, und, glaube mir, immer alles verkauft. Warum? Weil mir eines sehr schnell klar geworden war: Bei diesen Käufern durfte ein Bild nie größer sein als ein Bett, ein Doppelbett, und nie kleiner als ein Badezimmerspiegel.«

»Das war's?«

»Ja. Das war's. Und ehrlich gesagt, ich selbst mache mir nicht so viel aus Kunst.«

»Nicht?«

»*No*, Orozco baut *die* französische Edelkarre nach, Koons erschafft glitzernde Pudel aus Edelstahl. Kann diese Kunst wirklich die Welt verändern? Oder ist sie nicht vielmehr Teil des Problems?«

»Du bist die Idealbesetzung für den Job«, grinste Viktor.

»Schau, als der Künstler Donald Judd in den Siebzigern nach Marfa kam, gab es dort nichts als bibeltreue Viehzüchter. Er stellte seine Skulpturen in eine alte Kaserne und mitten in die Wüste, später hat er sich über ganze Straßenzüge ausgebreitet. Und was ist aus dem einst belanglosen Wüstenkaff geworden? Eine Pilgerstätte des Minimalismus und der Land Art!«

»Und weiter?«

»Heute gibt es dort Antilopensteaks für Hunderte von Dollar, minimalistische Stiefel, Aromatherapien und marmorierte Rindsleder-Schlüsselanhänger.« Viktor verstand, worauf sie hinauswollte: Kunst sei nicht zwangsläufig ein Motor für sozialen Fortschritt.

Das Lufttaxi nahm eine Kurve, die Lichtketten der großen, belebten Avenidas von Mexico City strahlten auf. »So unendlich viele Menschen«, flüsterte Viktor gebannt Richtung Fenster. Sabina blickte über seine Schulter ebenfalls auf die Stadt unter ihnen. Sie näherten sich einem riesigen Turm, der den Nachthimmel zu berühren schien, das Lufttaxi steuerte auf den Voloport zu. »Wir sind da«, sagte sie. Das Lufttaxi setzte auf, die Rotoren drosselten aus. Viktor half Sabina aus dem Sitz, schritt Sekunden später allein und andächtig an den Rand der Plattform. Die Metropole lag vor seinen Füßen, ihre Lichter zogen sich bis zum Horizont entlang. Er sah in der Ferne den Krater des Popocatépetl aufragen. Ich werden heute Nacht am Fuße eines Vulkans einschlafen – der Gedanke erfüllte Viktor mit Schauder; eine im Innern der Erde stets brodelnde Glutmasse so nah zu wissen, mitten im Herzen dieser Megametropole, wo der Vulkan eines Tages wie ein müder zorniger Gott Lavaströme, ganze Felsbrocken und schwarze Rauchwolken ausspeien wird.

»Kommst du?« Sabina rief nach ihm, und lächelte ihn stolz an, während er auf sie zuging. Kaum war er bei ihr, hakte sie sich bei ihm ein und führte ihn zum Treppenhaus, wo sie den Aufzug nach unten nahmen. Zwei mexikanische Pagen empfingen die beiden vor einer hölzernen Doppeltür, deren Flügel bis unter die Decke reichten. Elegant verbeugten sich die Pagen und stießen ein Portal zu einer anderen Welt auf.

»Warte«, flüsterte sie ihm ins Ohr. »Eine Lockerungsübung.«

»Was?«

Sie tänzelte vor ihm auf der Stelle, schüttelte ihre Arme aus, lockerte Lippen und Wangen, musste lachen und munterte ihn auf, es ihr gleich zu tun. Als er zu hampeln anfing, konnte sie sich kaum halten vor Lachen. »Kann losgehen!«, sagte sie schließlich energisch und hakte sich mit diesen Worten wieder bei ihm unter, enger diesmal als zuvor, und zog ihn dann in den großen Salon. Der Saal strahlte. Riesige Lüster hingen von der Decke herab, eine elegant gekleidete Abendgesellschaft bewegte sich vor Viktors Augen im einmütigen Rhythmus heiterer Gespräche, stilvoll ausgewählte Blumenbouquets und hochgewachsene Palmen in Terrakottatöpfen standen sorgsam angeordnet vor einer breiten Fensterfront, die über einen erhabenen Garten den Blick in die Stadt freigab und auf eine ausladende Terrasse führte. Deutlich spürbare Lebensfreude erfüllte die Atmosphäre. Später würde man hier, ganz unter sich, in die sternenklare Mitternacht des Südens tanzen.

»Es ist gerade Kunstwoche. Alle sind vertreten.« Sabina zog ihn schwungvoll heran. »Lass uns Fernanda suchen!« Sie badete mit ihm in der Menge, stellte ihm Persönlichkeiten aus der Stadt und Wortführer der internationalen Kunstszene vor. Da ein Investor, der an der Pazifikküste eine Ökofarm baute, dort ein Banker mit Kunstfeinsinn, hier eine Kuratorin von internationalem Rang, dort eine Kunstkritikerin, die vor allem den europäischen Mark beobachtete, aber in Mexiko neue Strömungen aufspürte, wie sie sofort zu verstehen gab. Besucher aus beinahe allen Nationen waren zu Gast, und die Neugier, die ihm, Viktor, entgegenschug, beschämte ihn ebenso wie die kehlig ausgesprochenen Schmeicheleien aus Sabinas Mund, diesem rotglänzenden Mund einer Frau, die mit einer derart professionellen Leichtfüßigkeit durch die Gespräche wirbelte, dass es ihn ebenso verwirrte wie faszinierte, und die ihn als Neuankömmling dieser Gesellschaft gekonnt mit den Worten »Kennt ihr einander schon?« weiterreichte an wen sie wollte. Er sammelte Namen und Karten ein, gab erste Versprechen von sich. Schließlich schlenderten die beiden mit Champagnergläsern in den Händen über einem handgewebten Teppich nach draußen auf die von schwach beleuchteten Skulpturen gezierte Terrasse, an deren Ende ein Wasserbassin sich wie ein Flußdelta in eine Schar kleinerer Becken hin zum Garten verzweigte. Über ihnen die Sterne, sie waren kaum zu sehen.

Fernanda trat in einem schwarzen, kunstvoll mit violetten Blumen bestickten Kleid aus dem Schatten der Bäume auf sie zu. Über ihrem streng zur Seite gescheitelten Haar trug sie einen Hut mit breiter Krempe, die sich über ihrem Nacken aufwölbte.

»Viktor! Schön, dass du hier bist.« Sie begrüßte ihn inniglich, bot ihm die Hand dar, ihre zarte, feingliedriege Hand, die sich leichter als eine Feder auf seine Finger legte.

»Darf ich es sagen?«, fragte er mit ungespielter Zuneigung. »Du siehst bezaubernd aus in diesem Kleid!« Sabina lächelte und verabschiedete sich mit einem kurzen »Wir sehen uns gleich!«.

»Die Tracht der *Escaramuzas,* der Rodeofrauen. Ich mag ihre Anmut, und ich liebe Pferde!«

Wie sie da so gemeinsam standen und plauderten und lachten, gesellte sich zu ihnen ein Hüne, dessen weich geschwungene Lippen Viktor unvermittelt an das Fleisch aufgeschälter Früchte denken ließ, sein helles Gesicht war fein geschnitten, er war ganz in Schwarz gekleidet, die Ärmel und Hosenbeine seines Anzugs trug er hochgekrempelt, sodass seine definierten Waden und Unterarme zu sehen waren. An seine Seite trat ein dunkelhäutiger Mann in Jeans und einem pflaumenblauen Poloshirt, das offen über seine Hüfte fiel. Er wirkte auf Viktor sehr heiter und sympathisch. Seine beinahe korkbraunen Augen, die recht wach und möglicherweise etwas forsch waren, faszinierten ihn. Die beiden Männer schienen Anfang dreißig zu sein.

»Darf ich vorstellen: Hedi Xandt und Miguel Mwamba Rodrigues. Sie werden uns mit ihrer Kunst in Xinatli bereichern.«

»Mwamba?«, fragte Viktor.

»Ich bin in Tanzania aufgewachsen.« Miguel sprach leise. »Auf Suaheli bedeutete das Wort ursprünglich Gestein. Bergleute riefen aber auch gern *Mwamba!*, wenn sie auf eine goldreiche Quarzader stießen. Mein Name wechselt die Bedeutung, je nachdem, in welchem Kontext man ihn ausspricht.« Er lächelte, und Viktor wusste nicht zu sagen, ob dieses Lächeln mehr war als nur eine Floskel. Er wollte gerade reagieren, als Sabina kurzatmig an die Gruppe herantrat und Fernanda mit den Worten zur Seite zog: »Entschuldigt, bitte. Wir müssen uns kurz besprechen«.

»Seht ihr den Herrn da?«, fragte Hedi. »Er wollte eine digitale Skulptur von mir erwerben, die mit Gold überzogen ist. Wollte man sie in die Realität umsetzen, würde das an ihrem Gewicht scheitern. Allein der Rohstoff hat in ihm Begehrlichkeit ausgelöst.«

»Das Gespräch mit dem Typen war schon die Bezeichnung Kunst wert«, bemerkte Miguel gelassen, während er sich eine selbst gedrehte Zigarette anzündete. Dann hob er sein Glas und die drei prosteten einander zu. Eine Frau winkte Miguel und gesellte sich zu ihnen. Ihr Kleid glich schwarzem Glas und lag eng an ihrem Körper an. Ein flüchtiger Blick auf Viktor, dann ein zweiter. Ein scheues Lächeln. Miguel umfasste die junge Frau geistesgegenwärtig an der Hüfte und stellte die beiden einander vor.

»*Mucho gusto.*« Sie lächelte kurz, eine kleine Zahnlücke zwischen den oberen Schneidezähnen blitzte auf.

»Schön, in Mexiko zu sein«, erwiderte Viktor.

Sie ließ für einen kurzen Moment ihren Mund offenstehen, dann wandte sie sich wieder Miguel zu. »Wir machen das Interview morgen, ja?«

»Ja, klar, Karla, gern.«

Die junge Frau nickte und verabschiedete sich. Viktor blickte ihr nach. Ihre Silhouette verschwand in der Menge.

»›Schön, in Mexiko zu sein‹ – sehr einfallsreich seid ihr Europäer ja nicht gerade!« Miguel zwinkerte Viktor zu. »Du baust die Pyramide, richtig?«

»Ja.« Viktor räusperte sich. »Und du?«

»Ich – die Magmatürme. Sie werden bei der Eröffnung gesprengt, mitsamt der in ihnen ausgestellten Kunst.«

»Gesprengt?« Viktor stockte. »Warum?«

»Jeder Anfang gebiert sich aus Trümmern«, sagte Miguel rasch und schien auf eine bestimmte Reaktion zu lauern.

Viktor blieb ruhig, er war hier zu Gast, war sich bewusst, dass er Informationen sammeln musste, Informationen über die Menschen, ihre Ansichten, ihre Absichten. »Was verbirgt sich hinter deinem rätselhaften Diktum?«, fragte er vorsichtig nach, nicht ohne seiner Pointe zugleich ein gewisses Gewicht zu verleihen.

Miguel ignorierte die Spitze: »Millionen Kunstobjekte wurden seit Beginn der Kolonialzeit nach Europa verschleppt, auf fragwürdige Weise erworben oder schlicht durch Plünderung angeeignet. Der Federschmuck des aztekischen Herrschers Moctezuma landete zum Beispiel im Weltmuseum Wien. Viele Kulturen, die ihre eigene Geschichte anhand von Objekten nachzeichnen wollen, die eine historisch herausragende Leistung ihrer kulturellen Blüte darstellen, fehlen genau diese Objekte; wenn es hochkommt, stehen ihnen blasse Kopien zur Verfügung. Die Magazine der europäische Museen hingegen quellen über vor lauter Artefakten, die gar nicht aus ihrer eigenen Kultur stammen. Warum also die Beutestücke von einst nicht einfach zurückgeben? Hältst du das für eine gute Idee?«

Viktor wusste, er wurde auf heikles Terrarin gelockt, auf dem er sich nicht sicher bewegen konnte. »Vielleicht«, setzte er zögerlich an, »sind sie in manchen Museen besser aufgehoben als in anderen?«

»Du meinst als hierzulande? Oder irgendwo in Afrika?«, warf Hedi von der Seite ein. Auch Miguels Blick gab unmittelbar zu verstehen, dass sich unter jedem weiteren Schritt Abgründe auftun konnten. Viktor versuchte maßvoll zu reagieren: »Ich habe mich selbst schon häufig gefragt, ob es wirklich wichtig sei, wohin die Kunst gehört. Ich meine, wenn man ihr einen universellen Wert zuspricht, dann spielt es vielleicht gar keine Rolle, wo sie zu sehen ist.« Miguel hielt seinen Kopf schief, schien nur auf das Ende dieses ihm wohlbekannten Arguments zu warten. »Stell dir vor«, sagte er dann mit einer betont langsam kreisenden Handbewegung, »ein Spanier müsste nach Guatemala reisen, um *Die Nackte Maja* von Goya zu sehen? Oder, was wäre, wenn ein Deutscher nach Namibia fliegen müsste, um eine Seelenlandschaft von Caspar David Friedrich zu bewundern? Oder auch die *Mona Lisa*! Millionen Menschen haben sie gesehen, sind von ihrem Mysterium berührt, und nenne mir jetzt einen kunstbeflissenen Europäer, der das Bildnis nicht in seiner unmittelbaren Nähe wissen möchte. Wird dieses geheimnisumwobene Lächeln nicht als Teil der europäischen Identität empfunden? Ohne dieses Lächeln wäre ihr Leben plötzlich nicht komplett. Die *Mona Lisa* gehört nach Europa. Sie gehört in den Louvre!«

Viktor schnitt das Gespräch ab. »Um was geht es dir?«

»Um mehr kunsthistorische Gerechtigkeit!«, konterte Miguel. »Wir sollten den geliebten und vertrauten Kanon der Kunst umwandeln.«

»Und was hat das mit den Magmatürmen zu tun?«

»Spiel mit deinen Gedanken! Was wäre, wenn ein verschollen geglaubter Rembrandt plötzlich in den Magmatürmen auftauchen würde? Und nicht nur ein Rembrandt, sondern eine kleine, aber feine Sammlung verschollener Werke, vor Jahrzehnten verschwunden? Was, wenn Museen, Sammler und Regierungen weltweit einen Vorschlag unterbreitet bekämen, dass diese während des Kriegs gestohlenen oder entwendeten Werke an sie zurückgegeben werden, wenn sie im Gegenzug die Raub- und Beutekunst ihrer Sammlungen zurückgeben ... bevor, nun, bevor die Magmatürme gesprengt werden?«

»Die Kunstwerke zu vernichten, wäre doch reine Barberei, purer Wahnsinn! Das kommt mir vor, als ob du nach persönlicher Vendetta trachtest!«

»Zeigt sich die wahre Barberei nicht in der Tatsache der Beutekunst selbst? Wer sie weiterhin ausstellt, reiht sich, heute, im 21. Jahrhundert, in die Tradition der Kolonialisten ein! Da kann eine kleine Texttafel noch so sehr erklären: Achtung, Achtung, Provenienz unbekannt – oder kompliziert.« Viktor hielt an sich, er hatte selbst an jenem Abend im Museum am Rothenbaum den Umgang mit diesen Fragen erlebt: Sie waren im Rausch einer für ihn unerträglichen Selbstdarstellung schlichtweg umgangen worden. Er konnte die doppelte Demütigung nur erahnen, die es bedeuten musste, erst kolonialisiert und bestohlen zu werden, und dann über Dekaden von Jahren auf eine Entschuldigung, geschweige denn eine Rückgabe zu warten. Dem gesamten Prozess fehlte es seiner Meinung nach an einer einfachen Geste: Großmut. Miguel trat näher an ihn heran.

»Es gibt eine Sache, die ich dir noch verraten muss.« Er zögerte kurz. »Ich bin Mykologe, wenn ich *sprengen* sage, dann meine ich ... «

Hedi fiel ihm ins Wort: »Drinks?«

Viktor verstand die Ablenkung sofort, war sogar dankbar, nicht länger über das Thema sprechen zu müssen. Hedi winkte freundlich einen der *Joven* heran, die unermüdlich Champagner anboten, und begann über namenlose Urheberschaft zu reden, über Plastizität ohne Raum, kurz, über seine »digitalen Skulpturen«, die den Eindruck so hochkonzentrierter Kraft vermitteln, dass beim Betrachter eine physische Reaktionen ausgelöst wird. Eine Sammlung dieser Skulpuren, sein *Mausoleum der erstarrten Bewegung*, sollte bei der Eröffnung des Museums ausgestellt werden. Mehr und mehr Gäste traten auf die Terrasse, eine Gruppe von drei Frauen und einem jungen Mann nahm die beiden Künster in Beschlag, als ob sie sich an deren Aura nähren wollten. Viktors Augen begannen zu flimmern. Er suchte nach den Toilettenräumen, um sich kaltes Wasser ins Gesicht zu jagen, und landete in einem Korridor mit kostbar wirkenden Porzellanvasen voller blühender Orchideen. Keine Menschenseele war zu sehen, der Trakt lag vollkommen ruhig vor ihm. Er atmete tief durch. Aus einem Raum rechterhand ertönten plötztlich aufgedrehte Stimmen, die sich überschlugen.

»Die da! Ja, genau die!«, hörte er jemanden rufen.

»Ja. Holt die hoch!«, antwortete ein anderer, woraufhin ein derbes Lachen erschallte. Viktor hielt irritiert inne, als die Tür zu diesem Raum aufsprang und Damion plötzlich vor ihm stand. Sein Hemd war bis zum Bauchnabel aufgeknöpft. Der Ausdruck kurzer Überraschung in seinem Gesicht wich einem breiten Grinsen.

»Wie war die Party bisher?«

»Gut, denke ich.«

»Denkst du? Warte, wird gleich noch besser.« Damion stieß die Tür auf und gab den Blick auf einen schummrig beleuchteten Kontrollraum frei. Zwei Sicherheitsmänner saßen vor ihren Bildschirmen. Sie zeigten Aufnahmen von einem kleinen Seiteneingang des Gebäudes. Auf einer Couch an der linken Seite lungerten drei in Anzügen steckende Typen herum, auf dem Wandscreen ihnen gegenüber waren die gleichen Bilder in groß zu sehen, die auch die Bildschirme der Sicherheitsmänner zeigten. »Gentlemen, macht Platz und nehmt ein neues Mitglied der Jury in eure Mitte.« Er dirigierte Viktor neben einen hippeligen Jungspund, der eine Line zog, sich vollspeichelte und laut losschrie: »Kamera 2. Näher!« Das Schaltbrett summte, Kamera 2 zoomte heran. »Die Kleine ist hübsch! Sieht schwedisch aus, was meint ihr? Holt die hoch!«

Einer der Sicherheitsmänner murmelte eine Anweisung ins Mikro. Auf dem Bildschirm fischte ein Ordner die Frau aus der Warteschlange.

»Erkläre mir mal kurz das Unterhaltungsprogramm hier.« Viktor sah Damion scharf an, der gelangweilt flüsterte: »Image Dates.«

Auf den Bildschirmen war tatsächlich eine Schlange junger Frauen zu sehen, die sich die Zeit mit ihren Handys vertrieben, mal in kleineren Grüppchen, mal zu zweit, mal plaudernd, mal kichernd, mal abgrundtief allein.

»Du meinst Prostitution.«

»Diese Mädchen, Kleiner, brauchen keine Meinung zu haben, sie müssen nur schön sein. Luxus, nicht wahr?«, bemerkte Damion scharf.

»Schaut euch die Blondine an! Was für ein geiler Arsch! *Pero sin tetas no hay paraíso*!«, lachte einer der Typen so derbe, das sein Körperfett mitvibrierte – *ohne Titten kein Paradies*. Er gaffte auf eine andere Frau auf dem Video: »Zoom mir die Kleine mit dem prächtigen Pferdeschwanz mal ran, Dickerchen«, und besagtes Dickerchen hohlte ein junges Mädchen in den Fokus, dessen Brüste wohl dem Traum vom Paradies dieses alles andere als Traum von einem Mann entsprach. »Holt die hoch!«, brüllte der. Der Sicherheitsmann griff zum Mikro und brachte die Begegnung zwischen Elefant und Taube in Gang: Die Frau wurde von einem bulligen Anzugträger aus der Menge gefischt.

»Was soll das?«, fragte Viktor und stand angewidert auf.

»Easy.« Damion fixierte ihn ruhig, er packte ihn am Arm und zog ihn zur Seite. »Es ist Magie. Selbstverachtung verwandelt sich hier in Souveränität. Diese Herren ...«, er schwenkte den Arm in einer Geste, als würde er etwas präsentieren, »... geben den Mädchen einen aus, laden sie auf ein Essen ein, auf ihre Yacht, versprechen ein Fotoshooting, blablabla. In ein paar Tagen plagt sie dann ihr schlechtes Gewissen. Sie kommen angekrochen, zeigen mir irgendwelche Fotos von ihren Frauen und Kindern.« Damion seufzte ironisch auf. »Ihre Schuld, mein Geschäft.« Dann fragte er trocken: »Und welche willst du?«

»Nein, danke.«

»Komm schon. Fick mal, Junge!« Damion hauchte es so liebevoll, so therapeutisch, als sei er um das leibliche Wohl eines Patienten besorgt. »Im Dschungel läuft dann für Wochen nichts mehr, Kleiner.«

»Nein!«

»Wie du magst«, sagte Damion. »Mach hinter dir die Tür zu!«

Ein leiser Klick, die Tür fiel ins Schloss. Das Johlen ging weiter. Die Gewalt, die er hier verspürt hatte, flößte Viktor Angst ein.

DER HAFEN in Progreso brachte den Duft der Ferne ins Land. Der Wind war noch jung, die Sonne strahlte. Ángel rang sich mühsam ein Lächeln ab. Er blickte auf das Meer hinaus. Unzählige Fischkutter legten ab oder kehrten von der offenen See zurück, eines der in letzter Zeit seltener gewordenen Kreuzfahrtschiffe ankerte vor dem riesigen Pier. Der längste Steg der Welt, dachte er. Kilometerweit ragte die Konstruktion in den Körper des Meeres hinein. Vom Strand aus war sein Ende nicht zu sehen.

Touristen verließen den Kreuzer, um einen Hauch Karibik zu erleben, unter Palmen zu spazieren oder eines der vielen Art-Deco-Gebäude zu besichtigen, wie etwa das *Casa del Pastel*, das auf Ángel wirkte, als hätte jemand einen überdimensionalen weißen Hochzeitskuchen auf die Promenade geklatscht. Lange nicht mehr in der Gegend gewesen, dachte er. Vor zwei Tagen erst hatte er Viktor in jenes Gebiet gebracht, das für den Bau des Museums vorgesehen war, und diesen Burschen dort im Schlamm herumtollen lassen. Was für ein lächerliches Theater: Während die Arbeiter Löcher in den Boden gruben, war der Gringo auf Planken über den Aushub geeilt, hatte Erde zwischen seinen Fingern zerrieben und an ihr geschnüffelt. Er hatte das gesamte Terrain abgeschritten, war langsam über Balken und Saumbohlen jongliert, die man zur Abstützung in die Erde gerammt hatte. Die Arbeiter hatten ihn belustigt beäugt. »Der Junge ist verliebt in das Loch«, hatten sie einander zugerufen. Ángel konnte Viktors Gehabe nichts abgewinnen und war froh, dass er ihn tags darauf mit seinen Gesteinsproben am Flughafen absetzen konnte. Jetzt endlich hatte er die Zeit, sich in Progreso ungestört um wichtigere Dinge kümmern.

Die Küste war heute dichter bebaut als damals in seiner Jugend, die Häuser wirkten prachtvoller auf ihn, die meisten von ihnen waren frisch gestrichen und ihre Fassaden mit importiertem Stuck verziert, die Vorgärten mit weißen Toren vom Bürgersteig abgegrenzt. Nur das leere Grundstück ist nicht verschwunden, überlegte er und strich sich über den Hinterkopf. Hier hatten sie früher Baseball gespielt. Er zündete sich eine Zigarette an, drosselte den Motor und drehte die Fensterscheibe herunter. Seine Vorliebe für diesen Ballsport hatte er in seiner Zeit auf der US-amerikanischen Militärschule entdeckt. Anfang der Achtziger war er mit dem Sondereinsatzkommando der Kaibiles drei Monate lang in Panama stationiert gewesen. Morgens hatten sie Gefechtsübungen gelernt, Foltern, und wie man die kommunistischen Feinde zur Strecke brachte, abends dann Baseball. Als sie nach erfolgreichem Abschluss verabschiedet wurden, ertönte ein Marsch. Der Oberst hatte eine Ansprache gehalten, die mit den Worten ausklang: »Sie können stolz darauf sein, diesen Tempel militärischen Wissens durchlaufen zu haben.« Ein heftiger Schauer hatte den Exerzierplatz in eine riesige Pfütze verwandelt. Das Wasser hatte ihnen bis zu den Knöcheln gestanden, die Fahnen der Vereinigten Staaten und lateinamerikanischer Länder klebten schwer an den Masten. Nur zwei Fahnen waren nicht gehievt worden: Nicaragua und Kuba, die Hochburgen der Kommunisten.

Er blickte aus dem Auto hinaus aufs Meer. Strandwärter lockten Touristen unter die Sonnenschirme, die den Meeressaum geometrisch genau zerteilten, Kinder spielten in seichten Wellen, die für Momente nicht wie Wasser, sondern wie Metall aufschäumten. Er musterte angewidert die Strings der einheimischen Hochstapler, die Jagd auf ausländische Frauen machten, er musterte die Strandverkäufer, die dem verwöhnten Geldadel aus Mérida ihre Waren feilboten, während verträumte Rentner mit auf dem Rücken gehaltenen Händen den Strand abschritten.

Er schaute auf die Containerschiffe, die den Horizont streiften, und er wusste, dass in ihren Bäuchen tonnenweise Drogen lagerten. Ozeane und Häfen waren inzwischen zu rechtsfreien Zonen geworden. Sie gehorchten eigenen Gesetzen, die von den Kartellen geschrieben wurden und für ein stets anwachsendes Netz miteinander konkurrierender Routen ebenso sorgten wie sie die Übergaben der Drogen sicherten: An Zollstellen, deren Beamte auf den gleichen kartelleigenen Gehaltslisten standen wie die *Halcones*, die Späher, die für die Überwachung der Ladungen zuständig waren.

Vor seinen Augen stießen Kormorane in die Wellen. Der Anblick des Meeres trügt, dachte er und warf seine noch glimmende Kippe aus dem Fenster, stieg aus dem Wagen und schlenderte in Richtung der Promenade.

Ein kräftiger Windstoß blähte die halbaufgerollte Markise des Fischrestaurants auf, wo er Felipe treffen sollte, einen alten Fischer, der sich nun selbst als kleiner Fisch im Netz verfangen und Ángel völlig hilflos um eine Zusammenkunft gebeten hatte. Kaum hatte der Fischer Ángel erkannt, verrückte er hastig den Tisch, um ihn gebührend begrüßen zu können.

»Bleib sitzen!«, winkte Ángel ab. Seine Kehle fühlte sich rostig an, er hatte seit Stunden kein Wort mehr gesprochen. Aus Felipes Augen sprach Unruhe, Sorge, ja pure Angst. Ángel bestellte sich einen Espresso. Nachdem der Kellner ihn bediente hatte, sagte er wie beiläufig: »Erzähle mir in Ruhe, was passiert ist.«

Der Fischer, auf dessen Gesicht die See ihre Spuren gegraben hatte, blickte sich ängstlich um. »Du weißt, ich habe mein Glück immer im Meer gesucht«, holte Felipe aus. »Ich bin mit meinem Boot hinausgefahren und habe dem Meer nur entnommen, was zum Überleben nötig war.« Er legte seine kräftigen Hände auf den Tisch nieder, als wolle er beweisen, dass es knochige, ehrliche Hände waren. »Und die See hat es immer gut mit mir gemeint«. Plötzlich traten in des alten Mannes Augen Tränen, fielen aber nicht herab. Er wischte sich mit dem Handrücken darüber, und fasste sich wieder: »Aber nachdem Maria krank wurde …«

Das rechte Augenlid von Ángel zuckte, er klatschte die Hände zusammen. Da war sie wieder, die immer gleiche Geschichte, dachte er. Das Geld reicht nicht aus, und die Leute glauben, mit nur einer Aktion wären die Sorgen verschwunden. Ein folgenschwerer Irrtum. Er sah Felipe lange an, bis er schließlich sagte: »Erzähl weiter.«

»Einer dieser Typen am Hafen bekam Wind von meiner Lage und hat mich angesprochen.«

»Welches Kartell?«

»Das neue«, sagte Felipe schleppend.

»Was ist passiert?«

»Er schlug vor, eine Lieferung für den *Plaza* in Mérida zu übernehmen. Einverstanden, dachte ich, und habe einen Frachter aus Panama beim Skorpionenriff aufgesucht. Er sollte in Veracruz gelöscht werden. Ein kleiner Teil der Ware wurde auf mein Schiff verladen. Der Frachter fuhr weiter, alles ging glatt. Ich habe eine Lizenz fürs Hochseefischen. Ich darf mich so weit draußen aufhalten, verstehst du?«

»Und dann?«

»Die Ware sollte am Hafen in Empfang genommen werden. Aber dieser Typ kam einfach nicht. Ich wartete, eine Stunde, zwei, am Abend gab ich es schließlich auf und ging nach Hause.« Er blickte Ángel flehentlich an. »Ich sitze auf hundert Kilo und weiß nicht, wem ich trauen kann.«

»Du ziehst mich also mit rein in die Sache?«, fragte Ángel missmutig.

»Ich weiß nicht mehr weiter und habe Angst.«

Ángel stand auf. »Ich kann nichts für dich tun, ich bin kein Heiland«, sagte er und hätte ergänzen wollen: Ich suche nur noch Heilung für mich selbst, verbiss es sich aber. Felipe hielt ihn am Arm fest.

»Ángel – was für ein schöner Name! Den sollten Menschen tragen, die Gutes bewirken. Aber dich interessiert nur ...«

Ángel löste sich aus der Umklammerung an seinem Arm.

»Tu es für Maria, sie liegt im Sterben. Ohne Operation ...«

»Halt deinen Mund!«, fauchte Ángel den alten Fischer an.

»Tu es für Maria, du hast sie doch geliebt.«

Ángel strahlte kalte Geringschätzung aus. »Ich werde die Sache regeln.« Er trat einen Schritt auf Felipe zu, und sagte leise, mit deutlich spürbarer Verachtung: »Du bist morgen früh um 7 Uhr an deinem Boot. Jemand wird die Ware abholen.« Er verließ das Fischrestaurant, ohne sich umzublicken. Als er wieder in seinem Wagen saß, wechselte er den Chip in seinem Handy aus. Dann wählte er die Nummer, die er für Notfälle wie diesen hinterlegt hatte. Fünfmal erklang der Freiton. Eine tiefe Stimme nahm den Anruf entgegen. »Na, welch eine Überraschung! Spielt unser Messerchen wieder?«

Ángel reagierte darauf nicht, er schwieg einfach.

»Was hast du für mich?«, fragte die Stimme nach. Ángel nannte im kontrollierten Ablauf einer perfekt verschlüsselten Kommunikation Ort, Zeit und Mittelsmann. Die Stimme am anderen Ende der Leitung sagte ruhig: »Ich verstehe, *El Cuchillo*!«

Ángel legte auf, startete den Motor und fühlte auf dem Weg raus aus der Stadt den Geschmack des Abscheus in sich aufschwemmen, den er für diese Leute hegte.

26

DER HIMMEL über Mexico City war eine einzige grauweiße Wolkendecke. Viktor hatte gerade die Bodenproben vom Baugrund in einem Institut zur Prüfung ihrer Zusammensetzung abgeliefert und war nun auf dem Weg, sich ein Handvoll Bücher zu besorgen. Er liebte es, zu Fuß durch den Stadtkern der Metropole zu spazieren und sich von den Straßen und ihrer Architektur inspirieren zu lassen. Mexico City empfand er als einen wilden urbanen Garten, wo die unterschiedlichsten Baustile und Lebensweisen bunt gewürfelt nebeneinanderher existierten. Kein Viertel glich dem anderen, ein Schritt über eine Kreuzung, und schon schien man die Schwelle zu einer anderen Welt übertreten zu haben. San Ángel war ein verschlafenes Nest, wo die Häuser noch den Stolz des 19. Jahrhunderts trugen, Cafés und alte historische Gebäude reihten sich aneinander, die Atmosphäre glich eher einem kleinen Dorf mit Marktplatz als einer modernen Metropole, und doch gediehen in dieser Gegend die Handwerkskünste der Stadt, gefördert vom Bürgertum, das hier friedlich lebte. Tepito hingegen zeichnete sich durch seinen ruppigen Schwarzmarkt und die vielen Basare aus, wo das Leben frühmorgens begann und geschäftig über den Tag bis tief in den Abend nicht zur Ruhe kam. Dort hatte er einmal eine fein zurechtgemachte alte Dame aus einem Geländewagen steigen sehen, nur um sich das neueste Angebot raubkopierter Hollywoodstreifen zeigen zu lassen. Ein anderes Mal, als er sich tiefer in das komplexe Gewebe aus Ständen und Hinterhöfen vorgewagt hatte, war er Zeuge einer Waffenlieferung geworden und hatte sich panisch aus dem Staub gemacht. Nach diesem Besuch in Tepito war ihm klar geworden, dass man dort alles, was eine Nachfrage hatte, auch erwerben konnte. Drogen, Prostituierte und Auftragskiller inbegriffen. In dem eher herkömmlichen Geschäftsviertel Cuathemoc wiederum konnte man die Formenvielfalt bewundern, mit der die hiesigen Wolkenkratzer um Höhe und Ausdruck konkurrierten. Was den Witz der *Chilangos* auf den Plan gerufen hatte: Kein Bauwerk, das von ihnen nicht mit einem besonderen Beinamen getauft worden war. So arbeitete man etwa im Teppichmesser, *El*

Cutter, dem Sitz der mexikanischen Börse, deren mittlerer Turm einer Messerspitze gleich aus dem restlichen Ensemble aufblitzte, oder man traf sich zu allen möglichen Anlässen am Fuße der *Suavicrema,* der Eiskremewaffel, dem Denkmal der mexikanischen Revolution und Unabhängigkeit, der Büro- und Geschäftskomplex *El Pantalon*, die Hose, war hingegen in seiner Architektur weniger einfallsreich als der ihm verliehene Spitzname.

Auf seinem Weg zur Buchhandlung begegnete Viktor der von ihm so sehr geliebten Improvisation des Flüchtigen: Aufbauten von Schuhputzern, Stände und Imbisse, Blumenbuden, fliegende Händler, die immer wieder auftauchten und verschwanden, und wenige Meter weiter schon öffnete sich das Ruhe versprechende Palmenidyll eines an Pflanzen reichen Parks. Viktor bog in eine Seitenstraße ein und steuerte auf die Buchhandlung *La Aventura de Leer*, das Abenteuer des Lesens, zu. Aus dem Straßencafé gegenüber drang heiteres Gelächter, man genoss die Stunde der *Sobremesa*, den geselligen Müßiggang nach dem Mittagessen, bei dem Geschichten und Gespräche aufgetischt wurden. »Woanders kommt nach dem Essen die Rechnung, hier kommt der Nachbar von gegenüber an deinen Tisch«, hatte Fernanda ihm einmal beim Essen zugeflüstert und einen Bekannten herbeigewinkt.

Der Besitzer der Buchhandlung saß auf einer Holzbank auf dem Bürgersteig vor seiner Auslage und unterhielt sich mit einer älteren Frau. Als er Viktor auf sich zukommen sah, erhob er sich freudig, begrüßte ihn und stellte ihm die Dame als seine Frau Elena vor. Es zeigte sich, dass diese in jungen Jahren tatsächlich einmal in Hamburg gewesen war, und jetzt wollte sie Viktor gar nicht mehr gehen lassen. Sie sprachen über den Hafen, die Außenalster, über die linke Szene und die von ihr so sehr bewunderten Musikclubs, als plötzlich eine junge Frau in schwarzen Jeans und weißem Top an ihnen vorbei die Buchhandlung betrat. Es war Karla. Viktor entschuldigte sich unbeholfen, betrat dann selbst das Geschäft, nahm das erstbeste Buch aus einem Regal und begann darin zu lesen, während er sich immer wieder vorsichtig nach ihr umsah. Schließlich war sie es, die ihn ansprach: »Die zwei toten Chinesen?«, fragte sie amüsiert.

Viktor starrte auf den Titel in seinen Händen, *Dos Chinas Muertas*, er musterte den blutroten Einband.

»Spannender Krimi«, sagte er entschlossen.

»Ach, wirklich?«

Viktor schaute auf das Buch, das sie in ihren Händen hielt.

»*Rayuela*, von Julio Cortázar«, half sie ihm.

»Um was geht es?«

Sie überlegte und strich sich dabei eine schwarze Strähne aus dem Gesicht. »Um eine aufrichtige Wirklichkeit. Und wie man sie findet.« Sie ging zur Kasse. Der Buchhändler kam von draußen herein. Karla feilschte mit ihm, bezahlte, packte das Buch in ihre Tasche und verabschiedete sich mit einem Lächeln. Viktor sah zu, wie sie aus dem Laden ging, sich nach links und rechts umschaute und aus dem Rahmen des Schaufensters verschwand. Er lief ihr nach.

»Warte!«

Sie hörte ihn anscheinend nicht und ging weiter; Viktor beschleunigte seine Schritte und holte sie schließlich ein.

Sie blickte ihn fragend an. »Ja?«

Er zögerte. Schließlich sagte er: »Ich möchte wissen, wer du bist.«

Sie lächelte. »Gut. Warum gehen wir nicht einfach essen?«

DIE ERDE begann zu beben. Der Kellner zuckte heftig. Sein Lächeln schlug um in Entsetzen. Ein Kind schrie laut auf. Seine Mutter griff nach ihm, hob es hoch und rannte zur Tür. Karla riss die Augen auf, schleuderte den Tisch zur Seite. »Raus hier!«, schrie sie. Viktor preschte mit ihr zu den Stufen am Ausgang des Restaurants. Aber die Stufen des Gebäudes schwammen förmlich dahin. Wie soll einer darauf laufen?, schoss es Viktor durch den Kopf. Die Frau mit dem Kind hastete an ihnen vorbei, hinaus auf die Straße. Dort versammelten sich immer mehr Menschen, weinten und umarmten einander. Angst und Panik beherrschten die Szenerie. Etwas Wuchtiges hatte sie alle gepackt, eine Ausgeburt an Kraft. Ein Mann in Unterwäsche taumelte aus einem Gebäude. Der Strom erlosch.

»Gas strömt aus!«, ertönte ein angstvoller Schrei. »Riecht ihr das? Gas strömt aus!« Ein jüngerer Anwohner lief mit vor Entsetzen verzerrten Zügen quer über die Straße. »Gas strömt aus!« Er rüttelte an der Frau mit dem Kind, als würde er sie aus einem tiefen Schlaf reißen müssen. »Riecht ihr das nicht? Riecht ihr das nicht!« Er versuchte die Menschen anzutreiben, flehte sie wie ein Bettler an, »weg von hier, weg, räumt die Straße!«, mit erhobenen Armen versuchte er die Leute wie eine Herde aus der Gefahrenzone zu manövrieren. Doch sie wollten sich in den Armen halten. Noch kurz, in den Armen.

Dann folgte die Explosion. Staub wirbelte hoch, Glas zersprang und flog durch die Luft, das Gesicht des jungen Mannes begann jäh zu bluten, ebenso der Rücken der Frau mit dem Kind. Sie stolperte, fing sich und lief weiter. Das Kind an ihre Brust gedrückt, blickte sie nur einmal zurück auf das Grauen, Viktor sollte diesen Blick nie vergessen.

Das Gebäude war eingestürzt, lag in Trümmern nieder, während die Erde weiterhin rumorte. Die Luft schmeckte nach saurem Zement. Instinktiv wollte auch Viktor fliehen. Er sah sich vergeblich nach Karla um, hatte sie verloren. Einige der Menschen liefen plötzlich auf das Gebäude zu. Aus staubigen Gesichtern blickten hell aufgerissene Augen. »Hier sind Kinder! Helft!« – Eine gespenstisch klingende Stimme – war es *eine* Stimme? – überschlug sich. »Kleine

Kinder! Hier! Hier!« Eine Frau trat aus dem Schutthügel, ihr Kleid war nichts als grau, ihr Haar nichts als grau, ihre Arme winkten die Menschen heran, während sie flehend brüllte: »Hier! Hier! Kinder! Ihr müsst helfen! Kommt alle! Ihr müsst helfen! Hier sind Kinder!« Im Trümmerhaufen des Hauses klaffte ein Loch auf. Ein Mann hob ein lebloses Kind aus den Brocken. Eine Frau empfing es mit zitternden Händen. Ein alter Mann kletterte die Trümmer hinauf, tauchte in die Steine ab, spie Flüche aus, als er sich die Hand an etwas Scharfem aufritzte, kletterte weiter, durch Schluchten von Geröll hindurch, vorbei an zermalmten Fernsehern, zerborstenen Lampen, zerfetzten Öfen, zerbrochenen Treppen.

Eine Menschenkette bildete sich. Hier der Schutt; da die Helfenden. Viktor empfand plötzlich das irrsinnige Bedürfnis, irgendjemanden zu umarmen. Überwältigt stand er in der Reihe und empfing den ersten Brocken, reichte ihn weiter; den nächsten; reichte ihn weiter. Minuten verstrichen, er reichte Brocken um Brocken weiter.

Er fragte sich, wohin Karla wohl verschwunden war und ob es ihr gut ginge. Sie hatten sich kennengelernt – beinahe. Eben noch hatten sie in ihrem Lieblingslokal gesessen. Sie hatte den Kellner an ihren Tisch gerufen, der nun mit bloßen Händen Steine wegschaufelte, fünf Meter von ihm entfernt, mit einer löchrigen Schürze bekleidet.

Die anbrechende Nacht brachte kaum Hoffnung. Ein mit dem Sonnenuntergang aufkommender Wind trieb Staub auf, der Viktor in die Lungen fuhr. Er musste heftig husten, setzte sich etwas abseits auf den Boden, sah erschöpft auf das Geschehen und wischte sich Tränen aus den Augen. Eine Frau stand neben ihm, ihre Augen waren rot unterlaufen. Sie hielt zitternd ein Foto von einem Mädchen hoch. Er verstand sie nicht; zu schnell, sie sprach zu schnell. Er schüttelte den Kopf. »Ich verstehe nicht. Ich weiß es nicht«, sagte er.

Das Geräusch eines aufheulenden Motors war zu hören, wenig später bog ein Pick-up aus einer Seitenstraße ein. Helfer in Helmen und mit Spitzhacken versehen sprangen von der Ladefläche. Sie trugen gelbe Schutzwesten. Das Licht des Lastwagens beleuchtete das eingestürzte Gebäude. Viktor stand auf, konnte sich aber kaum noch auf den Beinen halten. Helfer verteilten Staubmasken und wiesen alle Umstehenden an: »Seid still, wenn wir die Arme noch oben strecken. Absolut still! Sonst können wir das Leben da drinnen nicht hören«. Der Helfer hatte nicht die Lebenden gesagt – sondern das Leben. Es vergingen zähe Stunden im fahlen Licht. Trümmer um Trümmer, gehoben, um Überlebende zu bergen. Eine Gruppe von Frauen auf Leihrädern traf ein, sie hatten Trinkwasser und erste Medikamente besorgt.

»Karla!«, rief Viktor.

»*Schhh – silencio*!«, raunte ein Helfer. Karla und er sahen sich wortlos an. Sie stoppte ihr Rad, schleppte einen Kanister Wasser zum Pick-up, auf dessen Ladefläche eine provisorische Notstation eingerichtet worden war. Dann reihte sie sich zu den Helfenden ein.

»Danke, dass du hier hilfst«, sagte sie und nahm von ihrem Vordermann einen schweren Brocken entgegen. Ihr Körper sackte kurz zusammen. Mit aller Kraft hob sie den Brocken wieder auf und reichte ihn weiter.

»Wollen wir uns ausruhen? Kurz?«

Sie lächelte. Eine Narbe über ihrer rechten Braue fiel Viktor auf. »Wir können uns keine Erschöpfung leisten«, sagte sie leise. »Weder die kleine noch die große Erschöpfung.«

Wieder hielten die Helfer ihre Arme hoch, wieder folgten Minuten der Spannung. Dann ertönte ein leises Klopfen. Ein Helfer ballte seine Faust, stieß sie gen Himmel und rief aus voller Brust: »*Está viva*!«

Ein Weinen folgte, ein Jubeln und Schreien, als eine Frau, von Staub überzogen aus ihrem Grab geborgen wurde – und lebte. Der Kellner klopfte sich auf die Schürze und lachte wie ein Kind. Ein uralter Mann, dessen Augen feucht glühten vor Freude, riss seine dünnen Ärmchen in die Luft. »*Ay, ay, ay, ay*«, fing er an zu summen. »*Canta y no llores* – singe und weine nicht«, und ohne, dass die Menschen es merkten, ganz natürlich, stimmten sie ein:

»*Porque cantando se alegran, cielito lindo, los corazones* – denn singend, schönes Himmelchen, werden die Herzen froh.« Für einen Moment legte sich der Gesang über die allgemeine Erschütterung. Das Lied mit seiner weltbesänftigenden Melodie drang über die zerstörten Dächer des Viertels hinweg. »*Canta México*«, jubelte der Chor der Menschen. »*Canta y no llores*.« Ja, tatsächlich, in all diesem Jammer, da sang die Stadt – und weinte nicht.

IM KONFERENZRAUM im achtzehnten Stock des *Jardineras* machte sich schon seit Minuten ein tiefernstes Schweigen breit.

Viktor hatte über die umgangssprachliche Bezeichnung gelacht, da er »Blumenkübel« als Beinamen für den Wohn- und Geschäftsturm als ausgesprochen treffend erachtete: Das imposante Gebäude war mit einer terrakottafarbenen Fassade verkleidet, beinahe alle öffentlich zugänglichen Wände in seinem Inneren waren mit vertikalen Bepflanzungen aus der hiesigen Fauna versehen. Das hoch aufragende Gebäude lag an der Verkehrsader *Paseo de la Reforma*. Über die Avenida fuhren schwere Lastwagen, die angespannte Stille im Besprechungszimmer der Fundación Raíz schluckte selbst deren donnernde Geräusche. Gebannt starrten alle Anwesenden auf einen Bildschirm an der Kopfseite des Raums. »Eine ungeheure Erschütterung, gefolgt von einer ungeheuren Solidarität der Bevölkerung«, vermeldete die Moderatorin. Viktor musterte ihre Gesichtszüge. Sie schien gegen jeden Satz, den sie auszusprechen hatte, ankämpfen zu müssen.

Diese Nachrichten, dachte Viktor, rühren den Zement der öffentlichen Wahrheit an. Dramatisch inszenierte Bilder zeigten die Bilanz der Zerstörung: Eingefallene Gebäude, die in Flammen standen, Luftaufnahmen, auf denen zwischen schwer aufsteigenden Rauchfahnen hin und her eilende Menschen winzig klein sichtbar waren, Nahaufnahmen von Helfern, die über Geröll stiegen, Suchhunde, denen ein Schutz über die Pfoten gestreift worden war, damit sie sicherer über das scharfkantige Geröll laufen konnten, Menschen, die auf den Straßen kampierten, weil sie alles verloren hatten, Bürger, die ihnen Obdach gewährten, und schließlich in Totale die Stadt, das Bild einer Stadt, deren Anblick der Zerstörung nach einem Bombenangriff gleichkam. Sabina wechselte den Kanal. Fernanda hatte sich in eine Ecke zurückgezogen und lehnte erschöpft mit dem Rücken zur Wand, Jeanne Garcia saß am Tisch und hielt ihren Kopf schwer in beiden Händen, Damion blickte hinaus in den Himmel, er schien regungslos zu sein, Karla ging auf Jeanne zu und legte ihr eine Hand auf die Schulter. Viktor konnte

Karlas Anwesenheit nicht einordnen, aber die Dinge würden sich klären, vermutete er.

Auch auf den anderen Kanälen riss die Bilderflut nicht ab. Ein Sender hatte sich entschlossen, das Schicksal der Millionenmetropole mit der Tragödie eines einzigen Mädchens zu illustrieren, deren kleines Herz unter den Trümmern einer Grundschule zu schlagen schien. Ein Politiker tauchte vor den Kameras auf, viele Stunden zu spät, dafür jedoch gekleidet wie ein Retter, in marineblauer Windjacke und Gummistiefeln. Umringt von Männern, deren Gesichtsausdruck einen anderen Tod verriet, las der Politiker eine sorgfältig verfasste Rede vom Teleprompter ab, in der es um drei Strategien und etliche Phasen des Wiederaufbaus ging. Schließlich versicherte er schnelle und unbürokratische Hilfe.

»Schalte das aus!«, gebot Damion, während er noch immer in den Himmel starrte. »Wir haben genug gesehen.« Er hatte die Ärmel seines blauen Hemdes hochgekrempelt und stand mit verschränkten Armen vor einem bodentiefen Fenster.

»Was tun wir?«, fragte Sabina in die Runde.

»Bald ist unsere Pressekonferenz«, zementierte Damion mit herber, unverrückbarer Miene seine Position. Er drehte sich um und ging zielstrebig auf Viktor zu. »Wie geht die Planung voran? Was macht der Lehm?«

»Es ist jetzt nicht Zeit, daran zu denken«, ging Jeanne dazwischen. Damion blickte sie entgeistert an. »Ach ja? Seit Jahren arbeiten wir an dem Museum. Die Bekanntgabe steht bevor, in wenigen Wochen findet die Pressekonferenz statt. Das Zementunternehmen will als Investor abspringen, weil ...«, Damion klappte wie ein Scharnier seinen Arm nach rechts aus und wies mit ausgestreckter Hand in Viktors Richtung, »... weil unser Aschenbrösel der Architektur sich etwas ausgedacht hat. Als wäre das Erdbeben nicht der schrecklichste Beweis dafür, dass wir noch stabileren Beton benötigen als bislang verwendet wird.«

»Es ist nicht der richtige Zeitpunkt«, wiederholte Jeanne beharrlich. »Heute und in den nächsten Tagen wird es um die Menschen gehen, um die, die Hilfe benötigen, und die, die helfen und sich aufopfern …«

»Richtig, schon in ein paar Tagen wird es wieder Alltag geben. Jeder wird zu seinem Leben zurückkehren und sich nichts sehnlicher wünschen als Normalität. Wenn wir vernünftig sind, kehren wir jetzt schon zu ihr zurück.«

»Zur Normalität? Zu welcher Normalität, bitte?«, schrie Jeanne entsetzt. »Zur Korruption? Zur Gier nach Geld und Produktivität?« Sie trat in die Mitte des Raumes. »Meinst du diese beschissene Realität, Damion? Meinst du die? Zurück zur Kultur eiskalter Rationalität, die jedes Leben nur anerkennt, wenn es für irgendeinen Zweck, und sei es ein noch so mieser, von Nutzen sein könnte? Eine Realität, in der Empathie nur in Betracht gezogen wird, wenn sie einem Mehrwert dient?« Sie blickte in die Runde. »*Ya basta*. Es reicht!«, rief sie aus. »Diese Menschen sind erschöpft, wir sind erschöpft, und ja, wir, dieses Team hier, wir haben etwas Großes vor und tragen große Verantwortung dafür, aber etwas viel Mächtigeres hat uns gerade eingeholt, und diese Menschen, die wir eben erst in diesen beschissenen Nachrichten gezeigt bekommen haben, sie sollten dir ein Beispiel dafür sein, was jetzt zu tun ist! Jetzt ist Großmut gefragt und keine Normalität!«

»Bist du fertig?«, fragte Damion bissig.

»Fertig? Oh, nein! Fertig bin ich noch lange nicht«, lachte Jeanne auf. »Der Schaden, den dieses, unser Land, an einer seit Jahrzehnten herrschenden Politik genommen hat, einer Politik der Barbarei, der Korruption und Menschenverachtung, ist durch diese Katastrophe doch nur noch sichtbarer geworden, für jeden einzelnen. Wir alle sind seit Langem ruiniert. Ich bete darum, hörst du, ich bete darum, dass diese Solidarität, die wir grade erleben und die du nun anerkennen magst oder nicht, nach dem Ausnahmezustand nicht enden wird, nicht in Normalität münden wird. Nein, ich bete darum, dass endlich etwas Neues erwächst.«

Damion schwieg. Dann sah er erst Viktor an, dann wieder Jeanne: »Kein Paktieren mit niemandem, sich mit keiner Strömung gemein machen, frei und radikal bleiben. Ist das nicht das Gebot von euch Künstlern?«, fragte er ganz ruhig. »Und jetzt willst du es plötzlich ganz anders und wildfremden Menschen das Händchen halten? Alles hinschmeißen, für ein bisschen Sozialromantik?«

»Ich fasse es nicht! Hier geht es um Menschen, willst du das nicht begreifen? Um Alte, Kinder, Kranke, Behinderte, Arme ... was weiß ich ..., die dringender Hilfe bedürfen, und da redest du von Sozialromantik!«, platzte es aus Karla heraus.

Wieder ein Blick der Missbilligung. »Schau an, unsere Filmerin!«

»Mein Name ist Karla.«

»Karla, richtig. Du wirst leider nichts zu drehen haben, wenn sich der Bau des Museums weiter verzögert.«

»Ich könnte unser Gespräch dokumentieren«, sagte sie scharf. Damion schritt auf sie zu, ging dann langsam um sie herum. »Menschen helfen ...«, überlegte er laut, »... eine schöne Idee. Aber funktioniert das? Die Frage ist doch: Kann eine Welle der Solidarität das Land verändern? Oder handelt es sich um einen flüchtigen Moment der Einheit?« Seine Gesichtszüge milderten sich, seine Stimme wurde persönlicher. »Wie war es 1985?«, warf er bedacht ein. »In den Wochen nach dem großen Erdbeben? Zuerst war die Solidarität unter den Betroffenen eine natürliche Reaktion. Danach wurde die Tragödie so viele Jahre geteilt, dass sie zum Symbol der Einheit wurde, zum sozialistischen Mythos. Aber sie hielt nicht an. Konnte nicht anhalten, in einer Gesellschaft, die von ökonomischen Differenzen zerfressen ist.« Er blickte zu Fernanda. »Der Mythos eines Erdbebens erzählt vom Aufwachen eines zivilen Bewusstseins. Aber das ist eine Kurzgeschichte. Sie endet schnell und bleibt ohne Nachhall. Jeder kehrt irgendwann in sein Leben zurück und wünscht sich seinen geruhsamen Alltag. Wohlstand hilft auf lange Sicht. Institutionen helfen ...«

»Nichts davon gibt Halt«, mischte sich Viktor erstmals ein. »Es sind Menschen, die Standhaftigkeit beweisen. Ich habe es auf der Straße gesehen ...«

»Schau an, Vicky.« Damion klatschte in die Hände. »Unser Architekt steht plötzlich nicht mehr über den Dingen. Er will in den Dingen stehen. Alle Achtung!«

Fernanda trat einen Schritt hervor. Sie wirkte tief bewegt. »Hört auf zu streiten«, sagte sie beherrscht. »Es stehen uns harte Wochen bevor. Aber das Leid trifft uns alle.« Sie ging auf Damion zu, nahm seine beiden Hände. »Wir müssen helfen.«

Damion führte ihre Hände auf Brusthöhe, faltete sie zu einem Punkt zusammen – und ließ sie fallen. »Das wird uns Xinatli kosten.«

»Wenn Xinatli für mehr Menschlichkeit steht, stehen wir auch jetzt für diese Menschlichkeit ein.«

Damion winkte ab: »Mitleid ist immer die bequemere Haltung.«

»Wir unterstützen die Bergungsteams, wir kaufen Medizin und wir richten im Erdgeschoss dieses Gebäudes ein Hilfszentrum ein.« Fernanda wandte sich Sabina zu: »Finde heraus, wie sich jeder hier im Team einbringen kann.« Und damit verließ sie den Raum.

VIKTOR ERKANNTE Karla von Weitem. Sie stand an einer Straßenecke in Roma, direkt vor einem alten Jugendstilgebäude neben einem schief gewachsenen Baum, dessen Wurzelwerk den mit Steinen gepflasterten Bürgersteig aufgebrochen und den Boden unter ihm aufgewellt hatte. Als Karla Viktor erblickte, nahm sie einen Schluck aus ihrer Thermoskanne und ging schnurstracks auf ihn zu. Sie umarmten einander kurz. »Geht's gut?«, war die erste Frage, die beide nahezu zeitgleich aussprachen und sich gegenseitig mit einem Nicken beantworteten. Viktor konnte seine Freude, sie wiederzusehen, kaum verbergen. Karla kam schnell zur Sache und erläuterte den Grund ihres Treffens: »Spezialauftrag von Damion. Wir sollen Architekten und Ingenieuren helfen, beschädigte Gebäude zu untersuchen. Experten aus aller Welt sind inzwischen eingetroffen.« Karla schritt los, Viktor zögerte kurz, folgte ihr dann.

»Okay«, stutzte er, »wie genau können wir helfen?«

»Na, du bist doch Architekt.«

Aber kein Experte für Trümmer, wollte er ihr erst entgegnen, fragte aber stattdessen: »Und du?«

»Ich übersetze«, sagte Karla freundlich. »Ich spreche fünf Sprachen.« Sie blieb nach wenigen Metern vor einem zusammengefallenen Gebäude stehen. An einem intakten Stück Mauerwerk prangte ein Marienbildnis. Der mitleidsvolle Blick der Jungfrau von Guadalupe war nach links unten gerichtet, und damit abgewandt von dieser Trümmerlandschaft, inmitten derer eine Handvoll Helfer mit bloßen Händen Schutt abtrug, um mögliche Überlebende zu bergen. Karla wirkte aufgewühlt. Ehrlich betroffen klingend, sagte sie: »Es gibt so viele Menschen, die nach dem Beben ihre Bleibe verloren haben.« Nach einem kurzen Moment fragte Viktor. »Wie geht es deiner Familie?«

»Meine Mutter arbeitet als Sekretärin in *Polanco*. Der Stadtteil ist von dem Beben kaum betroffen.«

»Hast du Geschwister?«

Sie lächelte leicht. »Alle schon verheiratet! Meine zwei Schwestern leben in den Staaten.«

»Und dein Vater?«

»Ich glaube, ... es geht ihm gut.«

Viktor spürte das Zögern in ihrer Antwort und wollte nicht nachhaken. Sie gingen weiter, nach etwa hundert Metern gelangten sie an den Eingang eines eingeschossigen Hospitals. Ein Lkw wurde gerade mit Hilfsgütern beladen. Eine Asiatin in roter Schutzweste und weißem Helm notierte etwas in ihre Kladde. Karla ging auf sie zu, zeigte ihren Ausweis und sprach sie auf Japanisch an. Wenig später saßen sie, gemeinsam mit Spezialkräften aus Tokio, dichtgedrängt in einem Einsatzwagen auf dem Weg zur ersten Inspektion. »Du sprichst Japanisch?«, fragte Viktor interessiert.

»Lange Geschichte.«

»Die Kurzfassung?«

»Mein Ex-Freund ist Shibari-Meister«, antwortete Karla knapp. »Ich habe Filme mit ihm gedreht.« Viktor wusste wenig über Shibari, lediglich, dass es sich um eine erotische Fesselkunst handelte, was ausreichte, um ihm, inmitten dieser Katastrophe, Gespräche darüber zu verleiden. Er blieb die weitere Fahrt über still. Nach gut einer Stunde erreichte ihr Einsatzkommando eine Schule. Kein Spezialgerät, keine eingehende Prüfung waren nötig, um zu erkennen, was die Baustruktur des Gebäudes destabilisiert hatte: Der Direktor dieser Schule hatte sich vor Jahren auf das Gebäude eine Privatwohnung mit Whirlpool und Marmorböden setzen lassen, was unter den Auswirkungen des Bebens dazu geführt hatte, dass Teile des Erdgeschosses eingestürzt waren und drei Kinder mit ihrer Lehrerin unter sich begraben hatten. Ein japanischer Ingenieur schaltete seinen Bioradar an und prüfte, ob es Überlebende in den Trümmern gab, schüttelte aber den Kopf. Eine Statikerin, die einen augenscheinlich stabil wirkendenden Gebäudeteil untersucht hatte, sprayte ein großes, schwarzes X an die Hauswand. Das Zeichen bedeutete: abreißen. Die Gruppe fuhr zügig weiter zur nächsten Einsatzstelle, wo ähnliche Untersuchungen ähnliche Ergebnisse zeitigten. Gebäude prüfen, Mängel feststellen, Schäden protokollieren. Nach acht Stunden zermürbender Arbeit hatte Karla in dieser Tätigkeit keinen Sinn mehr gesehen und Viktor vorgeschlagen, auf eigene Faust loszuziehen, und den Bewohnern nichtöffentlicher Gebäude zu helfen, den Zustand ihrer Häuser einzuschätzen. Sie hatten sich von den japanischen Einsatzkräften verabschiedet und waren zu Fuß weitergegangen. Im Verlauf des Abends hatte Viktor dann tatsächlich mehreren Menschen wieder Mut zusprechen können, hatte ihnen versichert, dass sie in ihren Häusern bleiben und ohne Angst in ihnen schlafen konnten. Zuletzt waren sie auf ein relativ kleines Gebäude mit angeschlossenem Ladengeschäft gestoßen, das einer Witwe gehörte, die hier ihre selbst genähten Hochzeitskleider verkaufte. Der Zustand des Gebäudes war hoffnungslos.

»Karla, das Haus muss evakuiert werden«, hatte Viktor ihr zugerufen. »Es kann jeden Moment einstürzen.«

»Hast du den Keller begutachtet?«

»Die Moniereisen im Stahlbeton sind durchbrochen, tragende Wände sind rissig, die Innenwände wurden mit Styropor als Füllmasse hochgezogen. Mit Styropor, verstehst du! Außerdem ...«

Die Witwe, eine alte Dame mit zu einem dünnen Dutt auf ihrem Hinterkopf frisiertem Haar, kehrte zurück in ihren winzigen Laden und servierte ihren Gästen an einem kleinen Nussbaumtisch Tee und aufgeschnittene Papaya. Viktor wagte nicht, sie anzublicken, er fixierte stattdessen ein Poster an der Wand, das ein leicht geschminktes Model in einem weißen Stofftuch zeigte, umringt von Astronauten in Raumanzügen.

»Setzen Sie sich doch, *Señor*«, sagte die Dame zu Viktor. Karla nickte ihm aufmunternd zu, widerstrebend nahm er Platz. »Es ist sehr nett von Ihnen, dass Sie mein Haus noch einmal prüfen wollen«, hob die Dame an, »aber der Architekt, der damals den Umbau begleitet hat, war längst hier.« Sie lächelte froh. »Kein Grund zur Sorge!«

Karla nahm einen Schluck Tee zu sich und blickte zu Viktor, der merklich sprechen wollte, aber wohl nicht wusste, wie. Sie setzte ihre Tasse leicht schief auf der Untertasse ab.

»Ich habe meine kleine Boutique eröffnet, nachdem mein Mann gestorben ist«, erzählte die Witwe weiter. »Vor seinem Tod hatte er mich noch dazu ermutigt. Wissen Sie, wir hatten nie das Geld, um zu verreisen. Dafür sind wir oft ins Kino gegangen. Einmal haben wir einen wunderbaren französischen Film gesehen. Die Hauptdarstellerin besaß eine hübsche Boutique, mit großer Glasfront. Mein Mann meinte damals, das wäre auch was für mich, eine schöne Boutique. Alle könnten meine Kleider bewundern, sie kaufen und in die Welt hinaustragen.« Einen Moment lang hielt sie ihre Tasse in der Hand. Viktor hatte das Gefühl, die Luft senke sich herab und jedes Geräusch erstürbe. Ausgerechnet ein Film wird ihr zum Verhängnis, dachte er. Die Witwe blickte ihn mit einem wundervollen Lächeln an, als erwarte sie aus seinem Mund eine Replik voller Bewunderung und Glückwünsche.

»Das Haus wird einstürzen«, sagte Viktor kühl, »das Gebäude ist nicht mehr stabil. Das große Glasfenster an der Frontseite hätte nie eingebaut werden dürfen. Es ist so, als würden Sie bei einem Schrank die Rückwand entfernen. Er wird kein Gewicht aushalten und einstürzen. Ich muss Sie enttäuschen, aber Ihr Haus wird einstürzen.«

Sie stellte ihre Tasse ab. »Dieses Haus ist meine Altersvorsorge, es ist mein ganzes Leben. Mein Architekt hat es mir heute Mittag zugesichert. Sie müssen sich irren, junger Mann. Ich werde hier nicht rausgehen!«

»*Señora*, Ihr Architekt hat sie reingelegt. Das Haus ist nicht mehr sicher. Es muss evakuiert werden.« Viktor blickte zu Karla, bat stumm verzweifelt um Unterstützung, als die Dame plötzlich zu weinen begann. »Das muss hart sein für Sie …«, suchte er nach Worten, »ich … ich kann mir das gut vorstellen, aber … bitte, verstehen Sie uns, Sie müssen noch augenblicklich hier raus … und wir … wir müssen weiter, da draußen sind noch zu viele Menschen in

Not.« Er versuchte, die Dame zu umarmen, die ihn nur fassungslos ansah. Schließlich verabschiedete er sich linkisch mit einem stummen Nicken und trat hinaus in die Nacht. Karla folgte ihm endlose Minuten später. »Du bist ein Holzklotz!«, sagte sie wütend.

Schweigend liefen sie nebeneinander her, bogen irgendwann in eine Seitenstraße ein, wo, um ein eingestürztes Haus, Absperrbänder mit der Aufschrift *prohibido* gespannt worden waren. Der aufgerissene Querschnitt der Ruine erinnerte Viktor an eine Puppenstube. Schaulustige standen an der Absperrung. Sie fotografierten. »Du machst Filme?«, fragte Viktor unvermittelt. Karla nickte. »Dokumentarfilme.«

»Hast du eine Kamera dabei?«

»Was soll ich filmen? Zerstörung?«, fragte sie entsetzt. »Es ist so leicht zu glauben, etwas Wahres zu dokumentieren, wenn man einfach seine Kamera nimmt und versucht, einen vermeintlich authentischen Moment abzubilden. Sieh dich um! Was kann ich hier zeigen? Trümmer, Ruinen, Katastrophentouristen? Das reicht nicht.«

»Was reicht dann?«

»Jeder Dokumentarfilm muss eine Wahrheit in Gefahr bringen«, sagte sie ernst, »sonst vermehrt man nur Klischees!« Sie blieb plötzlich stehen und blickte Viktor herausfordernd an. »Was meinst du? Würde ich das jetzt hier leisten können? Würde ich nicht nur alles, was du von Mexiko irgendwie im Kopf hast, unterstreichen? ›Oh, wie schockierend! Diese korrupten Politiker, diese bestechlichen Behörden, und dann diese Solidarität unter den einfachen Leuten, trotz aller Verwüstung! Ach, armes Mexiko! Aber wie gut, dass ich in Europa lebe!‹ – Was, meinst Du, könnte ich zeigen, was deine Welt wirklich wissen will?«

»Aber bald ist das hier alles wieder vorüber, und dann wäre es zu spät zum Filmen«, sagte er.

»Ich filme keine Hilfe, ich helfe lieber selbst.«

Sie gingen weiter schweigend durch die Nacht, bis Karla schließlich vor einer verfallenen Kolonialvilla haltmachte. Sie griff plötzlich nach seiner Hand, zog ihn in das Gebäude, vorbei an einem Speisesaal mit tafelnden Gästen und weiter durch eine geräumige Küche, wo sie eine große, schwere Tür öffnete und ihn dann eine alte Holztreppe hinaufführte, auf der ein eng umschlungenes Pärchen saß, an dem vorbei die beiden bis hoch in den obersten Stock kletterten. Schließlich öffnete sich vor ihnen der alte Speicher des Hauses, dessen Wände dunkelrot gestrichen waren und dem das Dach zur Hälfte fehlte. Ein fahler Halbmond stand hoch über ihren Köpfen und warf sein dünnes Licht auf die Tanzfläche in der Mitte des Raumes. Auf einer kleinen Bühne sang eine Frau in einem handbestickten Blumenkleid, eine Band in bunten Kostümen und grotesk wirkenden Hüten begleitete sie. Karla zog Viktor zum Tresen. Ein Kellner stellte ungefragt zwei Gläser Mezcal vor ihnen auf die Theke. Karla hob ihr Glas, prostete ihm zu und nahm einen zarten Schluck.

»Woher kommst du eigentlich?«, fragte sie.

»Norwegen.«

Sie lächelte.

»Was? Hast du einen Wikinger erwartet?« Er krempelte seine Hemdsärmel hoch. »Mein Vater stammte aus Norwegen.«

»Wieso stammte?«

»Er ist verschwunden.«

»Meiner auch. Menschen verschwinden hier einfach.«

»Musst du oft an ihn denken?«

»Mein Vater ist tot«, antwortete sie. »Für mich, jedenfalls.«

»Vermisst du ihn nicht?«

»Nicht mehr.« Sie nippte wieder an ihrem Mezcal. »Nach ein paar Jahren habe ich aufgehört zu suchen.«

Im Hintergrund sang nun klagend und schön die Sängerin: *Mi cuerpo es una prisión que no me deja bailar con quien yo amo, pero mi mente tiene la llave.* »Mein Körper ist ein Gefängnis. Er hindert mich zu tanzen. Zu tanzen mit den Menschen, die ich liebe. Aber mein Kopf hat einen Schlüssel«, übersetzte Karla für ihn. Das Schlagzeug trommelte los. Sie bewegte sich auf die Tanzfläche zu.

Viktor beobachtete sie, nahm sich Zeit. Er blickte auf die Bretter am Boden, auf Karla, die sich unter der Musik zu verwandeln schien. Sie wurde leichter, reckte ihre Arme in die Luft, sang mit nach hinten geneigtem Kopf den Text mit. Was für Augen!, dachte er. Niemand wagte es, sich ihr zu nähern. Bald völlig eins mit der Musik, tanzte Karla vor reiner Freude, pur, hemmungslos. Die Erinnerung an das Erdbeben war von ihr gewichen, sie ließ sich von der Musik tragen. Der Kontrabass kletterte die Tonleiter hoch, Trompeten jauchzten, herrlich schief. Schmerz, Trauer, Stolz, alles klang mit. Die Band spielte unwiderstehlich auf. Es zog ihn zur Tanzfläche.

»*Sensual!*«, hauchte sie, legte seine Hände an ihre Hüfte, in einer Balance, die ihn sicherte. Erst noch hölzern, konnte Viktor bald schon loslassen, sich im Moment verlieren, in den Augen dieser Frau, in die er tiefer und tiefer zu fallen schien. Er wusste nicht, ob es Minuten oder Stunden waren, bis sie in einer Ecke erschöpft auf einer Bank niedersanken.

»Denkst du, wir können voneinander lernen?«, fragte Karla. Und setzte gleich darauf insistierend hinzu: »Glaubst du das?«

Viktor wurde still. Sah sie an. Hob beide Hände und legte sie an ihr Gesicht, das er nun an seines heranzog. Da öffneten sich ihre Lippen.

DIE RUHE eines kurzen Schlafs zerbrach, ein Sing-Sang lag über der erwachenden Stadt. »Wir kaufen Matratzen und Waschmaschinen, wir kaufen Kühlschränke, Gebrauchtwaren!« Aus Lautsprechern tönte es am frühen Morgen durchs offene Fenster hinauf in das kleine Apartment. Als Viktor erwachte, überschwemmte die Sonne den Fußboden und stieg bis zum Bettrand empor. Karlas Kopf ruhte auf seiner Schulter, wiegte auf und ab, in der Bewegung seines Atems. Er wünschte, die Welt würde erstarren, während sich ihre warmen, aneinander geschlungenen Körper von den Strapazen der letzten Nächte erholten; in einem Halbschlaf, der die Wege des aufziehenden Tages noch geeint hielt.

Ihr Körper duftete nach einem unbekannten Ort, irgendwo inmitten blühender Palisanderbäume, nach der Frische eines reinigenden Regens. Er löste seinen Arm, ihr Kopf glitt weich auf das Kissen. Er stützte sich auf seinen Ellenbogen und betrachtete ihre verschwiegene Schönheit. Ihr Hüftknochen ragte auf. Er empfand Lust, strich mit den Fingerkuppen seiner rechten Hand über ihren Unterschenkel, ihre Kniekehle und hoch bis zu ihrer Taille, deren weiche Haut ihn zu einem Kuss verlockte.

Ihr Rücken schmiegte sich fester an ihn. Sie fasste mit dem Arm kopfüber in sein Haar. »Es war unsere erste gemeinsame Nacht.« Sie blinzelte, blickte aus dem offenen Fenster. »Noch ist alles schön und ungewiss«. Er befeuchtete seine Lippen, hakte sich ein. Alles war Haut. Endlose Minuten verstrichen. Von der Straße her drang der Lärm der aufwachenden Stadt in ihr Liebesspiel.

»Ich muss los«, sagte sie, nachdem sie an diesem Morgen ein zweites Mal erwacht war, und sprang aus dem Bett, auf der Suche nach ihren Kleidern. Sie schlüpfte in ihre schwarzen Jeans, raffte ihr Top über den Bauch. Ihr lächelndes Gesicht ihm zugewandt, genoss sie den Anblick seines hageren, aber definierten Körpers. Er ging ins Bad, wusste, dass ihr Blick ihm folgte. Der offene Raum war von hölzernen Stellwänden getrennt. Es duftete nach Waldboden.

Nach einer wohltuenden Dusche schlug er sich ein Handtuch um die Hüfte, sie stand schon gehbereit im Türrahmen.

»Wohin?«, fragte er und meinte doch viel mehr.

»Helfen.« Sie warf ihm einen Kuss zu und schloss die Tür leise hinter sich. Er atmete tief aus, spürte unangenehme Erschütterungen durch seinen plötzlich müden Körper ziehen. Sein Hirn trieb den Nachhall eben erst erlebter Bilder vor seinem inneren Auge vorbei. Dann blickte er auf das zerwühlte Bett, sah eine Nachricht auf dem Nachttisch liegen, die sie für ihn geschrieben hatte. Eine Passage aus Rayuela: *Maga, die ohne Überraschung lächelte und wie ich überzeugt war, dass in unser beider Leben ein zufälliges Sichbegegnen alles andere als zufällig war und dass, wer feste Verabredungen traf, zu denen gehörte, die liniertes Papier verwenden, wenn sie einander schreiben, und die Zahnpaste von unten drücken.*

Er zog ein frisches Hemd an und stieg in seine zerbeulte, blaue Hose. Wir Architekten verwenden keine linierten Seiten, dachte er verhalten, wir sind mit unserem Millimeterpapier noch kleinkarierter.

DIE HACIENDA leuchtete strohgelb in der prallen Mittagssonne. Das gesamte Geschehen ereignete sich unter einem grellen Lichteinfall. Einige der Bediensteten blinzelten und führten ihre Bewegungen schleichend aus, andere taten, was sie taten, im Schatten der Bäume. In einer Werkstatt war ein Holzbrett zwischen zwei Böcken eingespannt. Ein Hammer schlug funkenstiebend auf die Köpfe der Nägel. Die Schläge ließen Ángel unwillkürlich zusammenzucken. Er musterte mit Widerwillen einen Tischler, dessen Gesichtshaut von der Sonne gegerbt war. Mit jedem weiteren Schlag brach die Erinnerung deutlicher hervor, die Bilder in Ángels Kopf glichen einer Heimsuchung: Die Schreie und Jammerlaute der Dorfbewohner waren so eindringlich, als stünden sie direkt neben ihm. »Ihr Gottverlassenen!«, schrie eine Frau mit halb erstickter Stimmen in seine Richtung. Ángel brüllte zurück. »Ihr Hurensöhne! Ihr werdet alle sterben!« Dann gingen brutale Schläge auf die Dorfbewohner nieder, ihre Klagen wurde dünner, bis sie im Blut ganz verstummten.

»Reiß dich zusammen«, zischte Damion ihn von der Seite an. Blitzartig hob Ángel den Kopf, um seine Erinnerungen abzuschütteln, fuhr sich mit der Hand durchs Haar. Er konzentrierte sich auf Eduardo, der nun im hellen Leinenanzug und strahlend weißen Hemd auf sie zuschritt. Sein sanft gebräuntes Gesicht zeugte von allerbester Gesundheit.

»Geht es ihm gut?«, fragte Eduardo Damion und wies mit leicht gehobener Hand auf Ángel.

»Es ging ihm niemals besser!«, antwortete Damion in der für ihn typischen Ironie, sein braunes Haar war heute streng zurückgekämmt, nur die Spitzen wellten sich am Hals zur Seite.

»Gehen wir besser auf die Terrasse.«

Eduardo schlenderte los und führte die beiden durch sein Anwesen. Als sie den mit weißem Marmor verkleideten Pool erreichten, blieb Eduardo stehen, wandte sich seinen beiden Gästen zu und machte eine einladende Handbewegung: »Hier entlang, bitte.«

Damion musterte den Pool, die von alten Bäumen gesäumte Anlage, den Säulengang der Hacienda, die kunstvoll gearbeiteten Arkaden und die geschnitzten Holzbalken des Deckengewölbes. Er hatte viele Repräsentationen von Reichtum erlebt und gelernt, sich nicht mehr beeindrucken zu lassen. Weder vom Glanz des materiellen Widerscheins, mit dem sich Personen von »Geldrang«, wie er sie spöttisch bezeichnete, umgaben, noch von der Ruhe, mit der diese ihre Körper durch das Reich ihrer Güter bewegten. Für ihn zählte allein, auf welche Eckpfeiler Reichtum sich stützte. Profit und Boden, das waren die Inbegriffe seiner Domäne. Eine unschlagbare Kombination, wie er jeden Tag aufs Neue feststellte. Er beherrschte die abstrakten Gesetze der Strömungen an den international agierenden Börsen ebenso gut wie das unabänderliche Gesetz des Bodens, eines Bodens, auf dem die Leute tagtäglich gedankenlos umhergingen: der Grund unter allen Füßen. Er konnte Unternehmen fusionieren lassen, er kannte, um nur einen Fall zu nennen, sämtliche Details, die in ihrem Zusammenspiel dazu geführt hatten, dass Liberia seine gesamte landwirtschaftliche Fläche verloren hatte. Ein Typ aus seinem Umfeld hatte ihn einmal den »Wall Street Rancher« genannt. Agrarwesen und Finanzmarkt waren die Nahrung und Theologie seines Geistes. Gut möglich, dass er früh damit angefangen hatte, seine Lebensstrategie auf diese beiden Felder zu konzentrieren, da sein Vater weder Geld noch Boden besessen hatte. Die zersiedelte Vorstadt, in der er aufgewachsen war, hatte derart trostlos auf ihn gewirkt, dass das Erdreich, er nannte es das »Reich der Erde«, erst seine Fantasie beflügelt hatte und später seine Ambitionen. Jetzt strich er sich mit beiden Händen das Haar zurück und verbat sich, einen Blick auf Ángel zu werfen. Im Hintergrund der Gartenidylle spielten Kinder unter Palmen.

»Setzt euch!«, bat Eduardo seine Gäste zu Tisch. »Wie kann ich helfen?«

Ángel fackelte nicht lange. »Wie geht es Felipe? Was habt ihr mit ihm gemacht?«

Eduardo zog das weiße Einstecktuch aus seiner Brusttasche hervor, faltete es erst auf, dann wieder zusammen, und steckte es schließlich zurück. »Dein Freund, der Fischer?«, fragte er und starrte Ángel reglos an. Dann legte er seine beiden Hände wie zum Gebet aneinander und beugte sich leicht seinem Gesprächspartner zu: »Wie du weißt, ist Grausamkeit schlecht fürs Geschäft. Wir sind keine Barbaren.« Er lehnte sich auf seinem Stuhl zurück, streckte den Kopf in den Nacken und ließ sich die Sonne direkt aufs Gesicht scheinen. »Haben wir nicht alle aus der Vergangenheit gelernt?«, stichelte er.

»Verstehe, die netten Mörder von nebenan«, brummte Ángel.

»Okay, Gentlemen«, Damion hob seine beiden Hände leicht an. »überlassen wir die Hoffnung auf eine gerechtere Welt anderen. Wenn sich irgendein Idiot den Luxus eines guten Gewissens erkaufen möchte, soll er das tun, wenn sich die Empörten dieser Erde in einer moralischen Mittelmäßigkeit einrichten wollen, ohne je auch nur einen Finger krumm zu machen, sollen sie es tun. Das naive Auge sieht, was es sehen will. Das nüchterne sieht das Geschäft. Eduardo, du hast ein perfektes Produkt. Du bist Unternehmer, richtig?«

Eduardo spreizte seine manikürten Finger und nickte Damion zu.

»Danke«, antwortete dieser genervt. »Sprechen wir also übers Geschäft.« Eine Bedienstete schob einen Teewagen an die Seite des Tisches, stellte ein Gedeck aus blauweißem Porzellan ab und servierte stumm Kaffee. Ángel, der seinen Ärger nicht verhehlen wollte oder konnte, nippte in einer Parodie des vornehmen Gestus seines Gegenübers mit abgespreiztem Finger an seiner Tasse.

»Wir haben eine Chance für dich, in das Museum einzusteigen«, sagte Damion unvermittelt.

»Ich dachte, die alte Dame wolle nicht mit Drogenalmosen ihr Museum finanzieren ...« Eduardos Lächeln breitete sich wie ein Hufeisen aus. »Nicht mit *narcolimosnas*.«

»Erinnerst du dich, was Bischof Ramón Godínez Flores gesagt hat, als er Gelder für seine Kirche einsammelte?« Damion legte seine Handflächen aufeinander. »Geld kann gereinigt werden, wenn der Mensch gute Absichten hegt.« Er beugte sich vor, weit über die Knie, und flüsterte. »Herrje, was haben wir für gute Absichten!« Dann blickte er Eduardo scharf in die Augen. »Tausende Kinder gehen in der Natur zur Schule, Arbeitsplätze entstehen, indigene Gemeinschaften werden eingebunden, Kulturinteressierte können kostenlos Xinatli besuchen und die beste Gegenwartskunst der Welt besichtigen. Zu schade, wenn ein solcher Ort nicht existieren würde.«

»Ach was!«, winkte Eduardo ab. »Fernanda will doch kein neues Denkmal des Verbrechens errichten. Behauptet sie jedenfalls.«

»Verbrechen?« Damion lächelte. »Reichtum ist niemals unschuldig. Geschäfte werden auf legaler Seite ebenso grausam betrieben wie auf illegaler. Worin besteht der Unterschied? Wen interessiert es, wenn niemand davon Wind bekommt?«

Eduardo warf einen zerstreuten Blick auf die Kinder unter den dichtgepflanzten Palmen, die das Anwesen vor der Welt abschlossen. »Was habt ihr vor?«

»Wir waschen deine Barbestände. Du bunkerst sie ja in Häusern an der Küste. Ein bisschen leichtsinnig, meinst du nicht?«

»Es sind Hunderte von Millionen Dollar. Wie wollt ihr das machen?«

»Fernandas Team fliegt nach Genf, um das Zollfreilager aufzusuchen. Von dort wird ein Teil der Sammlung abgeholt. Skulpturen, Gemälde. Alles nicht so wichtig. Die Geschäftsreise ist das perfekte Alibi. Wir deponieren deine Scheine in ihrem Privatjet und waschen sie in einer Schattenbank in Europa. Ich kaufe Anteile an Fernandas Bergbauunternehmen, die ich über deinen Immobilienfond wieder in den Geldkreislauf einspeise.«

Ángel verfolgte das Gespräch, ohne an ihm teilzunehmen. Er verstand nicht andeutungsweise, wovon die beiden reden: Fremdwährungskonten, Clearing-Stellen, Anleihen, das

Debt-Issue-Verfahren. Damion nahm derweil einen Zettel aus seiner Tasche und zeichnete Schaubilder auf, die er mit eindrücklichen Gesten illustrierte. Ángels Blicke verfingen sich in den Spinnweben aus Strichen, Linien und Kreisen, die sich vor seinen Augen in Teufelskreise verwandelten. Eduardo stand auf, ging den Säulengang entlang und verschwand hinter einer kleinen Holztür. Er brachte eine Flasche Mezcal und drei kunstvoll geschliffene Gläser. »Auf die Zukunft der Kinder!«, prostete er in die Runde.

»Auf ihre Zukunft!«, stimmte Damion ein.

Es folgte ein Austausch von Nettigkeiten, bis sie schließlich gemeinsam durch den Garten flanierten und auf einen bereitstehenden Wagen zumarschierten. Ángel stieg ein, Eduardo aber zog Damion zur Seite. »Hör auf, solchen Stuss zu reden«, sagte er scharf. »Alles, was du mir erklärt hast, macht keinen Sinn. Wenn das Museum gebaut ist, dann ...«

»Halt«, unterbrach ihn Damion. »Wer behauptet, dass wir ein Museum bauen wollen?«

»Ich verstehe nicht.«

»Musst du nicht«, er schlug ihm sanft auf die Schulter, »noch nicht«, und ging auf die andere Seite des Wagens. »Wirklich geschmackvolles Anwesen«, kommentierte er seinen eigenen Rundblick, setzte sich ans Steuer und fuhr los. Er sah Eduardo im Rückspiegel stehen. Wie angewurzelt. Die Hacienda verlor sich bald schon als kleiner Punkt in der Ferne, eine Agavenplantage folgte inzwischen der nächsten.

»Auf wessen Seite stehst du eigentlich?«, fragte Ángel. Damion zog sich die Sonnenbrille auf und kurbelte die Fensterscheibe herunter. Der Fahrtwind fuhr in sein Haar und verlieh ihm etwas Verwegenes. »Wir zwei sind uns nicht unähnlich«, sagte er beschwingt. »Wir machen uns die Hände schmutzig. Der Zementhersteller ist abgesprungen, die Spenden nach dem Erdbeben reißen Löcher in die Kasse.« Er schaute zur Seite. »Wir brauchen frisches Geld. In ein paar Tagen ist die Pressekonferenz.«

»Was ist, wenn jemand Wind davon bekommt?«

Damion antwortete nicht. Mehrere Kilometer verloren die beiden kein Wort. Die Böschungen links und rechts der Straße wurden dichter und üppiger. Wilde Kakteen wuchsen am Rand der Straße, zwei Männer pflückten Früchte von ihnen ab. Damion hielt an, stieß energisch die Tür auf und schrie in ihre Richtung: »Hey, macht, dass ihr da wegkommt, das ist mein Grundstück!« Die beiden wichen erschrocken zurück auf die Straße. Damion stieg aus seinem Wagen und pflückte nun seinerseits in aller Ruhe eine blutrote Drachenfrucht, die er Ángel durchs offene Fenster hindurch zuwarf. »Eigentum und Wahrheit haben eines gemeinsam«, sagte er, als er sich wieder ans Steuer setzte: »den Glauben an sie.« Er warf den Motor an. »Am Ende ist alles nur eine Frage der Autorität«, sagte er in Richtung der eigenen Fensterseite. »Sobald das Fundament von Xinatli steht, wird es niemand mehr in Zweifel ziehen.«

RIESIGE PLAKATWÄNDE auf den Dächern der Häuser an der Straße boten in schillernden Farben und in der Sprache aufpolierter Versprechen flüchtige Augenblicke feil. Es hatte eine gefühlte Unendlichkeit gedauert, bis sie mit dem Wagen den Saum von Mexico City erreicht hatten, das an seinen Rändern ausfranste und nun den Blick auf eine Hochgebirgslandschaft freizugeben begann, die aus einem Gürtel aufragender Vulkane bestand. Sie hatten seit Längerem die zweistöckigen Autobahnen hinter sich gelassen und mit diesen ein Stadtzentrum, dessen Bewohner buchstäblich ebenso erschüttert waren wie der Boden, auf dem diese Stadt sich scheinbar unendlich weit in den Talkessel ausbreitete, sie waren am Straßenrand an einer Kirche vorbeigefahren, die mit ihrem gläsernen Kuppeldach eher an eine Schaltzentrale aus einem Science-Fiction-Film erinnerte, als an ein zur Einkehr ladendes Gotteshaus, sie hatten den breiten, von unendlich vielen Autos quälend langsam befahrenen Avenidas den Rücken gekehrt, den kilometerlangen Stau stadtauswärts überstanden und ihre in den letzten drei Tagen angesammelte Erschöpfung noch in den Knochen. Viele Leute klagten ständig über *el trafico*, Viktor aber hatte ihn heute als Geschenk empfunden. Karla, das spürte er immer gewisser, war keine Frau, die, einmal gewonnen, in die üblichen Abläufe einer intimen Beziehung überging und ihre Grundsätze einer möglichen Illusion opferte, nein, im Gegenteil, sie wollte in jeder Minute erfrischende Lebendigkeit, wollte vor unterschiedlichen Kulissen Zuneigung oder Zurückweisung als zwischenmenschliche Erfahrung erproben und so im Laufe der Zeit ein Vertrauen ausbilden, das ihr als Grund dienen mochte, sich voll und ganz für jemanden zu öffnen. Im Wagen nun hatten die beiden ihre bisher höchste Verbindlichkeit erreicht und Viktor genoss diesen Moment.

Sie fuhren über enggezogene Serpentinen die immer steiler vor ihnen aufragenden Berge hoch und wieder hinab. Die Szenerie war wie ausgewechselt. Pinien- und Eichenwälder, grünes Land. Der Wagen fuhr mit schnurrenden Motorgeräuschen über den hellgrauen Asphalt, endlich war der Smog über der Metropole einem unwahrscheinlichen Blau gewichen. Karla kurbelte die Scheibe herunter und schnappte sich ihre Kamera vom Rücksitz. Der Fahrtwind glitt ihr durchs Haar. »Eine gute Idee, ein paar Tage rauszukommen«, sagte sie mit strahlenden Augen und schoss Fotos von der Landschaft. Viktor blieb angespannt, seine volle Konzentration galt den von Schluchten gesäumten Kurven. Das Lenkrad hatte Spiel, die Reifen jaulten ab und an in den Kurven auf, jede Wendung der Straße gewährte den beiden einen neuen Blick auf das erhabene Bergmassiv von Tepotzlan, das mythenverwoben zwischen Bodennebel und strahlendem Himmel zu schweben schien.

Viktor war sich im Übrigen nicht sicher, ob sein Plan aufgehen würde. Den Wagen hatte er sich geborgt und war damit dem Vorschlag eines Franzosen gefolgt, der seit Jahrzehnten in Mexiko lebte und den er einige Tage zuvor auf einer Abendgesellschaft kennengelernt hatte, auf der unterschiedliche Künstler über ihre Arbeiten gesprochen hatten. Der Bildhauer hatte begeistert von seinem Landhaus am Ausläufer des Flusses Tepozteco erzählt und Viktor freimütig angeboten, es ihm für ein paar Tage zu überlassen. »Das Haus ohne Türen«, hatte er es genannt und ihm davon vorgeschwärmt: »Ich lade gern Menschen dorthin ein, damit sie ein paar Tage in einer ländlichen Idylle verbringen können, die ich selbst sehr liebe. Das Gebäude ist etwas Besonderes, es ist, ja, wie ein schöner, langer Fortsetzungsroman, der auf seine nächste Episode wartet, ohne dass es einen Schluss geben muss«, dann hatte er gegrinst und noch hinzugefügt, »keinen allzufrühen jedenfalls. Und das Beste: Man kann dort endlich einmal rein gar nichts tun, ein Traum!«

In Karlas Augen ebbte zunächst all ihre Hoffnung ab, als die beiden in eine leere Straße einbogen, eine Unterführung passierten und ein Dorf erreichten, dessen Gassen von Maulbeerbäumen geziert waren. Es war die Stunde, in der die Kinder auf den Straßen spielten und mit ihrem Geschrei den Nachmittag belebten. Viktor hielt an einem Kiosk, nicht mehr als ein Fenster mit blauen

Gitterstäben, und fragte nach dem Weg. Ein älterer Mann mit Halstuch erschien und zeigte mit dem Finger: »Dahinten.«

Sie fuhren eine Schotterstraße entlang. Viktor stoppte vor einer riesigen kalksteinfarbenen Wand, die schräg zum Hang verlief. Von ihrer Fassade bröckelte Putz herab, in den Mauerritzen spross Unkraut.

»Ich glaube, wir sind da«, sagte er.

Das rostige Tor ließ sich nur unter Anstrengung öffnen. Als sie über die Schwelle traten, stieg Karlas Laune schlagartig. Sie wurden von einem blühenden Garten empfangen. Das ebenerdige Haus war in alle Himmelsrichtungen offen. Eine einzige Wand teilte es in Sequenzen auf: in eine Galerie, eine Küche, einen Säulengang, einen Innenhof mit Kakteen und ein Schlafzimmer. Das Gelände war von einer kniehochen Mauer aus Vulkangestein umfriedet, die nach außen hin steil über die Böschung abfiel. Ein quadratischer Pool diente als kontemplative Mitte. Karla ließ sich auf einem Diwan nieder, während ihr Koffer weich auf einer gegenüberstehenden Couch landete. Sie ließ ihren Blick schweifen. »Ich will heute Nacht nicht im Haus, sondern mit dem Haus schlafen«, sagte sie, stand dann abrupt auf, ließ ihre Klamotten auf den Rasen fallen und lief nackt in Richtung Pool. Er schaute ihr nach, zog mit etwas Mühe seine eigene Kleidung aus und ging leisen Schrittes zur Küche, wo er einen Weißwein öffnete. Mit zwei Gläsern in der einen und der Weinflasche in der anderen Hand blieb er an einer Säule zum Garten hin stehen. Die Berge übten eine schwermütige Kraft auf ihn aus. Sein Blick wanderte ihre Kammlinie ab. Die Sonne flirrte, ließ den Horizont durchsichtiger werden und lebte in Lichtspielen auf Karlas Körper weiter. Sie saß auf den grauen Steinplatten, spielte mit ihren Beinen im Wasser, hatte sich nach hinten auf ihren Ellbogen abgestützt. Viktor spürte seine Erregung und eine Angst, nicht zu genügen. Schließlich erinnerte er sich der Gläser in seiner Hand und ging mit scheinbar festen Schritten auf sie zu. Auf Würde bedacht, beugte er sich ruhig vor, stellte Wein und Gläser ab und setzte sich neben Karla auf die sonnenerhitzen Steinplatten, deren Wärme ihm angenehm war. »Die Nachbarn werden erfreut sein«, schmunzelte er. »Diese Aussicht haben sie nicht alle Tage.«

»Welche Nachbarn?«, fragte sie lächelnd. »Hier ist niemand. Wir sind allein.« Sie schaute ihm unverhohlen zwischen die Beine. »Außerdem mag ich die Aussicht.« Sie kniff ein Auge zu, dann das andere, formte mit Zeigefingern und Daumen einen Rahmen, durch den sie schließlich hindurchblickte. »Was glaubst du«, fragte sie, »das Gedächtnis – filmt oder fotografiert es?« Ihr Kopf neigte sich zur Seite, sie blinzelte in die Sonne. Er schloss die Augen und überlegte.

»Es produziert eher Filme, meinst du nicht?«

»Haben sie eine Handlung?«, fragte sie.

»Ich glaube nicht.«

»Kannst du deine Erinnerungen wie ein Objektiv scharfstellen?«

Er versuchte, in seine Kindheit abzutauchen, die Bilder waren zusammenhangslos, hier und da gab es einen aufglühenden Moment mit seiner Mutter, er sah Kirchengebäude, in denen er mit seinem Vater stand, einen Film aber, und wäre er noch so kurz gewesen, sah er nicht.

»Als Kind habe ich einmal eine Reise gemacht, zusammen mit meinen Eltern«, sagte sie, »zu den Wasserfällen von *Agua Azul*. Ich wollte dort den Fluss überqueren. Es gab große und kleine Wassersteine, über die man ans andere Ufer gelangen konnte. Ich hüpfte auf den ersten Stein, den zweiten. Mir wurde unheimlich. Ich sah, wie schnell das Wasser unter mir dahinzog.« Sie dachte kurz nach. »Der dritte Stein war weit entfernt – und glitschig. Ich fiel ins Wasser und hatte Angst, vom Strom mitgerissen zu werden. Ich hielt mich an dem Stein fest, zog mich hoch und sprang weiter, bis ich am anderen Ufer ankam.« Sie machte eine Pause, blickte ihn an. »Wenn das Erinnern der Überquerung eines Stroms gleicht, wie viele Wassersteine müssen wir wohl haben, um aufrecht in unsere Gegenwart zu gelangen?«

Viktor hörte ihr zu und starrte dabei auf das Wasser im Pool, das sich unter einer Brise kräuselte. Seine Gedanken berührten einen schmerzhaften Punkt. »Mein Vater ist einfach gegangen«, sagte er schließlich. »Er hat mir zu wenige Steine hinterlassen. Zu wenige Szenen.«

Sie schaute auf. »An was erinnerst du dich?«

»Er war Bauingenieur, ein sonderbarer Mann. Er hat sich tagelang im Studio eingeschlossen«, erzählte Viktor vorsichtig. »Sonntags haben wir gern einen Ausflug gemacht und alte Kirchen besucht. Es roch in ihnen nach Weihrauch, den Geruch mag ich bis heute.« Er befeuchtete seine Lippen. »Wir haben in all diesen Kirchen den sogenannten Schlussstein gesucht. Ich habe immer erst zu essen bekommen, wenn ich den Schlussstein gefunden habe. Den Stein, der als erster geplant und als letzter gesetzt wurde. Den Stein, der alles zusammenhält. Ich kann mich an das Ritual erinnern, als hätten Vater und ich es erst gestern vollzogen.«

»Ich mag Rituale«, sagte sie, und fragte dann nach einer Pause mit leicht abgedunkelter Stimmlage: »Warum bist du Architekt geworden?«

Er zögerte. »Vielleicht, weil ich Empfindungen bauen will.« Er zuckte mit den Achseln. »Ohne Räume für unsere Körper können wir nichts empfinden. Die Räume verorten uns in der Zeit.«

»Was ist, wenn die Räume verschwinden?«

»Dann leidet alles andere. Die Sprache. Der Bezug. Artefakte gehen kaputt und verloren. Man weiß nicht mehr, was sie bedeutet haben. Vielleicht …«, er stockte, »… vielleicht können wir uns irgendwann an gar nichts mehr erinnern.«

»Interview beendet!« Sie lachte auf, es war ein ehrliches Lachen, das unverstellt aus ihrem Innern kam; das Grübchen über ihrem Mund spannte sich, die Narbe über ihrer Braue bildete beinahe ein kleines Dreieck. Sie glitt hinab ins Becken und zog ihn zu sich ins Wasser. »Drehen wir einen Film«, sagte sie. »Ohne Worte, nur mit unseren Körpern.« Er spürte ihre weichen Lippen, sie küsste ihn lange und selbstvergessen, dann löste sie sich von ihm, lachte ihn an und setzte nach: »Nur für die Erinnerung!«

Er wachte neben ihr auf mit dem Gefühl, einen Punkt erreicht zu haben, von dem aus es keine Rückkehr gab. Er schaute ihr, von Tag zu Tag bewusster, beim Aufstehen zu, er mutmaßte etwas über die Schärfe, die sie manchmal im Blick tragen konnte, er versuchte, ihre Bewegungen nicht nur schön zu finden, sondern ehrlich zu lesen, ihren Schwung beim Gehen etwa, oder wie sie den Kopf zurückwarf oder einen Teil der Oberlippe einknickte, wenn sie zweifelte.

In den Mittagsstunden verließen sie gemeinsam das Haus, um einen Spaziergang zu machen. Viktor begleitete sie zu den letzten Drehaufnahmen ihres Dokumentarfilms über *Muxes*, einem in Oaxaca seit Generationen lebenden dritten Geschlecht. Von seiner eigenen Arbeit sah er in diesen Tagen ab, obgleich oder gerade weil sie ihm über den Kopf zu wachsen schien. Noch vor gut einer Woche hatte er sich im Büro eines Bauunternehmers in Mexiko City eingefunden, der einen skeptischen Blick auf seine Pläne geworfen und sie dann müde zur Seite gelegt hatte. »Wird nicht halten.« Viktor hatte nur stur entgegnet: »Das hält.« Der Bauunternehmer war ruhig, aber bestimmt geblieben: »Ach ja, *Señor*? Wer genau sind Sie eigentlich, dass Sie wissen, wie die Sache hier läuft?« Mit dieser Frage hatte er nicht gerechnet, war aber von ihr umso mehr getroffen, als sie sich unbeantwortet durch die letzten Monate seines Lebens gezogen hatte. Nun war er mit Karla unterwegs, um sie dabei zu begleiten, wie sie das Leben der *Muxes* porträtierte: Menschen, die nicht Mann, nicht Frau, sondern einfach *Muxe* waren.

»Eine dumme Legende will, dass der Stadtheilige Vicente Ferrer den Auftrag erhalten hatte, alle Homosexuellen gleichmäßig über die Welt zu verteilen. Er trug sie wohl in einem Sack auf dem Rücken«, lachte Karla während der Fahrt zu einem Dreh und tippte sich an die Stirn. »In Kolumbien und Guatemala soll er je einen ausgesetzt haben, hier in Juchitán aber war ihm der Sack gerissen. Alle Männer purzelten heraus und wurden zu *Muxes*«, sagte sie. »Eine christliche Erzählung eben. Die zapotekische Kultur ist anders. Die Wirklichkeit in diesem Landstrich bunter.«

Nach mehreren Stunden Autofahrt kamen sie in Juchitán an, hatten dort schnell ihren ersten Drehort erreicht und standen nun im Wohnzimmer eines heruntergekommenen Hauses. In einer Zimmerecke lehnte ein bodentiefer Spiegel an der Wand, vor diesem war ein Friseurstuhl positioniert, dessen ins Alter gekommener Kunstlederbezug von Scharten und Löchern übersät war. An der rot gestrichenen Wand gegenüber hingen neben Heiligenbildern diverser Märtyrer Schminkkassetten voller Lidschatten, Cremes und Pinseln.

Karla richtete das Set ein und stellte ihre Kamera zur Aufnahme bereit in den Raum. Ein dickleibiger Mann, dessen Bekannter Viktor und Karla empfangen hatte, und der nun von seiner Arbeit in einer kleinen Bank nach Hause kam, stellte sich als Ophelia vor. Kurz vor dem Dreh trug er Wimperntusche auf, überschminkte seine Narben auf der Wange, wechselte seine Kleidung, wobei er sich schwarze Seidenstrümpfe überzog und seinen Hintern mit Schaumstoff auspolsterte. »Ich schlüpfe in meine Robe für das große Fest«, erklärte er freudig. »Die Königin der *Muxe* wird heute gekrönt.«

»Erzähle mir, was *Muxe* sind«, sagte Karla.

»Es ist so«, Ophelias Stimme blieb ganz ruhig, »in Juchitán werden wir manchmal als drittes Geschlecht bezeichnet. Es gibt Männer, es gibt Frauen, und es gibt *Muxes*.« Ophelia lächelte. »Auch, wenn wir eine weibliche Rolle einnehmen, haben wir *Muxes* ein eigenes gesellschaftliches Geschlecht, das inzwischen wieder sehr geachtet wird. Wir erfüllen besondere Aufgaben, treten häufig als Vermittler auf und verstehen uns selbst auch ein wenig als die Träger und Überlieferer der Schönheit unserer Kultur.« Karla zoomte mit der Kamera näher an Ophelias Gesicht heran, direkt auf ihre Augen. »Dabei wurden wir teilweise auch diskriminiert.« Ophelia legte einen Ohrring an und betrachtete ihr Spiegelbild. »Aber in den letzten Jahren haben mich viele Leute gefragt, warum wir *Muxes* die alten Trachten und schönen Kleider aus Juchitán tragen. Es hat sich vieles geändert. Ich bekomme Komplimente auf der Straße, weil wir so schön aussehen. Auch die alten Frauen auf dem Markt sagen, ich hätte eine schöne *Guenda*, das kann man aber nicht in andere Sprachen übersetzen, vielleicht besagt Grazie oder Anmut etwas Ähnliches, aber dann fehlte da noch immer das gewisse Etwas, das uns eben ausmacht ...« Sie lachte und presste ihre Augen mehrmals zusammen, schlug ihre Wimpern auf und nieder. »Ich fühle mich glücklich zwischen zwei Geschlechtern«, sagte sie schließlich. »Ich vereine viele Dinge. Und erfülle weder das Klischee des starken Mannes noch das einer einfühlsamen Frau.«

Karla nickte hinter ihrer Kamera. »Würdest du einen Arzt bitten, deinen Körper *weiblicher* zu machen?«, fragte sie. Ophelia schüttelte den Kopf. »Wieso, ich bin *Muxe*. Ich bin keine Frau und ich bin kein Mann. Ich fühle sie beide. Ich bin *Muxe*.«

Karla schwieg. Aber Viktor sah, wie ihr das Herz aufging. Etwas später saßen sie zu dritt im Mittelgang einer prachtvollen Basilika und nahmen an einer Messe teil. In der Kirche waren alle Plätze besetzt. Der Priester predigte mit sanfter Stimme: »Die Sprache der Eroberer hat unsere alte Sprache verändert. Wir haben *Laa-be* gesagt, wenn wir über Menschen sprachen. Wir haben *Laa-me* gesagt, wenn wir über Tiere sprachen. Und wir haben *Laa-ni* gesagt, wenn wir über unbelebte Dinge redeten. Wir hatten einen Stamm, der uns alle einte. Das ist unsere Sprache, die wir von nun an wieder zu sprechen versuchen wollen. Eine Sprache, die von einer Ureinheit allen Lebens und aller Dinge ausgeht und diese nie aus dem Blick verliert.« Viktor sah zu Karla hinüber und hatte plötzlich eine klare Vorstellung davon, dass sie beide, anders als der Priester es eben noch hervorgehoben hatte, eine gemeinsame Sprache erst finden mussten.

Sie standen dann beim großen Fest im Regen.

Sie aßen inmitten einer bunten Menge Köstlichkeiten.

Sie sahen einer mit Blumen bunt geschmückten Parade zu.

Sie fieberten mit, als die Königin der *Muxe* gekrönt wurde.

Sie waren ergriffen, als die neu gewählte Königin namens Ophelia ausgerufen wurde und mussten vor Schreck aufschreien und anschließend herzlich lachen, als Ophelia die Bühne eroberte und gleich wieder zu Boden fiel, da ihr schmächtiger Tanzpartner sie bei einer Hebefigur nicht zu halten vermochte.

Sie waren spät nachts heimgefahren.

Sie hatten sich im Wind des Deckenventilators geliebt.

Sie, Karla, war daraufhin eingeschlafen. Er, Viktor, hatte die Angst in sich aufsteigen gespürt, sich völlig in ihrer Gegenwart aufzulösen, ihr zu verfallen – und womöglich zu versagen. In den Tagen, die folgten, wurde Karla ihm gegenüber immer leidenschaftlicher, er verlor mehr und mehr die Kontrolle. Aber er fühlte, dass er gegen das Urteil einer ganzen Welt und gegen all seine Ermahnungen, doch sein eigener Herr zu bleiben, die Erfahrung der völligen Selbstaufgabe setzen wollte, ja, den Verlust von Kontrolle zugunsten einer Bewegung hin ins Offene wagen wollte. Vielleicht war Veränderung möglich, vielleicht zeigte sich ihm in der Begegnung mit Karla ein günstiger Moment, den es zu ergreifen galt, um Strukturen abzustreifen und Muster loszuwerden, die ihn bei aller vitalen Kraft doch immer nur wieder zurück in das alte Lied der Enttäuschungen geworfen hatten. Am Ende bestand in der Begegnung mit ihr die Chance, ein anderer zu werden, einer, der das Wagnis vor die Erwartung stellte.

19

AM STADTRAND von Florenz war das letzte Stück der Straße nicht gepflastert. Das Gelände war morastig, die Wege von dunklem Schlamm überzogen. An den Eckpunkten eines Sportplatzes reckten sich vier Masten in die Höhe, das Flutflicht warf tiefe Schatten über die Anlage. Kinder spielten Fußball. Ihre Leibchen tanzten hellglänzend im Schein des künstlichen Lichts. Als Benedetto näherkam, fügten sich ihm die jungen Körper und ihre Gesichter zu einer vertrauten Szenerie. Er ging die Stufen der Tribüne hinunter. Über dem Boden flogen Papierfetzen hinweg. Am Geländer stand sein Vater, im ausgebeulten Trainingsanzug des Vereins – ein Geschenk vom Boss, das üblicherweise an den Trainingsfleißigsten eines Jahrgangs ging. In jener Saison aber, als Benedetto selbst noch aktiv im Verein gespielt hatte, war es seinem Vater vermacht worden: wohlgemerkt als Zuschauer, der häufiger am Training teilgenommen hatte als irgendein Mitglied der Mannschaft. Benedetto sah nun, wie sich sein Vater nach vorn beugte und Anweisungen auf den Platz schrie. Er stellte sich neben ihn und verfolgte das Spiel. Die Kinder waren mit Schlamm bedeckt, ihre Füße prallten gegen das Leder, bis sich schließlich ein gewaltiger Schuss entlud. »Nicht schlecht, der Kleine«, sagte Benedetto.

Sein Vater drehte sich um und musterte ihn. Seine grünen Augen hoben sich kalt von der ledernen Haut ab, die mit den Jahren ein kräftiges Ocker angenommen hatte. »Den hättest *du* früher reingemacht«, sagte er schlicht und schaute auf seine Armbanduhr, spreizte die Finger und ließ einen gellenden Pfiff erschallen. »Zwerge!«, brüllte er, »reicht für heute.«

Ein Tross von Kindern jubelte, ein Spieler legte neckisch den Arm um einen anderen, der beleidigt zurückwich. Die Stollen ihrer Schuhe ratzten über die Steine, als die Bambini in Richtung Kabine an ihnen vorbeizogen. Sein Vater blickte mürrisch zu Benedetto, ließ eine kurze Spanne Zeit verstreichen und fragte dann ohne jegliche Zuneigung: »Was machst du hier?«

»Ich schreibe einen Stadtführer, bevor ich nach Mexiko fliege«, antwortete Benedetto. »Gutes Geld«, fügte er hinzu.

»Aha. Und was schreibt man da so?«

Benedetto zuckte mit den Achseln. »Wie schön Florenz ist.«

Sie nahmen den letzten Bus nach Hause, schwiegen die gesamte Fahrt über ihre Zeit tot. Mit jedem Kilometer wurden die Häuser kleiner und schäbiger. Die Gemeindeverwaltung hatte diesem Fleckchen Erde am äußersten Stadtrand nichts zugestanden, kein Schwimmbad, keine Bibliothek, die nächste Einrichtung war das Gefängnis Solliciano. Hier in diesem Bezirk lebte alles, was den romantischen Sonnenuntergang in Florenz nicht gefährden sollte, die Ärmsten der Armen, die Rauschgiftsüchtigen, die Schwerverbrecher. Die Sitze unter ihnen gaben hart nach, als sie über gleich mehrere tiefe Schlaglöcher fuhren. An der Haltstelle Santo Stephano A Ugnano stiegen sie aus. Der Klempner aus ihrem Viertel grüßte winkend aus seinem Kleinlaster. Nach wenigen Minuten erreichten sie ihr Haus, das mehr Schrägen aufwies als rechte Winkel. Sein Vater schloss die Tür auf, der Geruch von Knoblauch strömte ihnen entgegen. »Mutter kocht«, bemerkte er und brüllte in den Flur hinein: »Ich habe den Philosophen mitgebracht!« Kaum waren die Worte verklungen, schon bildete sich ein Pulk um Benedetto: die Kinder, der Onkel, zwei uralt wirkende Greise, seine Mutter.

»Il mio Ángelo!«, sie strich ihm durchs Haar. »Wie schön! Aber wieder alleine? Warum? Wann stellst du uns deine Freundin vor?«

»Ich habe keine Freundin. Das weißt du doch.«

»Wo ist mein Geschenk?«, fragte ein Neffe und zupfte an Benedettos Ärmel.

»Und meins?«, rief sofort ein zweiter.

»Und meins?«, ein dritter.

»Die Heizung funktioniert wieder«, brüllte sein Vater aus dem Wohnzimmer heraus.

Das war sie, seine Familie: Jeder schrie seine Laune in die Welt, keiner achtete auf das, was der andere sagte. Benedetto nahm in der Essküche Platz und versuchte die Bleikammern seiner Kindheit abzustreifen. Wie konnte er den richtigen Abstand finden? Einen Abstand, der die Differenz nicht auslöschte, aber Luft zum Atmen ließ? Er blickte zur Wand ihm gegenüber, die mit Pokalen, Wimpeln und alten Familienfotos geschmückt war. Er kannte sämtliche mit diesen Trophäen und Bildern verbundenen Geschichten. Er wusste aber auch, wie viele Augenblicke nicht an dieser Wand den Ehrenplatz verewigter Momente erhalten hatten: im Familienblick fehlende Zeugnisse seiner Zeit voller Entbehrungen, seines Aufwachsens ohne Bücher, ohne Musik und vor allem ohne Menschen, mit denen er wirklichen Austausch hätte haben können. Ja, er war einsam gewesen, damals, als Jungstar des Fußballvereins, einsam in seinem Gefühl, seinem Vater genügen zu wollen, einsam in seinem Gefühl, sich selbst darin nicht zu genügen, und er war verloren einsam gewesen in jenem bis heute verschwiegenen Moment, da er als Zwölfjähriger während eines Trainingslagers von einem der Betreuer missbraucht worden war.

Die alte Erinnerung drückte wie ein schweres Joch auf Benedettos Schultern, und er hatte plötzlich das Gefühl, das Album an der Wand blicke ihn feindselig an. »Vier Füße gegen Mussolini«, hatte seine Mutter die Familiengeschichte einmal in einem ihrer seltenen schalkhaften Momente kommentiert. Auf einem der Fotos war sein Großvater als noch sehr junger Mann zu sehen, völlig ausgemergelt, während eines Streiks der Arbeiterschaft einer Textilfabrik. Nach dem Ersten Weltkrieg hatte Italiens Wirtschaft am Boden gelegen, die Industrialisierung war nur schleppend vorangegangen. Viele waren damals unzufrieden, eine rote Revolution hatte in der Luft gelegen. Benito Mussolini indessen hatte von der Rückkehr zu einer Großmacht geträumt, die dem Glanz des römischen Imperiums in nichts nachstehen sollte. Das Volk liebte den Fußball, also kümmerte sich der Duce darum, dem Fußball ein faschistisches Antlitz zu geben. Er brachte Sportzeitungen auf Linie, ließ Reportagen im Rundfunk ausstrahlen und schmiss die Ausländer aus den Vereinen. Neue Stadien wurden errichtet oder erhielten einen ideologischen Umbau. Vereine wie SG Sampierdarenese, SG Andrea Doria oder Internationale Milano wurden auf Geheiß von Mussolini gezwungen, ihre Namen zu italienisieren.

Nur wenige haben die Macht des Spiels besser verstanden, dachte Benedetto. Sein Großvater hätte ihm beigepflichtet. »Hitler hat seine Autobahnen, der Duce den Fußball«, hatte er als junger Mann immer wieder geäußert und war so den Schwarzhemden von Anfang an ein Dorn im Auge gewesen. Für diese hatte er viel zu deutlich mit sozialistischen Ideen geliebäugelt und schließlich auch noch protestiert, als einem ungarischen Freund die Spielerlaubnis entzogen worden war.

Viel folgenreicher jedoch hatte sich für seinen Großvater die Partie gegen Lazio Rom erwiesen, Mussolinis Lieblingsverein: Die letzten Sekunden der Spielzeit ticken herunter. Es steht remis. Sein Großvater schnappt sich das Leder an der Mittellinie, entfacht einen Sturmlauf, spielt die Verteidigung schwindlig und versenkt die Kugel ins linke Eck. Im Stadion bricht Jubel aus. Ein Foto hält das Hochgefühl fest. Mit großer Gewissheit muss sein *Nonno* genau in diesem Augenblick, als er bewusst seine rechte Faust zum Zeichen des Sieges in den Himmel streckte, gespürt haben, dass sie ihm diesen Triumph niemals verzeihen würden. Er bleckt die Zähne wie ein Irrer in Richtung Schwarzhemden, die auf den besten Plätzen sitzen. Für die aber kam es noch schlimmer: Ein römischer Nationalspieler knickt bei der Aktion um und humpelt jämmerlich geschlagen vom Platz. Dabei stand die erste Weltmeisterschaft im eigenen Land bevor, und alles, was den Titel hätte in Gefahr bringen können, all jene kostbaren Momente ungeregelter Schönheit, die der Fußball zu bieten vermag, sollten eliminiert werden. Ein Trupp Schlägertypen lauert seinem Großvater vor der Kabine auf. Sie sollen ihm einen Denkzettel verpassen und schlagen mit einer Eisenstange auf ihn ein. Er kann in seinem weiteren Leben keinen klaren Gedanken mehr fassen. Im Koma liegend, bleibt er über Wochen im Krankenhaus. Als er aufwacht, erkennt er niemanden aus seiner Familie wieder. Es passte wohl zu der Verkettung an Umständen, dass Benedettos Vater, selbst ein ausgezeichneter Stürmer, in den Achtzigerjahren eine Büste von Mussolini in einem Fanshop in Verona von einem Sockel trat. Sie brach entzwei. Er wusste nicht, dass ein Ultra den Laden besaß, welcher der *Brigate Gialloblu* angehörte. Ein Trupp Schlägertypen lauerte auch ihm auf, fuhr ihn mit einem Auto nieder: Komplizierter Trümmerbruch, zwei Jahre Krankenhaus, Karriere beendet. Seitdem hatte die unerfüllte Sehnsucht eines Weltklassespielers im Raum gelegen. Und sie drückte auch heute, wie schon seit Jahren, als ungelöste Spannung von der Wand auf den Tisch der Familie.

»Ständig hältst du die Augen geschlossen, mein Großer!« Seine Mutter kniff ihm in die Wange und stellte einen Teller Vongole auf den Tisch, köstlichste Vongole, die er sonst nirgendwo so genießen konnte wie hier. Er beobachtete ihr rotes, gütiges Gesicht, während sie ihrer Familie die duftenden Teller servierte.

»Schmeckt's dir, mein Großer?«

»Natürlich, Mama.« Er küsste auf seine gespitzten Finger.

»Wie lange bleibst du?«

»Nur zum Essen.«

»Wir könnten eine helfende Hand im Haus gebrauchen«, sagte sein Vater grimmig. »Das Dach ist kaputt.«

»Ich muss noch einen Artikel zu Ende schreiben«, log er. »Über ein Theaterstück.«

»Wer geht denn heute noch ins Theater?«

»Ich war noch nie in einem Theater«, lenkte seine Mutter ein und blickte freudestrahlend auf. »Du kannst mich gern einladen.«

»Ach was.« Sein Vater stocherte lustlos im Essen herum. »Wieso bist du überhaupt Journalist geworden? Die lügen doch alle.«

»Es gibt viel Ungerechtes in der Welt. Ich will das ändern.«

»Für wen?«

»Für mich.«

»Und da schreibst du übers Theater?«, sein Vater versicherte sich der Blicke am Tisch und stachelte die Atmosphäre weiter an. »So redet keiner hier von uns. Du bist nicht normal.«

»Wahrscheinlich nicht.«

»Ich meine das nicht als Kompliment.«

»Ich auch nicht.«

»Du wirst alt. Wo ist deine Familie?«

»Ich habe keine.«

Der Satz klang nach, die Köpfe stockten über dem Essen.

Schwer zu ahnen, welche unterschiedlichen Echos seine Worte an dem Tisch ausgelöst hatten. Benedetto war nach diesem Disput aufgestanden, hatte seiner Mutter die Stirn geküsst, war auf das Ende des Tisches zugegangen und hatte seinem Vater einen Umschlag mit Geld in den Schoß geworfen, mit jenem Geld, dass er in Zürich verdient hatte. Schweigend, ohne auch noch ein weiteres Wort zu verlieren, war er hinausgegangen und hatte die Tür ins Schloss fallen lassen. Nach einer langen Taxifahrt hatte er die kleinen Gässchen von Florenz erreicht, Labyrinthe der Zeitlosigkeit, und war nun zu Fuß unterwegs weiter ins Zentrum.

Diese Stadt besitzt tatsächlich eine verschlossene Erhabenheit, dachte er. Die Steinquader der Palazzi, die trutzigen Fassaden und Festungen, all die Gitter, das Bossenwerk und die verriegelten Portale aus Holz. Wem es gelang, diese Mauern zu erobern und einen Blick in ihr Inneres zu werfen, war zum Staunen verdammt. Ihm war es gelungen. Er entlockte der Stadt Geheimnisse, die anderen verschlossen blieben. Aber es hatte ihn Kraft gekostet. Für viele war er nur der ehemalige Fußballer aus Brozzi, ein begabter, aber gescheiterter Sprössling des Lumpenproletariats. Seine Familie wohnte in einer Gegend, die einige nur als Autobahnabfahrt kannten. In deren Augen war er ein verdächtiger Emporkömmling, der Ansprüche auf das kulturelle Leben erhob, das viele der »wahren« Florentiner als ihr alleiniges Erbe betrachteten. Die berühmten Köpfe der Stadt, Universalmenschen wie Dante, Leonardo da Vinci oder Machiavelli, schienen, so ließ man ihn spüren, eine Nummer zu groß für ihn zu sein. Sie standen wie Portalfiguren am Eingang eines unfassbar reichen Zeitalters und blickten von Statuen, Wandteppichen oder Bildern auf ihn herab. Für sein Gefühl aber hatte es sich immer schon anders dargestellt: Was er liebte, erwiderte ihm diese Liebe nicht. Niemand hatte gesehen, dass in ihm ein Hunger nach Leben bohrte, ein Hunger nach allem, was dieses Leben zu bieten haben mochte, und mit ihm der glühende Wunsch, nicht nur als *Dilettanti* und später als »Italienischer Deckhengst vögelt tote MILF« seinen eigenen Lebensweg zu meistern. Er war schließlich zum Abendstudium nach Berlin gezogen, die Stadt hatte damals Freiheit versprochen.

Über ihm franste der Himmel violett aus, unter ihm schimmerte das Grün des Arno. Die schwarzen, gusseisernen Straßenlampen strahlten gegen das Licht der Dämmerung an. Glyzinien hingen müde über altes Mauerwerk. Vespas brausten laut vorbei. Er zückte sein Handy und klingelte bei Viktor.

»*Ciao*.« Es knackte in der Leitung. »Gut, deine Stimme zu hören. Als ich vom Erdbeben hörte, musste ich an dich denken. Geht es dir gut?«

»Ehrlich gesagt, ich weiß nicht, wie es mir geht. Wann kommst du?«

»Nächste Woche geht mein Flug.«

»Wir haben die Pressekonferenz verschoben.«

»Ich weiß. Ich bin ein paar Tage früher da.«

»Wir zwei in Mexiko.« Viktor dehnte die Zeit. »Ich freue mich darauf.«

»Ich mich auch.« Benedetto legte auf und war inzwischen am Haus seines Freundes Paolo angelangt. Er eilte Stufe um Stufe das getäfelte Treppenhaus hinauf, mit seinen strahlenden Kristallleuchtern auf jedem Geschoss und den in sanften Pastellfarben angefertigten Fresken, bis er vor der schon geöffneten Tür der Dachgeschosswohnung stand.

»Benedetto, welch Freude, dich wieder in der Stadt zu sehen!« Paolo drückte ihm ein Glas Wein in die Hand. Im Hintergrund standen Menschen auf der Dachloggia zusammen, sie gestikulierten viel, flirteten unaufdringlich und lachten leise. Zurückhaltung galt als noble Form der Kommunikation, nur manchmal schwoll das Raunen der Gespräche an, während die Blicke der feiernden Menge auf das rote Dächermeer gerichtet waren, auf die andere Seite des

Arno, mit der mittelalterlichen Marmorfassade von San Miniato. In dieser blauen Stunde verhielten sich die feinen Florentiner noch ein wenig feiner als sonst. An die Balustrade gelehnt, stand eine schwarzgelockte Frau, wie vereinbart in einem roten Kleid. Ihre Schultern waren unbedeckt. Sie blickte über das weite Vespucci-Land, schien sich mit niemanden zu unterhalten. Benedetto ging zielgerichtet auf sie zu. Keine schlechte Figur, dachte er. Als hätte sie seine Präsenz gespürt, drehte sie erst ihren Kopf und schließlich sich ganz zu ihm.

»Wir sind uns hier auch zum ersten Mal begegnet. Erinnerst du dich?«

»Doriana!«, Benedetto schluckte. »Ich wusste nicht, dass du – «

»Ich weiß, dass du endlich eine Arbeit gefunden hast, die dich über die Runden bringt. Und du verlangst nicht gerade wenig ...«

Er stellte sein Weinglas auf der Mauer ab. »Du bist noch immer genauso schön wie früher. Wie geht es deinem Mann?«

»Die Geschäfte laufen«, sagte sie leise.

»Du hast also einen Typen gefunden, der dich über die Runden bringt.«

»Manchmal endet nicht die Liebe, die man für jemanden verspürt, sondern die Geduld für diesen Menschen. Was meinst du?«

»Das entscheidet das Leben.«

»Das Leben?« Sie lachte auf. »*Oh, Dio mio* ... Ich hatte so viele Leben – und nun habe ich eines gewählt.

»Offenbar bist du glücklich.«

»Ich habe einen Mann getroffen, mit dem ist alles grau, aber niemand leidet.«

Er schnaufte auf und nahm einen Zug von seinem Wein. »Schön, wenn Liebe Frieden stiftet. Wozu all die Aufregung, nicht wahr?«

»Liebe?« Dorianas mintgrüne Augen leuchteten, sprachen lauter als ihre Stimme. »Wann hat uns eigentlich dieser Knacks ereilt? Es war nicht der harte Bruch, der uns auseinanderriss. Sondern eine schleichende Kraft. Wir haben uns nie eingeschränkt. Jeder war frei. Frei zu tun, was er wollte. Nichts hat gefehlt. Doch dann ...«, sie hielt inne, »… dieser merkwürdige Knacks. Alles hat sich gewandelt. Der Himmel wurde leer, die Luft schwerer, das Essen schmeckte fad. Wir waren enttäuscht, Benedetto. Wie bei einem Gemälde taten sich Risse auf. Am Anfang sahen wir es nicht altern, wir sahen uns nicht altern. Am Ende empfanden wir nur Risse, nicht unser Werk, das wir in den leuchtendsten und traurigsten Farben gemalt haben.«

»Wir haben es wenigstens in Farbe gemalt, nicht nur in Grau.« Er wollte sie verletzten, um selbst weniger verletzt zu sein.

Sie stockte und setzte schleppend nach: »Du … hast mir nach dem Essen immer einen Zahnstocher gereicht. Weißt du noch? Ohne ein Wort darüber zu verlieren. Es machte mich nervös, zu lächeln. Bei meinen Zähnen. Nicht zu wissen, ob etwas zwischen ihnen hängt. Du warst der Einzige, der mir einen Zahnstocher reichen konnte. Du hast mit einer Geste alles bejaht, was ich bin. Ich habe geglaubt, dass uns nichts auseinanderbringt.« Sie wurde still, sein Drink schwerer. Eine Welt mit Doriana war vertan. Nun gut, dachte er.

»Hier ist dein Umschlag mit Geld, ganz wie vereinbart.« Ihre Stimme klang gesammelt.

Er zögerte. »Lass ihn stecken!«, sagte er. Dann holte sie einen antiken Schlüssel mit gelben Quasten aus ihrer Handtasche hervor. »Zimmer 301«, stellte er fest.

»Im Baglioni. Heute will ich, dass etwas entsteht, was wir aus Liebe tun: Ein Kind.«

»Das kostet extra«, flachste er und fuhr, als sie irritiert aufblickte, lächelnd fort: »Ich werde mich nicht darum kümmern.«

»Das werden mein Mann und ich tun, Benedetto.«

HIER UND da blitzte unter der schon früh am Morgen grell scheinenden Sonne der Glanz polierten Chroms auf. An einer Straßenecke drang aus kniehohen Boxen der heitere Klang des Cumbia. Ein Mechaniker mit nacktem Oberkörper im Overall polierte zum Takt der Musik die Felgen einer aufgemotzten Karre aus den 80ern, auf dem Straßenmarkt von Doctores wurde eine riesige Sammlung an Reifen, Kupplungen und Radlagern feilgeboten, es roch nach Motoröl, und es war stadtbekannt: Hier war jedes gewünschte Ersatzteil zu kriegen, billig und ohne Rechnung, manchmal sogar vom eigenen Wagen, der nachts zuvor ausgeweidet worden war. Verzweifelt hatte Viktor nach der ihm angegebenen Adresse gesucht, nun betrat er erleichtert einen Hinterhof und steuerte auf die Stahltür einer alten Industriehalle zu, die, kurz nachdem er geklingelt hatte, mit einem leisen Klickgeräusch aufsprang. Das Atelier wirkte in seiner ausladenden Fläche wie ein Hangar auf ihn. Riesige Kakteen in großen Tontöpfen standen verstreut im Raum. Von der Decke fielen in dicht an dicht hängenden Reihen bodenlange Stoffbahnen in leuchtenden Farben herab. Viktor schloss die Augen und ging auf die Stoffbahnen zu, tastete sich mit vorsichtigen Händen und kleinen Schritten vor, der weiche Stoff schmeichelte seiner Berührung. Er dachte unwillkürlich an Karlas Haut. Zum ersten Mal nach so vielen gemeinsamen Tagen verspürte er ihre Abwesenheit wie eine Amputation in seinem Inneren. Noch ganz in sich versunken, hörte er plötzlich wie von ferne eine ruhige Frauenstimme beinahe flüstern: »Der Vorhang ist ein Anfang. Wir sind alle Anfänger. Mit jedem neuen Tag.«

Die letzten Stoffbahnen wichen zur Seite, Jeanne Garcia saß auf einem Hocker im hinteren Teil des Raums an einem großen, mit Ölfarben bekleckstenHolztisch. Rechts von ihr öffnete sich ein Durchgang hin zu einem von hohem Mauerwerk umfriedeten Garten, in dem ein rund eingefasster Springbrunnen vor sich hinplätscherte. Das Wasser darin war kobaltblau und leuchtete unwirklich auf.

Jeanne erhob sich. »Ist es nicht ein schönes Ritual?«, fragte sie lächelnd. »Den Vorhang zu öffnen, die Hände zu nutzen, für die Geburt eines neuen Tages?« Sie schritt Viktor entgegen, umarmte ihn. »Sie haben dich im Büro vermisst.«

»Ich musste mal ein paar Tage raus aus der Stadt.«

»Mehr als nur paar Tage«, bemerkte sie. Es klang nicht vorwurfsvoll, eher erheitert. Aber es reichte, um in ihm den Gang schlechten Gewissens in Bewegung zu setzen. Es stimmte, er hatte seine Arbeit unterbrochen. Obgleich er kurz davorstand, eine optimale Lehmmischung zu entwickeln, die den komplexen klimatischen Anforderungen des Dschungels tatsächlich standhalten konnte. Es fehlte ihm jedoch noch eine organisch basierte Lösung, um die Witterungsstabilität des Lehms zu maximieren. Bisher plante er, sogenannte Biogitter aus Sisalfasern mit einer Maschenbreite von einem Zentimeter im Lehm einzusetzen, um eine mögliche Rissbildung zu vermeiden; eine Bewehrung, ähnlich wie im Stahlbetonbau, um Wände einer höheren Last aussetzen zu können. Doch damit nicht genug, er benötigte noch einen Zusatz im Lehmgemisch, um dessen Festigkeit und Wasserbeständigkeit zu erhöhen. Ein Durchbruch lag nahe, aber das Wenige, was fehlte, war schwierig zu meistern.

Jeanne blickte ihn drei, vier volle fragende Sekunden an, wandte kurz ihren Blick von ihm ab und sah ihm dann wieder direkt in die Augen.

»Wirst du alles fertig bekommen bis zur Pressekonferenz?«

»Warum fragst du?«

»Weil sie sich im Büro Sorgen machen.«

Jetzt spürte er mit großer Sicherheit: Er hatte seine Arbeit aufgeschoben, weil er keine Probleme mehr wälzen wollte. Seine Sehnsucht schwieg. Atmen, Essen, Spaziergänge um der Spaziergänge willen, er hatte sich tatsächlich ins Lot der Aufrichtigkeit gelebt und kämpfte nicht mehr länger ziellos um Zusammenhänge, die er künstlich erzwungen hatte, um überhaupt irgendeine Sinnstruktur zu verspüren; das Chaos auf den Straßen glich seinem inneren Chaos und befriedete es. Er hatte sich insgeheim verliebt in die Menschen hier in Mexiko, in den Saftverkäufer, der seine Aussprache nicht verstand, in die Helfer nach dem Erdbeben, in die Frau vom Supermarkt, die geradewegs jeden Geldschein vor seinen Augen auf Echtheit prüfte, und, ja, in Karla. Nur hatte er noch keine Lösung für das drängendste Problem gefunden. In seinen Blick legte er dennoch Zuversicht. »Ich werde fertig werden«, beschwichtigte er Jeanne. »Ich verspreche es dir.« Jeanne streifte ihre Haarsträhnen hinters Ohr. Die beiden sagten lange nichts. Sie blickte schließlich wie im Tagtraum auf eingerollte Stoffballen an der linken Wandseite des Raums. Viktor war ihrem Blick gefolgt und ahnte ihren Gedanken: »Willst du das wirklich durchziehen?«, fragte er. »Du hast für den Roten Teppich Beweise aus diversen Polizeirevieren entwendet, wenn wir auf der Pressekonferenz dein Werk vorstellen, wirst du Antwort geben müssen, woher du die Objekte hast.«

Sie lächelte eisern. »Ich will, dass die Opfer nicht namenlos bleiben. Ich will, dass nachgefragt wird, es ist eine Frage der politischen Würde«, sagte sie mit fester Stimme.

»Du hast illegal gehandelt, um an diese Dinge zu gelangen.«

»Ich weiß, wer hier illegal gehandelt hat.« Sie nahm eine aufrechte Haltung an, ein Ausdruck von Trauer überschattete ihr Gesicht. Dann ging sie zu den Stoffballen, hob eine Kiste auf und streckte sie Viktor entgegen: »Nimm die noch verbliebenen Habseligkeiten der Toten mit. Es sind wenige. Aber sie erzählen eine Geschichte. Vielleicht inspirieren sie dich.«

Er nahm die Kiste an sich. Am Durchgang zum Garten blieb er stehen und schaute auf den Springbrunnen. »Du wirst viel Aufmerksamkeit bekommen«, sagte er, »für dein Werk und deinen Mut.« Sie nickte, fegte dann mit einer einzigen Bewegung eine Palette mit Ölfarben vom Tisch. »Ja, bestimmt.« Ihre Stimme klang unheimlich, sie schlug wütend mit der flachen Hand auf den Tisch. »Lilia, meine Näherin, mit der ich seit Jahren zusammenarbeite, hat mich heute besucht. Sie ist den weiten Weg aus Veracruz hergekommen, um mir unter Tränen zu sagen, dass sie nicht mehr für mich arbeiten kann.« Jeanne blickte Viktor dunkel an. »Man hat ein Massengrab gefunden und Lilia muss unter den Toten ihre Tochter suchen. Sie ist vor Monaten spurlos verschwunden. In keinem Land ohne Krieg verschwinden und sterben so viele Menschen wie hier. Auf die Hilfe der Polizei kann niemand hoffen, auf die der Justiz erst recht nicht. In Veracruz ist ein Vergewaltiger freigesprochen worden, weil er keinen Spaß hatte. Weil er keinen Spaß hatte. Verstehst du?«

Viktor hatte dieser Wirklichkeit nichts entgegenzusetzen. Ihm fehlte ein Handlungsimpuls, der dem Leiden hätte gerecht werden können. Er verharrte Sekunden vor der Künstlerin, ohne ihr zu antworten. »Du tust immerhin etwas«, sagte er schließlich energisch. »Du wirst die Dinge verändern.« Er stellte die Kiste ab. »Deine Arbeiten werden ausgestellt. Man wird darüber sprechen. Das wird, Meldung für Meldung, die verschlossenen Augen der Öffentlichkeit aufreißen.« Er rüttelte sie an ihren Schultern, doch Jeannes Gesicht blieb maskenhaft ausdruckslos. Er ließ von ihr ab, sah hinüber zum Springbrunnen, dessen Wasserfarbe ihn noch immer faszinierte. Schließlich sagte er leise: »Manchmal denke ich, in Mexiko kann Kunst wirklich Veränderungen erzeugen. Hier kann es gar nicht genug Museen geben. Den meisten Menschen fehlt einfach das Geld, um zu reisen oder etwas Anderes zu erfahren. Und wenn sie eine Ausstellung enttäuscht, gehen sie in die Cafés und regen sich auf, diskutieren miteinander.« Er wandte sich Jeanne zu. »Dort, bei ihren Gesprächen, habe ich oft die schönsten Ausstellungen erlebt. Was mich fasziniert, ist, wie kunstsensibilisiert die Menschen hier sind, wie ... wie leicht die Leute einen Zugang zu künstlerischen Diskursen haben. Als ob sie ein unmittelbarer Teil vom Leben wäre. Wir in Europa schauen zwei Stunden lang einen Film, aber wie lange betrachten wir wirklich noch ein Gemälde, wie lange setzen wir uns mit einer Ausstellung auseinander? Sekunden? Minuten?« Er lächelte ihr zu. »Hier geschieht es. Auch bei dir.« Ihre Miene wurde weicher, er nahm die Kiste wieder auf und flüchtete sich ins Formelle. »Das Wasser im Springbrunnen draußen leuchtet blau auf«, stellte er exakt fest. »So habe ich es noch nie gesehen.« Sie kam auf ihn zu und stellte sich an seine Seite. »Er ist mit dem Harz des Chukumbaums ausgegossen«, sagte sie gedämpft und machte eine schwache Handbewegung. »Deshalb leuchtet er.«

In ihrem Blick lag Erstaunen über sein Erstaunen.

In seinem Kopf ratterte es. Deutscher Chemiker, der vermeintliche Durchbruch. Ihm fiel sofort der Wissenschaftler ein, der vor Jahrzehnten schon Außenwände aus Lehm wasserfest machen wollte. Der Forscher hatte eine spezielle Polymer-Dispersion entwickelt, die in den Lehm eingerührt wurde. Durch die Beigabe einer Substanz wurden die Tonpartikel miteinander verknüpft und bildeten eine Art Kette, die den Lehm widerstandsfähiger sowohl gegen Wasser als auch gegen mechanische Kräfte machte. »Das Harz weist das Wasser ab«, murmelte er, küsste sie auf die Wange und verschwand in Richtung Tür.

DIE PALISANDERBÄUME wuchsen in blühenden Wällen über eine Steinmauer im alten Viertel San Miguel Chapultepec. Ihre lila gefiederten Baumkronen stiegen frisch und sinnlich in der Nachmittagssonne auf, sie bedeckten Häuser und Hinterhöfe, legten die ganze Umgebung in ein glimmendes Lichtmeer. Weiter nördlich lag der riesige Park Bosque de Chapultepec, die grüne Lunge der Stadt. Für einen Moment unterlag Viktor der Illusion, sich an einem Ort zu befinden, wo einem das Atmen nicht durch Smog und Höhenluft zur Hölle gemacht wurde.

Er sah einen in die Jahre gekommenen Bus die Straße hochruckeln, an einem Schlagloch vorbeifahren und schließlich unter Ächzen anhalten. Die Türen öffneten sich, Kinder in Schuluniform strömten heraus. Ein paar kleinere Jungs kreischten, als ein Mädchen aus dem Bus geschubst wurde. Ihr Gelächter verstummte, als sich die Tür schlagartig wieder schloss. Das kleine Mädchen rappelte sich auf und säuberte ihre weißen Kniestrümpfe.

»Warte, ich helfe dir«, sagte er, streifte die kleinen Kiesel vom Knie ab und stillte eine blutende Wunde mit einem Taschentuch. Ein Straßenköter lief auf sie zu, beschnüffelte das Bein, und schlich sich wieder weg. »Ich bin Viktor.« Er reichte ihr die Hand. »Wie heißt du?«

»Zitlali.«

»Das ist ein schöner Name. Weißt du, was er bedeutet?«

»Stern. Morgenstern.« Das Mädchen reckte ihren Arm in die Luft und zeigte in den Himmel.

»Gut, wohin gehst du?«

Sie wies auf eine Auffahrt am Ende der Straße.

»Das ist auch meine Richtung.«

Das überraschte ihn jetzt: Sie hielt ihm zutraulich die Handfläche auf, die er nach einigem Zögern mit seiner umschloss. So gingen sie beide die Straße hinauf, bis sie bei einer Einfahrt anlangten, die zu einem kleinen Rondell führte und sich in einem Pfad fortsetzte.

»Wohnst du hier?«, fragte er.

Sie nickte.

»Kennst du Fernanda?«

Ihr Nicken wurde schneller, heftiger.

»Woher kennst du sie?«

»Sie ist meine Mama.«

»Na, dann wollen wir sie beide sehen.« Er läutete an der Tür, ein glockenheller Ton erschallte und ein Seitenflügel der Garage schwang auf. Zitlali riss sich los und lief schnurstracks in Richtung Garten, der von einer mexikanischen Sumpfzypresse gekrönt war, einem grünen Denkmal der Geduld, dessen viele Stämme sich wie Medusenhaar himmelwärts spreizten. Viktor folgte der Kleinen und ging auf die Veranda. Das Anwesen bestand aus zwei Baukörpern, einem lang gestreckten Hauptgebäude und über diesem ein auskragendes Geschoss, das in der Luft zu schweben schien. Sämtliche Zimmer waren durch Türen und Treppchen mit dem Garten des Hauses verbunden, was eine gewisse Intimität erzeugte. Blumenbeete lagen wie Inseln im Rasen, das alte Mauerwerk einer Ruine stemmte sich gegen seinen Verfall und umfasste einen Teich, der an den Treppen zum Wasser grün aufschimmerte. Zwischen den abblätternden Wänden baumelte eine Hängematte. Viktor sah Zitlali durch den Garten nach, wie sie hier und da den Boden mit ihren Fingern aufgrub und wieder ruhen ließ, wie sie die Blätter eines Zitronenbaums zerrieb und an ihren Händen roch, ganz so, wie er selbst es manchmal mit Erde tat, wenn er zur Ruhe kommen wollte oder sich einfach nur nach etwas Sinnlichkeit sehnte. Plötzlich nahm Zitlali Anlauf und wollte über einen dornigen Strauch springen. Er schien zu hoch für ihren kleinen Körper. Viktor dachte erst, sie würde es nicht schaffen, und verspürte die instinktive Geste zu helfen. Da war sie schon auf der anderen Seite gelandet. Leicht entkräftet eilte sie zurück an die Stufen des Teichs, kühlte ihre Füße. Dann schüttete sie sich Wasser über ihren Ellenbogen, stülpte sich ihr Hemdchen über die Hand und rubbelte mit dem Stoff ihren Arm entlang. Sie wiederholte den Vorgang. Er ging lächelnd auf sie zu. »Was machst du da?«, fragte er neugierig.

»Ich wasche mir die Haut ab.«

»Warum?«

»Sie ist etwas dunkel.«

»Wer sagt das?«

»Die Jungs von der Schule.«

Ihre Haut war dunkel – nein, sie hatte vielmehr die kräftige Farbe von Macadamia-Nüssen. Seine Haut hingegen war perlmutthaft blass und dünn. Was konnte er ihr sagen? Wie konnte er sie durch das Labyrinth der Farben führen? Genaugenommen hatte er in seinem Leben mehr über die Farbe von Häusern nachgedacht als über die Farbe von Menschen, die in ihnen wohnen. Er schaute Zitlali an, jede Antwort, die er sich im Kopf zurechtlegte, erfüllte ihn mit weiterem Unbehagen. Dann sagte er leise: »Ich kann mir vorstellen, dass es weh tut, was diese Jungs zu dir sagen. Das ist sehr gemein. Aber ich sehe, dass du jedes Hindernis überspringen kannst. Ich sehe, wie du auf Bäume kletterst, und tanzt. Viele Leute sind nur gemein zu dir, weil sie weniger Mut haben als du. In Wahrheit können wir alle noch von dir lernen, ich auch.« Plötzlich schritten Damion und Ángel die Stufen der Terrasse hinab. Als Zitlali sie bemerkte, lief sie erschrocken davon. Die Steinplatten antworteten mit einem hohen Klang auf den entschlossenen Gang der beiden Hünen.

»Oh, ihre Majestät, der Lehmprinz! Lange nicht gesehen«, spöttelte Damion. Viktor blickte auf die kreisenden Rasensprenger, die soeben aus dem Boden hervorgetreten waren. »Ich spreche mit Fernanda über die weitere Planung.«

»Er spricht mit Fernanda über die weitere Planung«, äffte Damion ihn nach. »Na, herzlichen Glückwunsch! Und was hast du bislang gemacht?«

»Ich habe die Aufgabe auf mich wirken lassen.«

»Du meinst, du bist der Aufgabe aus dem Weg gegangen.«

»Der Bau wird weltweit als künstlerische Verlautbarung betrachtet. Es geht um Legitimation.«

»Es geht vor allem schneller, ohne Widerstand.«

»Der grundlegendste Test aller Wirklichkeit ist Widerstand«, hakte Viktor ein und dachte daran, dass er kurz vor einer möglichen Lösung für die Wasserempfindlichkeit des Lehms stand.

»Es gibt Ergebnisse. Und dann gibt es Entschuldigungen«, sagte Damion und richtete seinen Hemdkragen auf, nickte Ángel zu, woraufhin die beiden den Garten verließen. Viktor atmete durch und beruhigte sich, betrat dann durch die offenstehende Verandatür das Esszimmer. Eine Fotografie an der Wand weckte seine Aufmerksamkeit. Sie zeigte ein eingestürztes Gebäude nach dem Erdbeben, das in einer Staubwolke zu schweben schien. Inmitten der Ruinenlandschaft sah er einen knienden Mann, der einem Kind auf die Beine half. Er fragte sich, worin die Schönheit des Bildes lag, und ahnte allmählich, wie Karla Filme machen wollte. Das Bild banalisierte den Schrecken nicht, oder schätzte die Opfer gering, indem es auf die flüchtige Wirkung des Entsetzens spekulierte. Es sprach eine tiefe Sehnsucht aus, die er selbst während des Erdbebens verspürt hatte, eine Andeutung der Achtung des menschlichen Lebens. Der Mann auf dem Bild half nicht nur einem Kind wieder auf die Beine, sondern in diesem Moment der ganzen Menschheit. Auf dem Weg zu einer gerechteren Welt schenkte er ersten Sinn. Der weitere wurde dem Betrachter anheimgestellt. Darin lag eine besondere Würde.

Auf einer Kommode aus Tropenholz standen gerahmte Fotografien. Eine davon zeigte den Bau eines Stromnetzes, die andere porträtierte ein Pärchen unter einem Palisanderbaum. Er ging näher auf das Bild zu. Fernanda, blutjung und wie heute noch ein Ausbund an Schönheit. Daneben ein älterer Mann in einem zu groß geratenen Anzug, Pfeife rauchend. »Möchtest du Tee?« Viktor drehte sich um, hinter ihm stand Fernanda im Hausmantel, dessen leichtfallender Stoff nicht verbarg, dass ihr Körper unter beträchtlicher Spannung stand. Sie reichte ihm eine Tasse, die andere behielt sie in ihren Händen. »Gehen wir nach oben.« Sie schlurfte in ihren Sandalen los. Er folgte ihr irritiert die Treppe hinauf und fand sich wenige Stufen höher von einer Woge Grün umhüllt wieder.

»Das hier ist mein Observatorium.« Fernanda ging auf ein ovales Fenster zu. Über dem geöffneten Glasdach zog ein Vogelschwarm vorbei. In der Weite des Himmels ballten sich vom Wind gezeichnete Wolken. Fernanda stellte ihren Tee ab, die Stimmung schien sie gefangen zu nehmen. Ihre Hände glitten tiefer in die Taschen ihres Hausmantels und zerknautschten den Stoff. »Jeder Traum wird in der Kindheit geboren«, sagte sie mit dünner Stimme. »Ich sah meiner Mutter als Kind oft beim Malen zu. Sie malte die Sonne im gleißenden Licht, die Berge im Nebel, vor allem die Vulkane. Ich war extrem schüchtern. Ich hatte immer zu viel Angst vor dem Leben, wie es sich darstellte. Mein Vater hatte mich morgens in die Mine mitgenommen. Meine größte Freude bestand darin, den Berg hinaufzuklettern und dem Treiben zuzuschauen: Ich sah die Arbeiter, die Maschine mit den scharfen Krallen, die den Berg abtrug, ich sah die Waggons, die sich auf Schienen bis zum Horizont erstreckten.« Ihr Brustkorb hob sich, sie seufzte auf. »Der Bergbau wird von der Regierung überwacht und doch – manchmal passiert ein Unglück. Eine große Explosion. Menschen sterben. Familien werden auseinandergerissen. Kinder verlieren ihre Eltern«, sagte sie, während sie ihren Blick in die Weite gerichtet hielt. »Trotz aller Technologien haben wir noch keinen Ersatz für Erze und seltene Metalle gefunden. Wir brauchen sie, um Brücken zu bauen, Akkus herzustellen, Computer. Auf dem Berg damals, als Kind, wenn die Sonne aufging, habe ich mir gern vorgestellt, wie ich mir meine eigene Welt erbaue. Heute weiß ich, alles kann für sinnvolle oder egoistische Zwecke eingesetzt werden.«

Viktor hörte ihr zu und betrachtete zugleich eine Kletterpflanze, an der mit unterschiedlich großen Fotografien Fernandas Biografie als Bildgeschichte arrangiert worden war. Fernanda als Kind, Fernanda auf einem Kongress, Fernanda auf Protestzügen mit Megaphon in der Hand.

»Wilde Zeit, nicht wahr?« Sie kam müde auf ihn zu. »Es war ein Sommer der Rebellion, vier magische Monate. Ich habe am *Colegio de México* studiert. Es hatte einen guten Ruf für Geisteswissenschaften.

Meine Mutter war Spanierin und ist in der Zeit des Zweiten Weltkriegs nach Mexiko ausgewandert. Hier hat sie auch meinen Vater kennengelernt, der später für mich eine Laufbahn im Familienunternehmen vorgesehen hatte.« Sie blieb vor Viktor stehen, das Schattenspiel einer Palme warf ihr einen scharfen Zacken ins Gesicht. »Ich habe Geschichte studiert«, sagte sie mürrisch. »Die Geschichte großer, weißer Männer. Ich wollte sie umschreiben. Wir haben der Vergangenheit nie abverlangt, was sie zu geben hatte.« Sie ging an ihren Schreibtisch aus Mahagoni-Holz und kramte ein Kartenspiel hervor – Tarotkarten. Sie breitete sie auf dem Tisch aus.

»Wie wird aus einer Studentin eine bedeutende Kunstsammlerin?«, fragte Viktor vorsichtig nach. Ihre Hand zitterte, als Fernanda die ersten Blätter des Kartenspiels umlegte. »Irgendwann kommt der Zeitpunkt, wo man sich unterwerfen muss, um zu gestalten«, antwortete sie wie automatisch. »Ich wollte frei sein wie ein Mann. Ich habe es mir herbeigesehnt.«

»Aber hat es sich gelohnt?«

»Irgendwann bot mir mein Vater tatsächlich den Aufstieg im Unternehmen an. Ich habe eingewilligt. Mit dem Geld begann ich, Kunst zu sammeln.« Sie nahm eine weitere Tarot-Karte auf und betrachte sie lange. »Was meinst du: Was symbolisiert Stärke?« Sie drehte die Karte auf und hielt sie Viktor direkt vors Gesicht. »Bei Stärke fällt einem wohl das Bild eines mutigen Mannes ein. Aber, schau her!« Viktor sah das Bild einer Frau mit langem Haar. Zu ihren Füßen kauerte eine wilde Kreatur mit großen Reißzähnen. Mit nur einer Hand hielt die Frau das Maul der Kreatur in Schach, ganz ohne Mühe. »Was also ist Stärke?«, fragte Fernanda und ließ eine Sekunde verstreichen. »Das Biest mit Zärtlichkeit bezwingen. Besiege das Biest mit Zärtlichkeit«, wiederholte sie. »Wozu der Lärm, die Kraft, die Großspurigkeit? Aber was denkst du, Viktor? Wie viel Zärtlichkeit ist mir noch geblieben?« Ihre Miene verharrte reglos für einige Sekunden auf der Karte, mit einem Schlag wechselte sie in ein strengeres Register. »Was ist mit der Pyramide. Wird sie einstürzen?«

Sie wartete. Er sagte nichts.

»Du bist dir über die Konsequenzen im Klaren?«

»Ja«, sagte er und dachte an die Lieferung des Harzes des Chukumbaums, die heute eintreffen sollte.

»Und?«

Er antwortete nicht.

»Ja oder nein?«

Er stellte seine Teetasse auf dem Tisch ab. »Das kann ich noch nicht sagen. Ich verfolge eine neue Spur.«

»Du hast noch keine Lösung gefunden?«

»Ich muss noch testen, ob das neue Lehmgemisch den Bedingungen standhält. Dann wäre da noch die Statik …«

»Dann macht es jetzt jemand anderes.« Ihre Augen versiegelten sich.

»Ich verstehe nicht.«

»Du forschst zu lange nach einem passenden Baustoff. Das kann nicht so schwer sein. Du gefährdest das Projekt. Wir bauen jetzt mit Beton. Ein anderer Architekt wird übernehmen, ein Architekt mit besserem Namen. Wir müssen bei der Pressekonferenz punkten.«

Seine Kehle schnürte sich zu. »Ihr könnt mich doch nicht einfach rausschmeißen.«

»Du glaubst nicht, was wir alles können.« Sie wurde ganz ruhig, er blickte auf den Boden, dann zur Decke. Er brachte nur ein Wort heraus, das ihm sorgenschwer auf die Füße fiel: »Warum?« Er schaute sie flehend an und sah die Erschöpfung in ihren kreisrunden Augen.

»Ich gebe dir noch eine Woche«, sagte sie schließlich. »Leg dich ins Zeug oder du fliegst raus.«

ALS DAMION am Nachmittag das Büro der Fundación Raíz betrat, hatte es den Anschein, ein Sturm wäre aufgezogen. Die Tür flog auf, und ohne zu zögern, lief er zu Sabinas Schreibtisch, legte wortlos eine Visitenkarte ab, trommelte mit den Fingern auf die Platte, bis Sabina die Seite mit Gebrauchtwagen geschlossen hatte: »Ja, bitte?«

»Sag dem Typen, er soll in einer halben Stunde in meinem Büro erscheinen.« Er drehte sich um, im Saal herrschte rege Betriebsamkeit, die ihn an einen Handelstag auf dem Parkett der New Yorker Börse erinnerte. Er schritt den Glaskorridor ab und machte neben Carlos, dem Kurator des Museums, Halt, blickte durch die Glasscheibe in die hängenden Gärten des Innenhofs, wo Fernanda mit einer ihm unbekannten Person sprach. Er ging in Gedanken die Agenda des Tages durch. »Wie läuft das erste Interview?«, fragte er Carlos.

»Sie ist noch unsicher.«

Damion nickte. »Was macht Viktor?«

Carlos schüttelte den Kopf »Er hat sich für heute entschuldigen lassen, um auf eine Filmpremiere zu gehen. Sie war ihm wohl wichtig.«

Damion legte ihm eine Hand auf die Schulter. »Stell sicher, dass er ab morgen wieder hier ist.« Er ging den Korridor weiter hinab und öffnete die Tür zu seinem Büro am Ende des Gangs. Es war spärlich eingerichtet, der klassische Dreiklang aus Tisch, Stuhl, Regal. Bilder hingen nicht an der Wand, er zog es vor, ohne persönliche Erinnerungen zu leben. Dafür hatte er sich in jedes Büro, in dem er längerfristig gearbeitet hatte, zwei Dinge bringen lassen: Als erstes sämtliche Karten der örtlichen Liegenschaften, und zwar über die letzten beiden Jahrhunderte. Er wusste nur allzu gut: Wer kartiert, besitzt. Und wer besitzt, übt Einfluss auf die Verhältnisse aus. Als Bodenspekulant zog er daraus die passenden Rückschlüsse. Das zweite Utensil war eine ganz gewöhnliche Schiefertafel. Darauf zog er mit Kreide nicht mehr als einen senkrechten Strich. Links stand *Fördern,* rechts *Hemmen.* Ein System bringt sich in Balance durch Fördern und Hemmen, der einfachste kybernetische Grundsatz. Er glaubte daran, dass eine Handlung nur dann begründet sei, wenn sie eigennützig motiviert war. Auf der kleinen Schiefertafel notierte er, welches Bedürfnis er bei Personen, sich selbst inbegriffen, zum Vorschein bringen oder unterdrücken wollte. Er nahm die Kreide in die Hand, und schrieb auf die linke Seite: Familie.

Damion warf seine Aktentasche auf den Tisch und zog aus ihr einen großen Umschlag heraus, dann breitete er einen Stapel Fotos auf dem Tisch aus, exakt Kante an Kante, stellte sich vor eines der bodentiefen Fenster und schaute auf seine Armbanduhr. Die Prozedur war ihm vertraut, er hatte sie mit etlichen Politikern durchgeführt, meist um ihre Existenz auszulöschen. Er hatte Dinge gesehen und gehört, die ihn für den Rest seines Lebens dagegen immun machten, sich auch nur über irgendetwas noch zu wundern. Heute war es anders, er verspürte das Vorgefühl einer guten Tat.

Es klopfte an der Tür. Ein Koloss von Mann stand im Rahmen, schwergewichtig, Froschaugen. Damion ermunterte ihn, doch eintreten zu wollen. »Schön, dass Sie gekommen sind. Heute brauche ich Ihre Expertise als Bauunternehmer«, sagte er und leitete den Mann an das Ende des Tisches, wo ein Plan des Museums ausgerollt lag. Er setzte sich lässig auf die äußere Kante des Schreibtischs, streckte die Beine aus und kreuzte die Füße übereinander. »Ich werde aus der Sache nicht schlau. Helfen Sie mir, den Fehler zu finden«, ermunterte er ihn. Verblüfft starrte der Mann auf die Zeichnungen und räusperte sich nachdenklich. »Vor ein paar Wochen kam ein Architekt zu mir und wollte genau diese verdrehte Pyramide bauen.«

»Und was haben Sie ihm gesagt?«

»Dass sie nicht hält.«

»Wissen Sie, was veganer Stahl ist?«

Der Mann schüttelte den Kopf, seine schweren Wangen hingen wie die Lefzen einer Bulldogge über seine Kiefer herunter. »Sehen Sie, ich habe auch keine Ahnung«, erlöste Damion den Mann nach einer Pause und lachte jählings auf. »Veganer Stahl? Nun, das klingt gut. So modern. Ich möchte, dass sie ab nächster Woche veganen Stahl für uns herstellen.«

»Was?«

»Das kriegen sie doch hin.«

»Ich weiß noch nicht mal, wovon Sie reden.« Der Mann reagierte verärgert, zog seine Hose hoch, die über den Bauchansatz gerutscht war und machte Anstalten, wieder zu gehen.

»Einen Moment.« Damion winkte ihn an die andere Seite des Tisches, wo die Fotos auslagen. »Ihr Urteil ist mir wichtig. Was sehen Sie hier?«, fragte er den Bauunternehmer ausdruckslos, der die Fotos mit offenstehendem Mund betrachtete.

»Ich sehe einen nackten Mann auf einem Boot mit zwei Mädchen«, stellte Damion unpersönlich fest. »Menschen haben so viel Würde, wenn sie leiden«, sagte er angewidert. »Aber, wenn sie sich vergnügen ...« Er hielt ihm ein Foto unter die Nase.

»Das bin nicht ich«, sagte der Bauunternehmer zitternd, Schweißperlen bildeten sich auf seiner Stirn, die er mit einem Tuch wegwischte.

»Natürlich nicht«, sagte Damion mit sanfterer Stimme, um klarzustellen, dass von nun an diese Worte für beide eine bestimmte Bedeutung haben würden. »Deswegen macht es Ihnen ja auch nichts aus, wenn ich die Bilder an die Presse weitergebe.«

Der Bauunternehmer lächelte halbherzig, seine dünnen Lippen öffneten sich langsam, die Zähne wurden sichtbar. Er sah Damion nicht an. Er sah hinunter auf die Fotos, auf seine Hand, die jetzt auf dem Schreibtisch die einzelnen Bilder hin und herschob. »Sie lassen mir keine Wahl.«

Damion klatschte in die Hände. »Ich wusste es, Sie sind ein Familienmensch. Sie unterstützen den Wandel. Dem veganen Stahl gehört die Zukunft.«

»Aber ...«, sagte der Mann hilflos, »ich habe immer noch keine Ahnung, was Sie damit überhaupt meinen.«

»Helfen Sie uns mit dem Baustoff!«, entgegnete Damion kühl und wiegelte mit einer Handbewegung ab. »Hauptsache, er hält.«

Er sammelte die Fotos vom Tisch ein, verstaute sie säuberlich im Umschlag und dann in einer Schublade. »So«, sagte er. »Ein langer Arbeitstag. Es ist Zeit, sich heute Abend ein wenig zu amüsieren. Meinen Sie nicht auch?«

DIE FILMVORFÜHRUNG war zu Ende. Joao Pena sprang vom Sitz auf. »Bravo! Bravo!« Er klatschte begeistert »Bravíssimo!« und blickte verstohlen in Viktors Richtung, der noch nicht aufgestanden war, um die stürmischen Ovationen zu begleiten. Joao bückte sich zu ihm nieder und knuffte ihn in die Seite. »Wundervoll, nicht wahr?«

Viktor nickte, erhob sich und bedachte Karlas Film mit warmem Applaus. Joao führte seine Finger zum Mund und stieß gellende Pfiffe aus. Karla stand verloren auf der Bühne, ein Mann im Anzug reichte ihr einen Blumenstrauß mit einer weißen Orchidee darin.

Viktor wusste gar nicht, wie ihm geschehen war, aber Joao hatte auf einmal im Foyer der Cineteca Nacional neben ihm gestanden und war dann nicht mehr von seiner Seite gewichen. Eigentlich hieß er Antonio, kam, wie er erzählte, aus Brasilien, und hatte irgendwann die Schauspielerei für sich entdeckt. »Im Theater!«, hatte er mit einem Lachen gesagt, »und zwar als Statist für Leichen.« Ziemlich zügig, so hatte er freimütig berichtet, habe er sich von einem Scheintoten zu einem feurigen Liebhaber in einer Telenovela entwickelt. Seine Freunde meinten, er habe Ähnlichkeit mit Sean Penn. Deswegen nannten ihn nun alle Joao Pena.

Er sah nicht annähernd aus wie der US-amerikanische Schauspieler Sean Penn, dachte Viktor, trotzdem faszinierte ihn die erstaunliche Lebensgeschichte dieses merkwürdigen Kauzes: Früh die Eltern verloren, sich allein in den Favelas von Rio de Janeiro hochgeschuftet, mit Drogen gedealt, Schuhe geputzt, als Volleyballlehrer am Strand von Ipanema angeheuert, schließlich eine Cocktailbude eröffnet, bis ihn eines Tages ein Kunde aus einem Pharmakonzern fragte: »Willst du dein Talent nicht anders einsetzen?« Das hatte er getan und war als Vertreter durch halb Brasilien getingelt, bis vor Kurzem.

»Pharmakonzernen gehe nur es gut, wenn es Menschen schlecht geht«, hatte er erkannt. »Und sie wollen nichts daran ändern.« Jetzt möchte Joao Pena in São Paulo einen Pasta-Laden eröffnen. »Die beste Pasta in ganz Brasilien!« Er zeigte ihm auf seinem Handy etwa

30 Bilder mit dem gleichen Motiv. Ausgerollte Lasagne, Porträts von ihm mit Barett-Haube, mit Küchenschürze, in sehr kurzen Shorts. Dazu weitere Bilder von seinem muskulösen Italienischlehrer. Nun sei er grade in Mexiko, weil er Mexiko möge.

Sie reihten sich in den Strom der Besucher ein, der inzwischen nach draußen brandete. Viktor suchte noch nach einem Blick von Karla, einem Handzeichen vielleicht, aber sie war schon hinter dem roten Vorhang verschwunden. Im Foyer herrschte Trubel, die Zuschauer wirkten zufrieden und genossen die anregende Atmosphäre.

»Mezcal?« Joao tauchte neben ihm mit zwei kleinen Fingerhüten auf.

»Nein, danke.«

»Jetzt trink schon.«

Viktor nahm widerwillig eines der beiden Gläser entgegen und stürzte den Mezcal hinunter.

»Hat dir der Dokumentarfilm gefallen?«, fragte Joao. »Ich kannte das gar nicht. Wie heißen die nochmal? Muse, Mugge?«

»*Muxe*. Nicht Mann, nicht Frau, sondern *Muxe*«, sagte Viktor streng.

»Ja, *Muxe*. Irre! Ich wusste gar nicht, dass im Süden Mexikos Männer seit Jahrhunderten ein anderes Geschlecht wählen dürfen. Diese festlichen Kleider. Wie schön diese Männer waren, die schönsten Männer Mexikos ... diese *Muxe*,« korrigierte er sich selbst und redete weiter wie ein Wasserfall. »Besonders die Szene, als sie gefragt wurde, ob sie sich operieren lassen würde, um eine Frau zu werden, und sie antwortete: ›Wieso, ich bin doch *Muxe*‹. So einfach ist das!« Joao grinste breit und wollte schon weiterreden, als Viktor ihn unterbrach.

»Ich fand den Film – Karla!« Er erblickte sie in der Menge, stellte sich auf die Zehenspitzen, um sie herbeizuwinken.

»Du kennst sie?«, fragte Joao begeistert, während Karla sich aus der Schlange an Gratulanten wandte und in ihrem betörend schönen Abendkleid auf sie zu ging.

»Hat euch der Film gefallen?«, fragte sie nervös.

»Großartig, einfach großartig«, schoss Joao los. »Meinen herzlichen Glückwunsch. Dein erster Film?«

»Nein, nein, so jung bin nun auch wieder nicht.« Sie lächelte sanft.

Viktor legte seinen Arm um Karlas Hüfte und spürte augenblicklich eine unangenehme Kühle. »Ich fand den Film ...«

»Ich muss noch ein paar Leute treffen, ihr entschuldigt mich, bitte!«

Karla machte auf dem Absatz kehrt und verschwand in der Menge, drängelte sich durch das Publikum, bis sie schließlich von einer Gruppe elegant gekleideter junger Männer empfangen wurde, in deren Mitte Benedetto sich sonnte. Sie küssten sich. Sie küssten sich intim.

Viktor war sich nicht sicher, ob er lachen oder weinen sollte. Haben sie sich grade wirklich geküsst?, dachte er. Haben sie? Mit einem Mal hallten sämtliche Eskapaden von Benedetto in ihm wider, seine hemmungslosen Abenteuer, seine, ihm, Viktor, im Stillen anvertrauten Fetische, seine ansteckende Lebensfreude, aber auch sein scharfer Humor. Alles, was einst der stumme Ausdruck ihrer Komplizenschaft gewesen war, wandte sich nun schlagartig gegen ihn, und er wurde von der ungeheuerlichen Vorstellung übermannt, wie Benedetto Karla mit seinem gewinnenden Wesen nicht nur eroberte und verführte, sondern ihr regelrecht den Kopf verdrehte und sich an ihr schamlos vergnügte. Joao kehrte mit einer weiteren Runde Mezcal zurück. Viktor zitterte, riss ihm ein Glas aus der Hand und warf seinen Kopf in den Nacken.

»Ich hole zwei neue.« Joao zog ab und kehrte kurz darauf mit Mezcal und zwei Bier in seinen Händen zurück. Die Prozedur wiederholte sich. Die Minuten verschwammen. Viktor hatte das Bedürfnis, unsichtbar zu werden, sich aus dem Raum zu stehlen. Obwohl es ihm schwerfiel, die Konversation noch aufrecht zu erhalten, wich Joao nicht von seiner Seite. Viktor zwang sich, an Karlas Film zu denken, ohne irgendwelche Fragen an ihre Gefühlswelten zu wälzen, über das gemeinsam Erlebte nachzudenken oder über zukünftige Tage. Zugleich verachtete er sich für seine Kontrollsucht und wollte nur fühlen, wie sehr er Karla vermisste. Ja, er hatte sie vermisst, er hatte sie bereits in jenem Moment vermisst, als er sich nach einem unendlich intensiven Abschiedskuss allein im Auto wiedergefunden hatte, um zurück nach Mexiko-Stadt zu fahren, wo er die letzten Tage hatte arbeiten müssen; er hatte sich auf diesen Abend mit ihr gefreut, auf ihr Wiedersehen, auf den Abend und die Nacht, die nun hätte folgen können. Jetzt sprach er mitten im Redeschwall von Joao zu sich selbst, ermahnte sich, seine Eifersucht im Zaum zu halten, redete sich gut zu, dass es doch nur verständlich sei, wie sie nach all dem Trubel die Last von ihren Schultern fallen spürte und nun einfach den Abend genießen wollte. Karla genießt den Abend, wiederholte er in einer gefühlten Endlosschlaufe. Es nutzte nichts. »Lass uns rübergehen«, sagte er gereizt. Sie bahnten sich einen Weg durch die Menge; hinweg über den schwarzen Steinboden, auf das Tauwetter dieser Sommergesichter junger Männer zu. Karlas gute Laune verebbte, die Gruppe musterte kühl die entgegenkommenden Eindringlinge. »Viktor!« rief Benedetto und lief auf ihn zu, umarmte ihn innig. Viktors sah über die Schulter seines Freundes Karla direkt in die Augen. Sie senkte den Blick, ließ ihre Lider schwer niedergehen. Benedetto packte Viktor bei der Schulter und schüttelte ihn. »Hier bist du, also. War das nicht ein toller Film? Komm, ich möchte dir die außergewöhnliche Regisseurin vorstellen!« Er drehte sich zur Seite und wies auf den Star des Abends. »Das ist Karla.«

Ein Zögern.

Dann umarmten sie sich.

»Kannst du von ihm auch noch was lernen?«, flüsterte Viktor ihr ins Ohr. Sie griff ihm in den Nacken. »Willst du mich lieben – oder besiegen?«, fragte sie, löste ihren Griff, wandte Herz und Blick von ihm ab.

Viktor verspürte wie aus dem Nichts eine fundamentale Einsamkeit. Intimität, die Gnade eines Zufalls, Freundschaft, alle Stützen brachen ein und versprachen keine Sicherheit mehr.

»Hallo zusammen, Viktor, angenehm«, er grinste angestrengt in die Runde.

»Und ich bin Joao.« Die helle Stimme des Brasilianers erklang und seine ulkige Gestalt schlüpfte aus dem Schatten der Anzüge hervor. Joao stellte sich bereitwillig selbst vor, positionierte sich strahlend vor Benedetto, der zwei Köpfe größer war als er. Viktor trug wenig zum Fortgang des Gesprächs bei, im Gegenteil, er sprach Worte einer ganz anderen Sprache, die nicht gefällg sein wollte. Sein Nein-das-sehe-ich-anders konnte er irgendwann selbst nicht mehr ertragen und seilte sich von der Gruppe ab, um etwas Luft auf den freischwebenden Balkonen zu schnappen. Durchschnaufen, dachte er, und zitterte und spürte nichts als seinen pochenden Herzschlag, seinen trockenen Mund.

Auf der Straße gingen die Lichter der Taxis an und aus, sie sammelten sich in einer Warteschlange.

Auf der Straße spazierten die Gäste des Abends in die noch junge Nacht.

Auf der Straße ging Karla und mit ihr Benedetto und sein Gefolge. Sie lachten.

Viktor hastete los, vorbei an den letzten Gästen im Foyer, er nahm drei über drei Stufen die Treppe hinunter, eilte auf den Ausgang zu, hohlte Karla ein und stellte sich vor sie. »Warum sagst du mir nicht Bescheid, wenn du gehst?«

»Was ist dein Problem?«

»Wenn du mit Benedetto ficken willst, sag's mir einfach.«

Ihre Augen verengten sich.

Sie schaute ihn an, mit kaltem Feuer, der metallische Schimmer der Straßenbeleuchtung funkelte in ihren Pupillen.

»So ist es nicht.« Sie lächelte. »Ich will mit diesen beiden Typen hier – wie sagst du – ficken. Am liebsten die ganze Nacht. Bis ich völlig wund bin.« Sie ließ ihn stehen und stieg in das wartende Taxi. Ihre

Augen stachen durch die Fensterscheibe des abfahrenden Wagens. Viktor stand auf der Straße und wusste nicht, was er tun sollte. Seine Schritte führten ihn unter den Lichtern der Laternen entlang, vorbei an all den Paaren, den Spaziergängern und betrunkenen Männern, die leise torkelten und große Reden schwangen. Er ging einfach weiter, erst Minuten, dann Stunden; das Leben nach den Öffnungszeiten zog ihn in seinen dunklen Bann. Für einen kurzen Moment wollte er sich in jemanden hineinprügeln, er fluchte und brüllte Hauswände an, sprang über Gitter, Stahlknochen des Straßenmarktes, die morgen wieder als Auslage herhalten würden, um Gemüse und Raubkopien zu verkaufen. Er rannte über verkrüppeltes Straßenpflaster bergan, vorbei an buckligen Häusern in schrillen Farben, er ekelte sich vor dem widerlich stinkenden Atem der Gullis, die ihre beißenden Gerüche ausspien. Er sah Schatten in Fenstern, die zurückwichen, einen Hund, der vor ihm die Zähne fletschte und blindwütend bellte. Die Verschwiegenheit einer Seitenstraße lockte ihn, er keuchte und drehte seinen Kopf nach allen Seiten um. Ein Schrein der *Santa Muerte* thronte in einer Ecke, der Heilige Tod, ein lebensgroßes, menschliches Skelett im Marienmantel. Von der Kirche geächtet, von den kleinen Leuten heiß verehrt. Ein Taxifahrer hielt an, kniete nieder und opferte eine Kippe am Schrein. Viktor schwang die Flügeltür einer benachbarten *Pulcheria* auf. Sofort trafen ihn Blicke im Schummerlicht. Die anwesenden Männer sahen so verloren und derbe aus, als würden sie Frauen Geschlechtskrankheiten mitbringen wie andere Blumen. Er setzte sich an die Bar, die Flaschen im Regal hatten ihre Gießaufsätze wie Schnäbel hungriger Vogelkinder in die Höhe gereckt.

»Tequilla!«, schnaubte er.

Ein Kellner mit spitzem Schnurrbart beugte eine viereckige Flasche nach vorne und schenkte den Tequilla ausdruckslos ein. Viktor leerte sein Glas in einem Zug. »Noch einen!«

Eine Gruppe von Männern bildete einen Halbkreis um ihn. Er spürte den kalten Stahl einer Messerspitze in seinem Rücken, die

Linie einer kurzen Bewegung, an deren unterem Ende sich ein Blutstropfen bildete.

»Leg alles auf den Tisch. Alles, was du bei dir hast!«

Er zog in aufreizender Langsamkeit ein Bündel Geldscheine hervor und legte es auf den Tisch; sie waren brandneu, rot und grün, wie die Farbe der mexikanischen Flagge. »*Hola chicos*, hier habe ich noch einen Entwurf von einem Museum in meiner Jackentasche. Ein Außenposten im Dschungel. Wir verzaubern die Welt damit. Die ganze Welt. Ein Mussssseum im Dschungelllll. Wir verzaubern die Welt. Wollt ihr den auch haben?« Der kalte Stahl drückte sich tiefer in seinen Rücken.

»Komm mit!«, geiferte der Anführer. »Bringt den Komiker nach draußen.« Die Männer schmissen Viktor aus der Bar. Er humpelte und fiel in die Gosse.

»Durchsucht ihn!«, brüllte eine hässlich hohe Stimme. Dann wurde es still auf der Straße. Ihm fehlte es an Luft, irgendwer knöpfte sein Hemd auf, dann seine Hose. Er bildete sich ein, nein, er war sich sicher, in diesem Moment werde auch Karla das Kleid ausgezogen. Er schlug sich die Hände vor die Augen, er sah, wie ihre unvergleichlich zarte Haut von Händen berührt wurde, die er kannte, und war von seiner eigenen in ihm aufschwellenden Lust überrascht. Im Dreck der Straße liegend, mit zerrissenem Hemd, ohne Schuh und in Unterhose, nahm er nur noch das Summen der Straßenlaternen wahr. Irgendwo anders, wo es weich war und ruhig, wähnte er den anschwellenden Brustgesang menschlich tierischer Laute zu hören, den sich verdichtenden Knoten der Lust aus stöhnenden Kehlen, bis er sein eigenes wimmerndes Stöhnen vernahm. Er wusste, gepeinigt von seiner offensichtlichen Erniedrigung, dass er am Boden seiner Eifersucht gelandet war. Die endlose Nacht endete wie immer in einer aufstrahlenden Sonne, unter der er voller Selbstekel nach Hause schlich.

DIE CANTINA war lebhaft gefüllt. Eine große Wandmalerei befand sich am Ende des Raumes, sie deutete auf eine längst vergangene Zeit. Die Plastikstühle, auf denen die Gäste ihren Platz einnahmen, hielt hingegen die Waage zur Gegenwart. In einer Ecke flimmerte ein alter Fernseher, auf den die Bediensteten immer wieder einen gelangweilten Blick warfen. Ein Kellner trat an Viktors Tisch und servierte *Chilmole*, ein dunkles Gericht mit magerem Schweinefleisch, Eiern und Minze. Viktor stocherte lieblos in seinem Essen herum.

»Wozu das alles?«, fragte er Karla, die ihm gegenübersaß. Sie hatte sich Suppe bestellt und legte nun den Löffel beiseite. »Schmeckt dir etwas nicht?«, fragte sie höflich.

»Nein, äußerst delikat«, sagte er und blickte ihr offensiv in die Augen. »Genau wie die Tatsache, dass du mit meinem besten Freund geschlafen … «

»Sssch«, sie legte ihren Zeigefinger auf die Lippen. Sie schwiegen sich eine Weile aus. In den wenigen Momenten, in denen sie aufsah, war es kein Blick, der ihn traf, sondern ein Schlag ins Gesicht.

»Mach es nicht kaputt«, sagte sie schließlich und fügte noch hinzu: »Hast du gestern nicht schon genug Aufmerksamkeit bekommen?«

Viktor versuchte, sich im Zaum zu halten, aber es baute sich eine gewaltige Spannung in ihm auf. Er rutschte auf seinem Stuhl herum, knetete unruhig seine Hände. »Du entwertest die Zeit, die wir hatten. Was ist mit uns?«, fragte er schließlich.

»Uns? Je gieriger du es aussprichst, desto mehr entwertest *du* es.«

»Ist das alles nur ein Spiel für dich?« Er stockte und wagte kaum weiterzusprechen, aus Angst, er würde erfahren, dass ihre Begegnung nur einer einzigen Laune geschuldet war; dass er ihr womöglich nur als Stütze nach dem Erdbeben gedient hatte.

»Warum suchst du immerzu nach Gründen?«, fragte sie.

»Wenn ich dich doch grundlos begehre, das ist doch Sucht. Dann bin ich süchtig nach dir.«

»Da hast du deine Muse, die du haben wolltest.«

Es platzte aus ihm heraus. »Ich liebe dich – aber auf Knien!«

Sie verdrehte die Augen. »Du willst mich mit Liebe erpressen?«

»Was?«

»Liebe, Liebe, Liebe …«, säuselte sie und schwang dabei betont ihren Kopf hin und her. Sie nahm einen Löffel Suppe, legte ihr Besteck wieder beiseite. »Warum lernen wir nicht einfach voneinander? Ohne Grund, einfach so. Ohne, zu hinterfragen, was wir sind. Sonst langweilt es mich.«

»Du konsumierst Menschen.« Er lächelte schwach. »Sobald jemand nervt, wird er abgeschoben.«

»Wieso?«, fragte sie, die Worte kamen jetzt schneller, schnell und wütend. »Ich hasse diese Grabenkämpfe, die im Namen der Liebe ausgefochten werden. Wozu? Ich will dir nicht schmeicheln, dich beeinflussen, um etwas zu kriegen oder mich selbst zu bestätigen. Ich – bin – nicht – deine – Rettung«, buchstabierte sie. »Hast du jemals die Kontrolle verloren?«, fragte sie ihn. »Du hast Angst.«

»Tausch mich einfach aus, wenn es dir passt.«

»Wer sagt das?«, fragte sie scharf. »Das läuft alles in deinem Kopf ab.«

Ein Kellner trat an den Tisch, um nach dem Rechten zu sehen. Karla winkte freundlich ab. »Schau her!« Sie hielt demonstrativ ihren Löffel hoch. »Hier bin ich. Ich esse mit dir. Reicht das nicht?«

»Du verwaltest, aber gestaltest nichts.«

»Du hast Angst«, wiederholte sie unbeeindruckt. »Du hast Angst, mich zu verlieren. Wir haben keinen Vertrag geschlossen.«

Er seufzte. »Jeden Tag kommst du als Geliebte und gehst als Unbekannte. Haben wir nicht die Schallmauer zur Intimität durchbrochen? Ich kann nicht so tun, als hätten wir das nicht.«

»Intimität verpflichtet zu nichts«, stellte sie wiederum unbeeindruckt fest.

»Ja, ich habe Angst, dich zu verlieren«, gab er offen zu.

»Alles spielt sich in deinem Kopf ab. Es geht nur um dich.« Sie stand von ihrem Stuhl auf, setzte ihre Sonnenbrille auf und machte Anstalten zu gehen.

»Warte.« Er hielt sie am Arm fest. »Gibt es denn ein unschuldiges Begehren?«

»Du hast dich gestern falsch verhalten.«

»Kann ich noch etwas für dich falsch machen?«, fragte er spitz.

»Ach, Viktor.« Sie entzog sich seinem Griff und ging.

DIE STUFEN hin zur Haustür waren flach, dennoch kostete es Viktor immense Kraft, die Treppe hoch zu steigen. Mit jedem einzelnen Schritt kämpfte er gegen eine innere Schwere, die ihn abwärts zog. An einer dunklen Holztür machte er halt, atmete tief durch und klingelte. Die Wartezeit war ihm unerträglich. Schließlich hörte er schlurfende Schritte, die Tür sprang auf, Benedetto stand im Bademantel da, sein lockiges Haar war feucht, in der Kuhle zwischen den gespannten Brustflügeln perlten Wassertropfen.

»Du siehst müde aus.« Sein Freund trat einen Schritt zur Seite. »Komm rein.«

»Danke, war eine lange Nacht«, sagte Viktor im Vorbeigehen und ging geduckt in das Apartment. Das Wohnzimmer führte auf einen kleinen, dicht bepflanzten Patio, auf dem Boden lag verstreut Kleidung herum. Zwei ausgetrunkene Weinflaschen standen auf dem Tisch. »Bei dir wohl auch«, bemerkte er.

Benedetto lächelte. »Willst du was trinken?«

»Nein. Aber nett, dass du fragst. Gute Freunde teilen sich alles, nicht wahr?«

Ihre Augen duellierten sich.

»Ja, sollten sie«, entgegnete Benedetto bedacht. »Besonders, wenn es um die schönen Dinge geht.«

Etwas Enges, Gehässiges webte sich in die Luft.

Benedetto ging in die Küche, Viktor hörte, wie die Kühlschranktür geöffnet wurde und sich wieder schloss. Sein Freund kehrte umgehend zurück, mit Eiswürfeln und einem Glas in der einen und einer Mango-Limonade in der anderen Hand. Die Dose zischte beim Öffnen. Mit jeder Bewegung lockerte sich der Gürtel von Benedettos Bademantel. Als er das Glas mit Eiswürfeln auf dem Tisch abstellte, fielen die Schöße seines Bademantels offen zu beiden Seiten an ihm herab und entblößten sein Geschlecht. Er ließ es geschehen. Er schenkte sich das Glas voll, stellte es auf den Tisch und setzte sich auf die Armlehne eines Sessels. Sein Anblick war eine Herausforderung: Er trank, indem er seinen Kopf in den Nacken warf, seinen Brustkasten durchdrückte. Dann ließ er seelenruhig die

Eiswürfel im Glas Bahnen drehen, während er seine muskulösen Beine spreizte und es zu genießen schien, wie Viktor den Blick nicht von seinem leicht geschwollenen Glied abwenden konnte.

»Habt ihr miteinander geschlafen?«, fragte Viktor ruhig.

»Das sage ich dir nicht.«

»Warum?«

»Weil es darum nicht geht. Du kannst Karla nicht befehlen. Solltest du im Übrigen auch nicht.«

»Wir waren uns nahe.«

»Und jetzt?«, fuhr Benedetto ihn plötzlich laut an. »Seid ihr es nicht mehr? Und bist du es etwa, der das bestimmst?«. Benedetto hatte diese Frage beinahe geschrien. Ein ruhiges Wort, eine einzige Geste der Zärtlichkeit, und die Spannung hätte sich gelöst, doch als Benedetto nun impulsiv aufstand, zuckte Viktor unwillkürlich zusammen.

Benedetto kam näher auf ihn zu, starrte ihm in die Augen, Viktor hielt seinem Blick stand. Sekunden später legte Benedetto ihm seine Hand auf die Schulter, während sein Glied halb erregt auf Viktors Gesicht deutete. »Warum hast so eine Scheißangst vor dem Vergleich?«, fragte er plötzlich ganz sanft und führte seine Hand hoch zu Viktors Wange, streichelte für einen Moment entlang der bärtigen Linie seines Kiefers und ließ dann seine Finger über Viktors Ohr hinweg durch sein Haar gleiten. »Du hast, glaube ich, etwas Wesentliches nicht kapiert. Du fühlst zu sehr als Mann, nicht als Mensch.«

Viktor lachte auf: »Ach ja!«

»Weißt du, worum es geht, wenn zwei Körper sich lieben?«

»Klär mich gern auf«. Viktor klang zweideutig.

»Es geht weder um Selbstbestätigung noch um den Dienst an der Fortpflanzung.« Benedettos Hände wirbelten durch die Luft. »Alles Konstruktion, die uns entmündigt, entstellt!« Er legte eine sehr bewusst gesetzte Pause ein und streichelte sich über seinen trainierten Bauch. »Ich glaube, du musst einfach mal gefickt werden«, sagte er trocken. Viktor sah ernst zu ihm auf. Strich sich mit der Hand über den Nasenrücken. Antwortete aber nicht. »Dir fehlt die Erfahrung, was es bedeutet, wenn jemand tief in dich eindringt … was das mit dir macht. Du wirst einen anderen Blick auf die Dinge haben, du wirst Karla, mich, die Menschen insgesamt anders sehen.«

Viktor zögerte, kniff dann ein Auge zusammen und schüttelte den Kopf. Benedetto trank seine Limonade aus, stellte das Glas auf den Tisch zur leeren Dose, gleich neben einen welken Strauß aus Davallia, Flachs und Disteln. Er blickte lange auf die drei Objekte. »Wir sind wie ein einziges großes Stillleben«, sagte er dann leise, »*tote Natur*, wie wir es in Italien nennen. Wir ergreifen einander, als ob wir Gegenstände wären, aber wir berühren uns nicht. Was ist mit all den Dellen und Narben, den Körperhaaren und Falten? Was mit der Spucke, dem Blut, dem Eindringen ins Innerste? Was bedeutet das alles?« Er beschleunigte seine Worte. »Liebe, nichts weiter. Die Liebe zum Leben. Es ist …«, er brauste begeistert auf, »… pure Lebendigkeit! Ein Akt purer Lebendigkeit. Wenn zwei Körper sich wirklich hingeben, dann erst leben sie, Viktor. Begreifst du, dass es etwas Größeres gibt als Macht? Etwas Größeres als Kontrolle und all die Körperillusionen, die wir heutzutage erst zu Bette und dann mit großem Schmerztrara zu Grabe tragen? Einmal nicht der große Ficker zu sein, sondern gefickt zu werden, was für eine Chance! Dann spürst du, dass es um etwas Anderes geht. Du fühlst nicht mehr als Mann, du fühlst als Mensch«, beschwor er. »Und diese Liebe, sie ist gütig und leise, sie bindet und löst sich. Zwei einsame Menschen, die sich grüßen, als das, was sie sind … «, er machte eine Pause. »Als zwei Menschen, die leben, grade weil sie wissen, dass sie einsam sterben werden.« Diese letzten, beinahe geraunten Sätze wühlten Viktor auf, er musste sich eingestehen, dass Benedettos vibrierende Stimme ihn berührte, er ertappte sich dabei, seine Hand auf seine Brust gelegt zu haben. Benedetto trat näher auf ihn zu, bald spürte Viktor Benedettos Atem dicht über seinem Kopf. »Hab keine Angst.«

»Es geht nicht um Angst.«

»Vertrau mir. Geh auf die Knie!«

Viktor wehrte sich, schüttelte den Kopf.

»Vertrau mir, geh auf die Knie.« Benedettos Blick war gut. Er strich Viktor über den Kopf, ließ seine Hand auf Viktors Nacken ruhen und übte einen sanften, aber männlichen Druck aus. »Vertrau mir!«

Viktor zitterte, er schloss die Augen. Er konnte nicht sagen, was genau er empfand, seine Wut war wie aufgelöst, oder von etwas anderem verdrängt. Er fühlte sich herausgefordert und zugleich umsorgt. Die Wärme von Benedettos Hand war angenehm, so angenehm, dass er ihren Druck verspüren und ihm zugleich nachgeben wollte. Tränen stiegen in ihm auf und er sank auf seine Knie. Er blinzelte zu Benedetto auf.

»Öffne deinen Mund«, sagte Benedetto. »So ist es gut!« Er nickte zutraulich. »Bilde jetzt einen runden Kreis. Ein perfektes O, wie es in deinem Namen steht.« Benedetto führte seine Hand näher an die sich öffnenden Lippen, direkt auf deren feuchtglänzende Innenflächen zu.

Es war für Viktor ein rissiger Moment, als Benedetto mit den Fingerkuppen den Schwung seiner Lippen nachzeichnete und dann mit dem Daumen langsam über die Unterlippe eindrang. Sein Körper schob sich unwillkürlich dichter an Benedettos Leib heran, er spürte Benedettos Hitze und roch den pulsierenden Schwanz seines Freundes. Benedetto griff in Viktors Haar und zog seinen Kopf nach hinten. Langsam und behutsam wiederholte er mit seinem Glied die gleiche Bewegung an Viktors Lippen, wie er sie zuvor mit seinen Fingerkuppen vollführt hatte. Dann positionierte er seine pralle Eichel vor Viktors wieder verschlossenem Mund. Einen Augenblick nur, und Viktor öffnete seine Lippen, taste sich mit der Zungenspitze vor, schmeckte einen Tropfen der Erregung und empfing dann entschlossen mit ganzem Mund Benedettos Glied.

Er hätte es nicht geglaubt, aber er genoss es, er wollte seinen Freund tiefer in sich aufnehmen. Benedettos Atem wurde heftiger, seine beiden Hände drängender, sein Körper schien nur noch dem

Rauschen des Blutes zu folgen. Er drückte Viktor sein Glied tief in die Kehle. Viktor musste würgen, wich zurück, krabbelte rücklings am Boden von Benedetto weg. Ihre Blicke begegneten sich erneut. Der Moment hatte sich entflochten. Benedetto grinste. »Das ist doch lächerlich. Schau an, wie du am Boden kauerst.«

Viktor blickte ihn entgeistert an. Ihm dämmerte, dass in jeder Verführung wie in jeder Brutalität etwas Unpersönliches lag, eine Mechanik, die den Menschen verleugnete, und somit im scharfen Kontrast zu dem stand, was er für einen kurzen Augenblick zärtlich gefühlt hatte: Dass die Anwesenheit eines Körpers ihn sanft stimmte, dass jeder Körper zur Anziehung und Schenkung von Berührung geschaffen war. Viktor fühlte sich betrogen um dieses Gefühl und starrte Benedetto voller Abscheu an. Dieser ging nun zu Boden und kroch langsam auf Viktor zu und wollte ihm seine Lippen auf den Mund pressen. Viktor wendete sich von ihm ab: »Jetzt nicht!«

IN EINEM VERTRÄUMTEN MOMENT blickte Viktor durch die bodentiefen Fenster des Büros. Es war Nacht. Die Lichter der Stadt reichten zu ihm hinauf, der Wind peitschte hin und wieder Regen gegen die Scheiben. Er saß an seinem Schreibtisch, weil er an ihm sitzen musste, er hatte noch Verpflichtungen zu erfüllen.

Seine Füße standen mit den Hacken aneinander, die Beine im rechten Winkel, die Brust war vorgewölbt. Sein Rücken schmerzte. Falls es bei ihm überhaupt eine Regung gab, dann den Versuch, freundlich aufzuschauen, sobald eine Person seinen Schreibtisch kreuzte. So hatte er mehr oder weniger die letzten Tage und Nächte verbracht, kerzengerade auf seinem Stuhl, zeichnend, die finalen Entwürfe bearbeitend. Seine Bewegungen waren technischer Natur. Er besserte die letzten Pläne aus, zeichnete die verdrillten Tragseile ein, die für die Stampflehmmauer nötigen Erosionsbremsen, mit deren Hilfe die Fließgeschwindigkeit des Wassers entlang der Mauern weiter verlangsamt werden sollte. Ansonsten bemühte er sich, im Raum so wenig wie möglich aufzufallen. Sprach er, hing seine Stimme körperlos im Raum, stand er auf, dann genauso lautlos wie er sich wieder setzte, er trug ein flachsfarbenes Hemd, auf dem die Schweißflecken nur schwach schimmerten, sein Gesicht glich einem fahlen Spiegelbild ohne jeglichen Ausdruck. Seit Stunden saß Carlos eingenickt neben ihm auf seinem Stuhl. Viktor ging zum Flur, sah auf Sabina, deren Schreibtischlampe sie in blaues Licht tauchte. Sie rieb sich müde die Augen, aber der Stapel an Dokumenten ließ auch bei ihr keine Pause zu. Viktor ging weiter zur Küche und brachte zwei Flaschen Bier, öffnete sie und stellte sie auf seinem Schreibtisch ab. »Salút!«

Carlos schreckte auf, sah sich nach allen Seiten um und zog seinen Anzug glatt. »Wie spät ist es?«

»Zwei.«

»Wie lange willst du noch machen?«

»Bis die Planung steht. Ich spreche gleich noch mit Deutschland.« Carlos gähnte und winkelte sein linkes Bein quer über sein rechtes Knie.

»In zwei Tagen ist die PK.«

»Mach dir keine Sorgen, es wird alles gut. Geh nach Hause und schlaf dich aus.« Viktor massierte sich die Schläfen und spürte augenblicklich neue Energie in sich aufsteigen.

»Du bist erst diese Woche im Büro eingetrudelt«, stellte Carlos fest. »Warum musst du es so spannend machen?«

»Die Kurzfassung?« Viktor leerte mit einem Zug die halbe Flasche. »Weil mein Leben auf dramatische Strukturen anspringt.«

Carlos lächelte gegen seine Müdigkeit an. »Solange sie noch eine Nachtschicht schiebt, bleibe ich auch.«

Beide blickten zu Sabina, die über ihren Akten brütete. Der Kurator stand auf und ging zu ihr. Viktors Telefon klingelte. Er sah es ernst an, ehe er den Anruf aufnahm: »Hallo Anton.« In der Leitung knackte es. Sein Partner sammelte sich noch, da preschte Viktor schon los: »Verfluche mich erst, wenn alles vorbei ist.«

Wieder ein Knacken in der Leitung.

»Gut, sprechen wir über das Museum«, antwortete Anton spröde. »Es führt kein Weg daran vorbei, das Fundament müssen wir aus Beton bauen.«

»Ich habe es befürchtet«, antwortete Viktor, und spürte, dass zwischen seiner reinen Vorstellung und der Realisierung des Bauwerks eine unüberwindbare Lücke klaffte. Er musste die vollkommene Vision beerdigen. Geduldig hörte er zu, was sein Partner über die Außenwände zu sagen hatte, deren Material sie nun tatsächlich mit Chukumharz mischten, und dann über den veganen Stahl, den ein Bauunternehmer überaus günstig zu Verfügung stellte, weil es sich dabei um nichts anderes handelte als eine bestimmte Bambusart, die sie für Teile des Tragwerks nutzen konnten. Anton redete über die technischen Details mit der Nüchternheit eines Baulexikons, bis er schließlich auf einen letzten Aspekt zu sprechen kam: »Wir müssen das Gebäude stärker kühlen, für die Kunstwerke. Wusstest du, dass die Räume der Alten Meister im Louvre auf 19,9 Grad abgekühlt werden?«

»Nein, wusste ich nicht. Aber wir haben es hier auch nicht mit Alten Meistern zu tun!«

»Mach dir nichts vor, wir haben es schlicht vergessen. Die Feuchtigkeitsregulierung durch den Lehm funktioniert, die Beimischung ändert nichts daran, aber die Kühlung durch das Regenwasser ... wir haben das neu berechnet. Der Wasserfall im Innern übernimmt keine Funktion«, sagte er lakonisch.

»Hast du das Centre Pompidou in Paris vor Augen?«, hakte Viktor nach. »Die Lüftungsrohre sind viel zu groß, die Lüftung aber funktioniert gar nicht über die Fassade. Sie tut nur so. Die Klimaanlage befindet sich auf dem Dach. Diese Lüftungsrohre strahlen etwas Anderes aus: Modernität. Aufbruch in ein neues Zeitalter. Wir bauen für Menschen, nicht für Kunstwerke.«

»Jeder Restaurator dreht sich gerade im Grab um.«

»Wasserfälle sind Poesie«, sagte Viktor mit Nachdruck. »Sie kühlen die Sinne. Menschen fühlen sich wohl, wenn sie Wasserfälle sehen. Überarbeitet bitte das Zisternensystem und schickt mir alle Pläne dazu. Ich bleibe wach.«

»Noch etwas.« Antons Stimme wurde schwach und leise.

»Ja?«

»Wir haben alles durchgerechnet. Ich habe die Pläne nochmal von einem weiteren Statiker prüfen lassen. Dieses Gebäude reizt vieles an bisher dagewesener Ingenieurkunst aus. Wenn es klappt, könnte es einen wirklichen Durchbruch für natürliche Baustoffe bedeuten. Weil wir bewiesen hätten, dass man mit Lehm und Holz alles bauen kann, alles und überall. Überlege dir, was das heißt: Hochhäuser, ganze Städte, was das alles mit uns machen würde ...«

»Aber?«

»Was, wenn es nicht hält?«

Viktor schwieg, er hatte sich diese Frage täglich gestellt und antwortete nun mit einigem Zögern. »In Japan habe ich ein Haus aus Papier gesehen. Es war ursprünglich nur für ein paar Tage gemacht, aber es hält seit Jahrhunderten. Weil jeder es schön findet und pflegt.« Er machte eine Pause. »Fragilität trägt«, sagte er zuversichtlich. In der Leitung knackte es wieder. »Wir kriegen das hin.« Sie verabschiedeten sich und legten auf.

Viktor setzte sich an seinen Rechner und rieb sich die Augen. Was macht Karla gerade?, dachte er blitzartig. Was treibt Benedetto? Er ermahnte sich zu mehr Konzentration, begann auf den Plänen die Fensterfronten auszubessern, obwohl sie keiner Verbesserung mehr bedurften, er tat, was er tat, nur, um auf andere Gedanken zu kommen.

Carlos kehrte zurück, in seinen Händen zwei Becher Kaffee: »Magst du doch, oder?«

Viktor nickte abwesend.

Carlos setzte sich Viktor gegenüber, sah ihn lange an, wie er auf seinen Bildschirm starrte. Dann fiel ihm die Kiste auf, die Viktor von Jeanne geschenkt bekommen hatte.

»Ist darin deine geheimnisvolle Erde verborgen?«, fragte er und hoffte damit, Viktor ein wenig aus der Reserve zu locken.

»Nein, darin liegen die Habseligkeiten der Toten, die wenigen Objekte, die Jeanne nicht in ihr Kunstwerk, ja, wie soll ich sagen, verwoben hat. Niemand von ihnen konnte identifiziert werden. Sie hatten nur ihre Kleidung an und diese Dinge bei sich.«

»Oh! Entschuldigung. – Sag mal, wie findest du die Idee eigentlich? Ist sie für dich pietätlos?«

»Ich protestiere nicht gegen das Kunstwerk, sondern gegen die Welt, die es heraufbeschworen hat.«

»Als würde eine Leiche öffentlich in einem Glassarg verwesen«, murmelte Carlos gedankenversunken.

»Wir werden den Teppich nicht am Eingang platzieren. Aber was soll ich sagen?« Viktors Augen bewegten sich kaum, innerlich sprang er von einer Erinnerung zur nächsten. »Ich möchte ehrlich sein. Ich verstehe Mexiko nicht. Ein Leben reicht kaum aus, um hier als Fremder alles zu ergründen«, er nippte an seinem Kaffee. »Und ich verstehe so manchen Mexikaner nicht. Warum sie so überschäumen vor Herzlichkeit. Woher ihr zäher Wille kommt. Warum sie manchmal nicht ›Nein‹ sagen können, wenn man sie nach dem Weg fragt, und einen dann in die falsche Richtung lotsen. Ich verstehe nicht, ob sie bleischwere Melancholiker sind, die heiter lustig irgendeine kosmische Mitte suchen, einen versöhnlichen Ausweg aus all diesem Schlamassel, in dem sie fast alle stecken, oder ob sie nur ungeheuer naiv sind. Warum lieben sie das Kino so sehr? Weil es Illusionen schenkt oder Aufklärung? Warum haben sie keine Angst vor dem Tod? Weil sie ihm mit Gleichmut oder mit Gleichgültigkeit begegnen? Ich habe versucht, mir auf das alles einen Reim zu machen. Aber meine Realität, so, wie ich sie erfahren habe, reimt sich nicht auf ihre.« Er fuhr sich müde übers Gesicht. Carlos blickte ihn ernst an, strich sich ruhig über seinen Anzug und trank einen Schluck Kaffee, bevor er leise zu einer Rede ansetzte, mit der Viktor nun wirklich nicht gerechnet hatte: »Der Weg zu einer fremden Kultur führt nicht über die Abkürzung irgendwelcher Unterschiede. Unterschiede setzen eine zugrundeliegende Identität voraus. In diesem Fall nähert man sich dem Andersartigen durch Vergleiche und will über den letztgültigen Unterschied zur Essenz einer Kultur vorstoßen, das kennst du doch von *eurem* Aristoteles. Im Hinblick auf eine Vielfalt von Kulturen ist das schlichtweg faul.«

Viktor blickte ihn sichtlich irritiert an. »Was schlägst du also vor?«

Carlos stand auf und schob seinen Stuhl Richtung Tischplatte. »Was siehst du?«

»Einen Tisch, einen Stuhl. Möbelstücke«, antwortete Viktor.

»Also: Kategorien.« Carlos lächelte und schob den Stuhl weiter Richtung Tischplatte. »Was wäre, wenn du auf den Abstand zwischen Tisch und Stuhl achtest. Auf das Dazwischen, nicht aber auf die Unterschiede zwischen Tisch und Stuhl? Der Abstand zwischen beiden ist etwas, das ich variieren kann, ohne eine Identität festzuschreiben.» Er rückte Tisch und Stuhl noch näher zusammen und fuhr vorsichtig mit seiner Hand zwischen die nun weniger weit klaffende Lücke. »Im Dazwischen liegt lebendige Spannung – versuche nicht, Mexiko zu verstehen, fang an, es einfach zu lieben.« Carlos legte seine Hand auf die Kiste und fragte vorsichtig nach: »Darf ich einen Blick reinwerfen?«

»Nur zu!«

Carlos öffnete sie und zog, mit aller Vorsicht, einzelne Gegenstände aus ihr heraus. Ein Messer, einen Talisman, *Muñeca quitapenas*, Sorgenpüppchen, denen man Ängste und Kümmernisse erzählt und sie dann über Nacht unterm Kopfkissen versteckt, womit am nächsten Morgen die Sorgen und düsteren Gedanken verschwunden sein sollen. Die Puppen wiesen dunkle Blutspuren auf. Carlos griff nach einem zerknitterten Foto und betrachtete es lange. »Ein stolzes Kind.«

Viktor sah auf. »Zeig mal her.« Er nahm das Foto in die Hand und sah ein junges Mädchen, dessen dunkle Augen hoffnungsfroh in die Welt blickten. Es lächelte zart unter dem pechschwarzen, kurz geschnittenen Haar; unterhalb des Mundes war ein Grübchen zu sehen, auf Höhe der Augen war die schon leicht vergilbte Fotografie von einem zarten Knick beschädigt. Viktor legte das Foto mit der Bildseite nach unten auf den Tisch und rieb mit dem Stoff seines Hemdärmels über die geknickte Stelle. Dann drehte er die kleine Fotografie um und besah sich das Ergebnis.

Das war nicht nur ein Knick, wurde ihm klar. Es war auch eine Narbe – eine Narbe, so nah am Auge, dass sie die Bahn der Brauen nach oben verschob; und damit eine Narbe, die er kannte, eine Narbe, über die er in zärtlichster Zuneigung gestrichen hatte, beim Einschlafen, beim Aufwachen, an all diesen Orten, die bereits tief in seine Körpererinnerung eingesunken waren und ihm nun schmerzlich zu Bewusstsein kamen. Er gab Carlos entgeistert das Foto zurück.

»Was ist?«, fragte dieser besorgt, als ihn der Gesichtsausdruck seines Gegenübers sichtlich irritierte. Viktor wurde plötzlich übel. Er sagte langsam und mit einer grauenvollen Vorahnung: »Ich glaube, ich weiß, welches Blut in diesem Roten Teppich steckt.«

DIE TERRASSE des Hauses ging über in einen prächtigen Garten, wo raues, schwarzes Vulkangestein den Boden des Rasens in absonderlich erstarrten Formen durchbrach. Der große, rosa gestrichene Saal leuchtete im tiefen Rot der kurz vor dem Untergang stehenden Sonne, die mit ihren warmen Strahlen eindrucksvolle Licht- und Schattenspiele auf die Wände warf, als hätte man das Zentralgestirn gebeten, zu dieser Stunde als Szenograf auf das Innere des Bauwerks einzuwirken. Normalerweise hätte sich Viktor Zeit genommen, um die augenscheinlich inszenierte Führung des Blicks zu studieren, war doch der Raum, in dem er sich befand, Teil eines Bauwerks, dessen Architektur Andacht ins Zentrum ihrer Ästhetik setzte und die natürlichen Farben der Umgebung sowie den Lauf der Sonne nutzte, um den Betrachter emotional zu bewegen. Sein Blick aber blieb auf die Kamera gerichtet, die am Kopf des Raumes aufgestellt stand. Das Gemurmel der Gäste schwoll an, die Journalisten nahmen geräuschvoll ihre Sitze ein, Benedetto saß bereits in der ersten Reihe. Die Kamera am Kopfende des Raumes blieb unbeaufsichtigt auf ihrem Stativ. »Wo bleibt sie nur?«, fluchte Viktor leise. Karla musste vor Ort sein, schließlich hatte sie ihre Kamera aufgestellt. Nur zu gut kannte er ihre Angewohnheit, Stunden zuvor ihr Set einzurichten und auch das Vorspiel aufzunehmen – die Anspannung eines Beginns.

Hinter ihm reihte sich eine Schar von Künstlern ein, inzwischen stand das Team geschlossen um seine fehlende Mitte: Fernanda.

Sabina trug ein kurzes Kleid in Zitronengelb, Carlos ein Guyabera-Hemd mit handgenähten Ornamenten. Damion und Ángel waren noch am Morgen aufgebrochen, um die letzten Stücke der Sammlung aus dem Genfer Zollfreilager einzufliegen.

Viktor suchte den Raum nach Karla ab, vergeblich.

Eine Tür ging auf. Das gleißende Licht des Sonnenuntergangs fiel zeitgleich mit den Blitzen der aufgescheuchten Kameras auf die nun eintretende Fernanda. Eine ungezwungene Mischung aus leichtem Leinenkleid und geflochtenen Sandalen trübte nicht den Eindruck, dass mit ihr ein ganzer Lebenstraum auf das Podest zuschritt. In ihren Augen spiegelte sich eine Kraft, die Viktor beruhigte. Mit leisen Gesten bat sie um Ruhe. Sie trank einen Schluck Wasser, ehe sie ansetzte: »Angst ist ein großes Gefühl.« Ihre Stimme klang leise, wie von weit weg. »Sie lähmt und macht ohnmächtig. Argumente helfen nicht mehr. Man muss ihr ein kraftvolles Gefühl entgegensetzen: Hoffnung.«

*

Zur selben Zeit trieb eine schneeweiße Bombardier Challenger hoch über den Wolken, und mit jedem Riss in der Wolkendecke erhaschte Ángel einen Blick auf den Atlantik, der blau und groß unter ihm lag. Tags zuvor war er mit Damion noch zu Eduardos Strandanwesen gefahren, von Paletten hatten sie die Geldscheine eingesammelt, sie in Koffern verstaut und über Nacht in die Maschine geladen. Das Flugzeug hatte sperrangelweit offen gestanden, allen Sicherheitsbestimmungen zum Trotz. »Was sind schon Sicherheitsbestimmungen?«, hatte Damion Ángel amüsiert zugeflüstert. Stunden später hatten sie einen privaten Seiteneingang des Flughafens passiert, ohne von Kameras entdeckt, geschweige denn von Wachleuten oder Röntgenapparaten aufgehalten worden zu sein. Damion hatte wieder einmal mehr den Beweis geführt, dass scharfe Kontrollen an Flughäfen nicht für eine Welt galten, die Abermillionen von Dollar schwerer war als die letztlich lächerliche Frage, wie man sie umgehen konnte. Kurz darauf hatten sie die Maschine bestiegen, die so positioniert worden war, dass weder die Kameras noch die Scheinwerfer des Flughafens ihren Ladebereich erfassen konnten. Die Besatzung wusste von nichts. Sie ging schlicht davon aus, Gemälde aus Genf für ein Museum in Mexiko abzuholen.

Damion ging zum Cockpit und ordnete dem Piloten an, eine Satellitenverbindung einzurichten. Er griff zum Hörer, lauschte einer Stimme und hinterließ letzte Anweisungen: »Ja, alle wissen Bescheid – oder wurden ...«, Damion lächelte, »... *überredet*.

Wir haben einen Zwischenstopp in Casablanca, bevor wir Genf ansteuern.« Dann hörte Damion zu und nickte, versicherte sich, dass niemand zuhörte und flüsterte. »Ja, so einfach. Am Kontrollschalter sitzt ein Sicherheitsmann mit Spielschulden. Der Rest ist ein Kinderspiel.«

*

Fernanda ruhte für einige Sekunden am Pult. Sie schaute zweifelnd auf das Mikrofon. Dann räusperte sie sich kurz und begann zu erzählen. »Die Welt in ihre Einzelteile zu zerlegen, allein durch die Kraft des Denkens. Nichts Minderes hatte die Moderne im Sinn, die mit Descartes ›neuzeitlichem‹ Denken im 17. Jahrhundert ihren Anfang genommen hat.« Viktor folgte ihren Worten und merkte, dass sie sich Kraftreserven aufhob. »Aufgewachsen in einem Zeitalter der Glaubenskriege, wollte Descartes dem Unwissen der religiösen Fanatiker eine absolute Evidenz entgegenhalten. Sein Cogito ergo sum war der Schlüssel zur Befreiung des Individuums, das sich aus dem Schatten göttlicher Setzung erhob. Geist geht vor Gott. Geist triumphiert über Materie. Eine Fanfare auf den Wert eines einzelnen Menschen.« Fernanda breitete ihre Arme aus, etwas Mildes strömte aus ihren großen Augen. »Der Anbeginn der westlichen Wissenschaft, wie wir sie kennen«, fügte sie hinzu. »Doch dem Licht der Aufklärung folgte ein Schatten. Nur weil wir Menschen die Fähigkeit besitzen, uns unseres Verstandes zu bedienen, müssen wir uns nicht zwangsläufig dazu aufschwingen, uns als etwas Besonderes oder gar Besseres zu denken. Das Gefühl geistiger Überlegenheit mündete im Irrglauben eines Entwicklungsvorsprungs – und in dem politischen Projekt grenzenloser Expansion. Der Westen wähnte sich nicht nur im Recht, sondern sah sich in der Pflicht, die natürlichen Ressourcen anderer Länder auszubeuten. Die Kolonialherren verstanden sich als Hüter der Vernunft und der menschlichen Wahrheit – wozu aus ihrer Sicht offenbar andere Erdbewohner nicht in der Lage waren. Ihr Streben erhärtete sich in der Beherrschung der Natur und in der Unterwerfung von Ländern und Menschen, welche die Welt nicht zerlegen, nicht aufteilen wollten«, sie hielt berührt an sich. »Sie wollten sie heil lassen. Sie wollten auch sich als Mensch heil lassen. Die zersetzende Kraft der Vernunft hat den westlichen Menschen zu einem Athleten der Freiheit gemacht. Nicht zu Optimisten, sondern zu Optimierern, deren Entwurf des Lebens sich ins Messen und Vermessen versteigerte und bei jeder Handlung Ratio und Kontrolle vorsah. Wie mache ich mir die Welt untertan? Und auf die Einheit der Person heruntergebrochen: Wie mache ich mir mein Selbst untertan? Ein auswegloses Unterfangen, die Fülle der Wirklichkeit durch das Nadelöhr des Denkens zu ziehen.« Und jetzt begannen ihre Augen warm zu leuchten, jetzt füllte sich ihre Sprache mit Leidenschaft. »Vernunft beginnt nicht mit dem Vermessen«, sagte sie. »Vernunft beginnt mit dem Staunen. Der mexikanische Philosoph Díaz de Gamarra fordert alle Denker auf, nach Art der Bienen, von Blume zu Blume den süßen Nektar der Erkenntnis zu kosten. Und, meine Damen und Herren, fragen Sie sich selbst, wie unergiebig nur *eine* Blume wäre.« Sie reckte ihr Haupt, im Klang ihrer Stimme lag eine unnennbare Empfindsamkeit, die kaum niedergehalten werden konnte. »Der Mensch ist kein Gesetzbuch, er lebt und liebt nicht nach Regeln. Der Mensch ist ein Bilderbuch. Ein Märchenbuch. Verzaubern wir uns. Verzaubern wir andere durch uns! Ich möchte heute von einem Menschen träumen, dem unergründlichen Menschen, der nicht gegen sich und seine Natur lebt, sondern mit ihr. Ich rufe in Ihrem Beisein das Ende der egozentrischen Ära aus. Und leite Sie zum Anbeginn eines neuen Zeitalters: Dem der verwobenen Welt.«

Ein Raunen ging durch den Raum.

Einige Journalisten schüttelten den Kopf, andere notierten die Aussagen ungefiltert mit.

Viktors Blick wanderte zur der noch immer alleinstehenden Kamera.

»Der Mensch, der heute in den USA den Glauben an die Welt verliert und in Europa an sich selbst, er kann sich bei uns wiederfinden.

Mexiko ist ein guter Ort dafür. Ganz Lateinamerika ist ein guter Ort dafür. Wir wurden oft nur belächelt. Aber ja, wir haben eine eigene Kultur. Sie ist reich! Eine Kultur der Fantasie und Sensibilität, der Wärme, Sinnlichkeit und Melancholie. Eine Gemütsruhe gegenüber dem Leben und dem Tod, ein tiefes Gefühl für das Jenseitige und ein nicht weniger ausgeprägter Sinn für das Hier und Jetzt. Xinatli soll ein Ort werden, an dem Kunst und Wissenschaft wieder Frischluft atmen können. Laden wir die Menschen an den lebendigsten Ort dieses Planeten: In den mexikanischen Dschungel.« Sie ließ ihre Worte ausgleiten. »Und beleben wir das Menschsein mit der Kraft des ururalten Waldes neu.«

Stille.

Dann Aufruhr.

Erste Journalisten bestürmten Fernanda lautstark mit Fragen. Viktor suchte mit seinen Blicken nach Karla, in ihm flammte nur eine einzige Frage auf. Sie schnürte ihm die Kehle zu. Das rote Licht an der Kamera signalisierte Aufnahme.

»Wo genau soll das Museum gebaut werden?«, fragte Benedetto.

»Zwischen Chiapas und Tabasco.«

»Inmitten eines Naturschutzgebietes?«, hakte eine mexikanische Journalistin kritisch nach.

»Nein, das ist ein entscheidender Punkt. Meine Stiftung hat Land in der Nähe eines Naturschutzgebietes gekauft. Testamentarisch ist festgelegt, dass es an Mutter Erde zurückgegeben wird. Wir betrachten die Natur als rechtsfähige Person. Auf dem von uns erworbenen Grund ist der tropische Urwald illegal abgeholzt worden.« Sabina projizierte geistesgegenwärtig ein Bild an die Wand, das eine gerodete Waldfläche im Dschungel zeigte. »Wir forsten die Gebiete wieder auf. Ein botanisches Institut kümmert sich um den Erhalt der Artenvielfalt. Das Hauptgebäude, eine neu arrangierte Pyramide, ist gleichzeitig ein Mahnmal. Der Bau signalisiert, dass hier nicht mehr gerodet wird und die Natur stattdessen wieder gedeihen soll. Das Gebäude ist geradezu eine Markierung gegen die Abholzung.«

»Wie kann Natur unberührt bleiben, wenn auf ihr gebaut wird? Etwa ein ›Respirationszentrum‹? Passt ein eleganter geschnittener Swimmingpool in Ihr Verständnis von Natur?«, hakte die Journalistin nach.

»Nein«, antwortete Fernanda gereizt.

»Was dann?«

»Wir greifen in die Natur ein – ja. Und lernen von ihr.« Sie machte eine kurze Pause. »Aus diesem Grund haben wir unseren Außenposten Xinatli genannt. In einer alten Sprache unserer Vorfahren bedeutet Xinatli denjenigen Samen, der in jede erdenkliche Form wachsen kann.«

»Wie hoch ist der finanzielle Aufwand?«, bestürmte sie ein britischer Journalist.

»Ich kann Ihnen nicht die genaue Summe sagen, aber wir werden Hunderte von Millionen Dollar investieren.«

»Wer ist *wir*?«

»Unsere Stiftung.«

»Woher kommt das Geld für die Stiftung?«

Sie stockte. »Wissen Sie, ich bin durch meinen Vater reich geworden. Dafür kann ich nichts. Aber ich kann meinen Reichtum für einen sinnvollen Zweck einsetzen. Ich werde alle meine Unternehmensanteile abstoßen und meine Kunstsammlung der Stiftung überlassen. Mein gesamtes Hab und Gut stecke ich in dieses Museum. Wenn ich reich sterbe, sterbe ich in Schande.« Sie blickte den britischen Journalisten herausfordernd an. »Richten Sie bitte alle weiteren Fragen an die Künstler.« Sie trat vom Podest ab.

Miguel Mwamba Rodrigues trat ans Mikrofon, nahm eine lockere Haltung ein und schaute gutgelaunt hinab auf die ihn erwartungsvoll anblickenden Gesichter. »Der Kolonialismus hat sich korrosiv auf die Menschen ausgewirkt. Bis heute. Aber jedes Denken, jedes Schaffen und jedes Malen hat einen Grund. Was wäre, wenn wir diese Gründe erforschen, aus ihnen lernen und sie verwandeln?« In den Gesichtern bildeten sich erste Fragezeichen, Miguel fuhr gelassen mit seiner Rede fort: »Die koloniale Erfahrung beruht auf dem Verlust des Ortes, auf dem Schmerz, den eigenen Boden unter den Füßen geraubt zu bekommen. Mit diesem Verlust geht der Verlust von jener Zeit Hand in Hand, die es kostet, eine Neustrukturierung des Lebens ertragen zu müssen. Und das hat, wir wissen es, über viele Generationen angedauert und ist bis heute ein schmerzhafter Prozess. Ein weiterer Verlust ist der der Sprache, und mit ihr des Vermögens, die Welt zu beschreiben. Darüber hinaus beruht Kolonialismus auf einem Moment der Täuschung. Kolonialisten hatten nie Ehrenwertes im Sinn.« Er setzte ab und versicherte sich bei Fernanda eines bestätigenden Blicks. Sie nickte ihm strahlend zu.

»Wir werden mit den Magmatürmen eine Spiegelerfahrung erschaffen und den doppelbödigen Charakter der westlichen Welt enthüllen. Wir werden den Kanon bisheriger Kunst *sprengen*. Beginnen wir mit dem Verlust des Ortes …«

Zu ihm ans Pult traten fünf Personen, die sich als Aktivistinnen vorstellten. Ihr Fachgebiet: Herkunftsforschung. Sie verlasen eine Liste: Objekte, die in westlichen Museen von London über Paris bis Berlin und Wien lagerten, zweifelhaft erworben worden waren und bisher nicht zurückgegeben wurden. Ihr Vortrag dauerte 32 Minuten. Die Aktivistinnen traten ab.

Rätselraten in den Gesichtern der Gäste. Der Lärmpegel stieg an. Auftritt: Ein landesweit bekannter Anwalt. Er faltete Papier und Unterlagen auf, räusperte sich, und fand für seine Fachsprache eine leidenschaftliche Wärme: »Aufgrund von sachdienlichen Hinweisen haben meine Kollegen und ich internationale Ermittlungen angestellt, insbesondere im Bereich der Beweissicherung und Informationserhebung.« Er hüstelte professionell. »Wir konnten einige Gemälde europäischer und US-amerikanischer Künstler, die aus Museen geraubt worden waren, ausfindig machen – und zum Teil auch konfiszieren. Zudem haben wir kriminelle Netzwerke aufgespürt, die im Besitz von bisher verschollenen Werken waren.« Der Anwalt trat ab.

Das Getuschel wurde lauter. Miguel stand seitlich des Pults und warf unerschrocken ein: »Machen wir es kurz. Wir haben verschollene Kunstwerke aufgespürt und sichergestellt.« Er lüpfte einen unsichtbaren Hut und verbeugte sich ironisch. »Wir lagern sie in den Magmatürmen. Aber wir sind ja so unbedarft hier im Konservieren. Und deshalb ist es wohl besser, die Kunst gleich zu – nun ja – zu *sprengen*. Einen Rembrandt, einen Turner, ... es sei denn, es sei denn: Das Britische Museum, das Humboldt Forum, und andere Museen der Welt, geben ihre Kunst zurück! In diesem Moment geht ein offener Brief an alle betroffenen Museen hinaus. Raubkunst gegen Raubkunst. Erscheint mir fair zu sein.« Miguel trat ab.

Das taugte zur Schlagzeile. Offener Brief: Museen der Welt – gebt die Kunst zurück, die ihr euch in der Zeit des Kolonialismus angeeignet habt. Viktor spürte die Aufregung im Saal. Journalisten zückten ihre Handys, machten Fotos, befeuerten die Netzwerke.

»Warten Sie, warten Sie,« rief eine französische Journalistin. »Verlust des Ortes, das war das Erste. Was ist mit den anderen? Verlust der Zeit, der Sprache – sie blickte auf ihren Notizblock – Moment der Täuschung.« Miguel hielt inne und überlegte, verdeckte ironisch mit einer Handfläche seinen Mund, als hätte er sich ertappt gefühlt. »Mehr dazu erfahren Sie im Dschungel. Bei der Eröffnung.« Er schnippte mit dem Finger in Richtung der Journalistin: »Versprochen!«

Die Stimmung beruhigte sich erst, als eine kubanische Künstlerin nach vorn schritt und über ihre Zeit im Exil und die Kraft der Kunst in ihrem Heimatland erzählte. Ein mexikanischer Konzeptkünstler redete sehr eindrucksvoll über Zusammenhänge, die Viktor nicht verstand, weil sie den dreifachen Bruch von Mexikos Historie thematisierten. Dann trat Jeanne Garcia ans Podest. Schüchtern blickte sie auf ihr Publikum und sprach in monotoner Stimmlage über ihren Roten Teppich.

Staunen kippte um in Hysterie. »Das ist ein Skandal!«, war zu hören. »Wie kann man Beweise aus Polizeidepots klauen und sie zweckentfremden?«, tönte es aus irgendeiner Ecke. Die Künstlerin blieb ungerührt. Plötzlich sah Viktor Karla an der Tür stehen, stoisch nahm sie den Verlauf der Pressekonferenz zur Kenntnis, mit verschränkten Armen und dem Stolz eines Baumes mit tiefen Wurzeln. Sein Herz schlug, und solange es schlug, war er am Leben. Solange es schlug, hatte er nichts zu verlieren. Er stand, mit hochrotem Kopf, von seinem Stuhl auf, ging an Benedetto und den Journalisten vorbei auf sie zu.

»Karla«, sagte er. »Zwischen uns liegen Welten – und doch, ich weiß, nein, ich bin mir sicher, das hier musst du wissen. Es gibt keine leichte Art, es dir zu sagen, also sage ich es dir einfach und direkt.«

Sie starrte ihn an. »Was ist jetzt schon wieder?«

»Es geht nicht um mich – nicht um uns. Es geht um dich. Es geht um deinen Vater.« Er schluckte, seine Kehle wurde trocken. Er nestelte ein kleines Foto aus seiner Jackentasche. »Bist das du auf dem Bild?«

Sie blickte gereizt, und schluckte. Jeanne räusperte sich im Hintergrund. Ihre Worte schallten hell aus den Lautsprechern. »Der Skandal sind wir! Der Skandal ist unser Staat! Der Skandal seid Ihr!«

Wer war gemeint? dachte Viktor. Die Mörder? Die Behörden? Die Presse? Die Politiker, die Polizei? Oder er? Weil er dieses Gebäude baute, dieses Gebäude, mit dem er seit gestern auf das Fatalste verbunden war. Weil er jetzt dieses Foto hochhielt, das Foto der kleinen Karla. Das Foto, das ihr Vater bei sich getragen hatte, als er offenbar wie Abfall an den Straßenrand geschmissen worden war?

»Woher hast du das?« Karla blickte auf Jeanne Garcia und stürmte auf sie zu.

Viktor hielt sie zurück. »Sie kann nichts dafür.«

In seinem Herzen war Platz für viele Leerstellen. Wut, Trauer, Verzweiflung. Er nahm Karla in den Arm. Er schüttelte an ihr. Ihre Augen füllten sich mit Tränen. Sie legte den Kopf auf seine Schulter. Er spürte sie nah – und weinte mit ihr, bis sich das erste Feuer der Bitternis gelegt hatte. Er hatte ihr die Nachricht überbracht und damit einen letzten Keil zwischen sie beide gestoßen. Benedetto bekam Wind von der Szene, eilte zu ihnen und umarmte Karla innig. Er war die Tat zu Viktors Gedanken. Er schützte sie vor weiteren Blicken und verließ mit ihr den Raum.

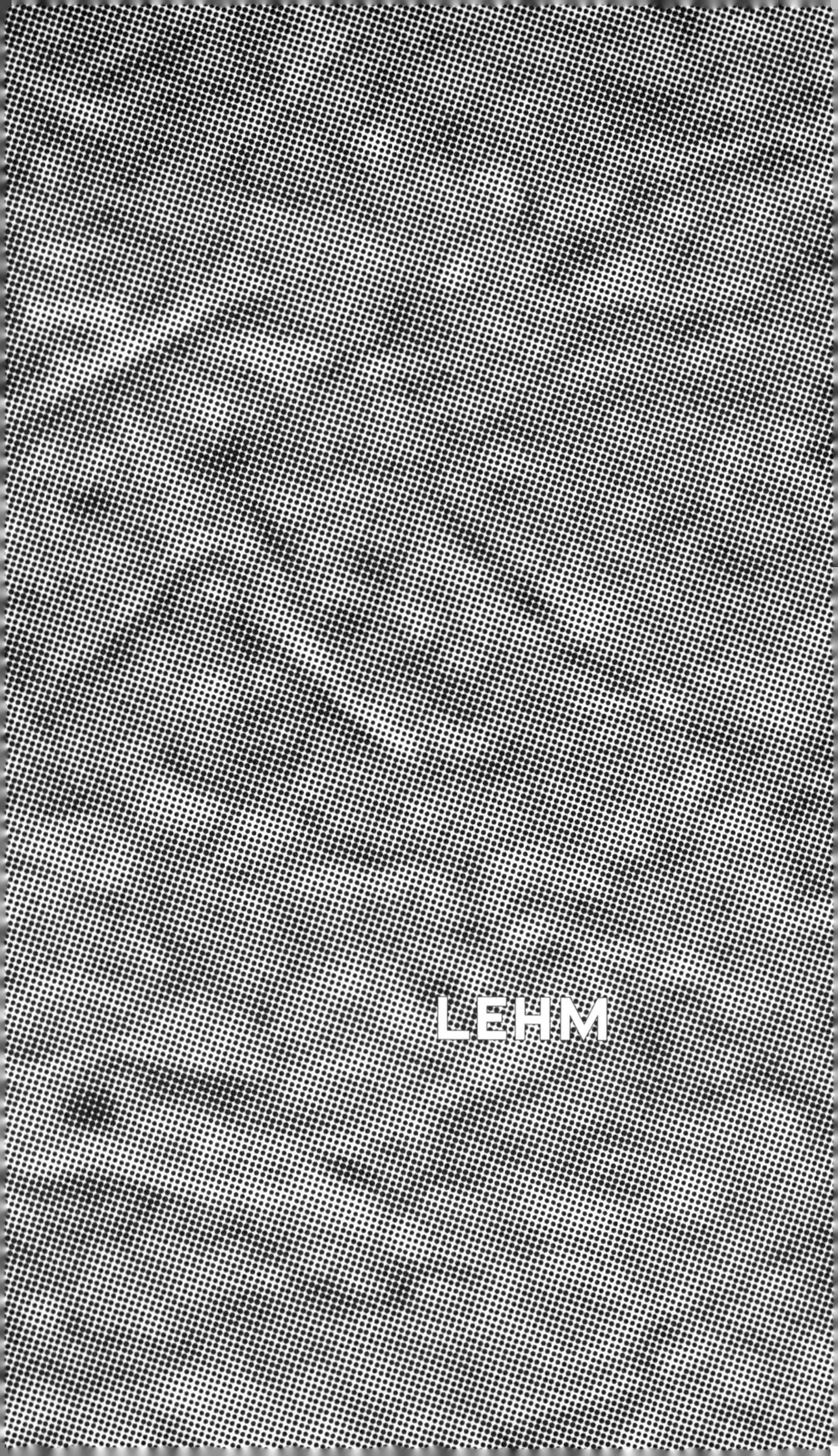
LEHM

VOR IHM breitete sich eine Uraufführung der Natur aus: der weite, dichte Dschungel. Viktor stand auf der luftigen Plattform der Pyramide und lehnte an einem der Tragseile. Seine Augen brannten, er schwitzte. Vögel schrien, sie sangen nicht. Der Dschungel lebte, war reines Leben – und konnte ihm alle Illusion von Beherrschbarkeit nur rauben. Dieser brodelnde Glutofen war der unmenschlichste Platz auf Erden, und genau darin lag die Überwältigung. Aber uns in den Dschungel zu integrieren, hatte Fernanda diesen verwegenen Plan nicht im Sinn?, dachte er. Aus Natur Kultur zu machen, die Natur der Menschen? Eine Welt hervorzubringen, mit neuen Artefakten, Gebäuden und Gepflogenheiten? Bedeutete entwerfen nicht immer auch unterwerfen?

Sie gruben und gruben, über der Erde, unter der Erde, sie jagten Schlitze in den Boden, pressten Wasser durch Rohre und schickten Strom durch Kupferdrähte. Um ihn geschah es, und durch ihn, der Komplex Xinatli stand kurz vor seiner Fertigstellung. Größenwahn hatte sich in Möglichkeit verwandelt, mit jedem weiteren Tag, an dem sich Heerscharen von Arbeitern mit Macheten aufgemacht hatten, um neue Trampelpfade zu bahnen; mit jedem Tag, an dem aus Lehm, Holz und zu Viktors Leidwesen auch Beton eine menschenerdachte Form wuchs. Xinatli hatte Gestalt angenommen. Die Magmatürme schliefen wie Vulkane tief verwurzelt in der Ebene, ragten klar und grandios aus den Baumkronen hervor, erinnerten ihn an das mythenumwobene Bergepos von Tepozteco über der Ortschaft Tepotzlan. Sie sahen friedlich aus, so eingerüstet und mit Stoffbahnen verhüllt. 10

In die Mitte des Terrains befand sich eine Lichtung, in der ein monumentaler Kubus auf sein helles Erwachen wartete: das Institut. Es wirkte wie eine schillernde Raupe und war als Biotop für Forscher aus unterschiedlichen Disziplinen gedacht, welche die Natur nicht als Ansammlung einzelner, voneinander unabhängiger Dinge wahrnahmen, sondern als Leben im Geflecht erforschen wollten. »Wir entstehen als Ganzes, wir vergehen als Ganzes«, hatte eine mexikanische Wissenschaftlerin, die aus Pflanzen Verpackungen herstellte, ihre Arbeit beschrieben. Es gab einen Philosophen aus Nigeria, der über neue Formen des Zusammenlebens nachdachte, und wiederum eine hellwache Juristin aus Ecuador, die an einer weltweiten Verfassung arbeitete, in der die Natur als Rechtssubjekt anerkannt werden sollte. Einmal hatte sie mit leuchtenden Augen vor Viktor gestanden und einen Auszug aus ihrem Gesetzestext zitiert: »*Pachamama*, das ist unsere Mutter Erde, in der sich das Leben verwirklicht und realisiert, sie hat das Recht, in ihrer gesamten Existenz respektiert zu werden.«

Die Gebäude waren durch kleine Stege miteinander verbunden. Sie führten vom Boden hoch in die dichtbelaubten Wipfel, über Pfade zu den Künstlerpavillons und diversen Installationen, die verstreut im Dschungel verborgen lagen. Die Architektur lernte von der Landschaft, versuchte, ihre Schwünge abzufangen und in einen Bravourakt der Balance zu bringen.

Im Respirationszentrum zogen die ersten Gäste ein. Die leichte Hanglage hatte Viktor dazu bewogen, das Fundament durch runde Holzstelen in den Himmel zu heben. Die Stämme der Bäume ragten ins Erdgeschoss hinein, um einen fließenden Übergang zur Umgebung zu bilden. Der Pool aus wiederaufbereitetem Wasser war parallel zum Hauptgebäude platziert worden. Ein Baldachin aus Holz spendete Schatten. Unweit des Respirationszentrums lagen die *Schwimmenden Gärten*, die das Regenwasser sammelten, es reinigten und dem Anbau von Obst und Gemüse dienten, das in der Hotelküche verarbeitet werden sollte.

Er schritt die Stufen der Pyramide hinunter, der Schleier des Wasserfalls beruhigte seine Sinne. Seitlich versetzt vom Eingang des Gebäudes gruben Arbeiter eine kleine Vertiefung. Bald würde hier der Rote Teppich ausgelegt werden. Viktor zog seine Machete aus der Lederscheide, schlug sich den Weg durchs Gestrüpp. Schnelles Rascheln im Unterholz kündete von Tieren, die am Boden Kühle suchten.

Im Schatten der Bäume hielten Arbeiter eine Siesta. Er tippte zum Gruß mit dem Finger an seinen Sombrero und ging über eine

Holzbrücke, die einen strudelnden Bach überquerte und in das Idyll eines von Palmen umfriedeten Gartens führte, der sinnliche Wohlgerüche ausströmte. Viktor genoss den Duft der Orchideen, das Pfeffrige der Papaya, die Süße der Tamarinden. Eine Violinistin spielte für die Pflanzen.

Fernanda saß mit Ángel an einem Tisch und beobachtete eine Mexikanerin beim Servieren ihrer Speisen. Sie trug ein weißes Huipil aus handgewebtem Stoff, breitete Holzteller aus, stellte Bambusbecher auf den Tisch und verteilte kleinere Schalen mit farbenfrohen Gerichten in einer Langsamkeit, als würde sie ein Gemälde fertigstellen. Sie trat einen Schritt zur Seite und erklärte die Speisen: Babymais mit einer Mayonnaise aus Chicatanas-Ameisen, Tortillas aus mexikanischem Blattpfeffer mit Aubergine und Kichererbsen, Fisch mit Cacahuazintle-Saft und Sellerie. Dann goss sie den beiden Gästen kaltes Hibiskusblütenwasser ein und endete ihr Ritual mit dem Niederstellen einer Schale aufgeschnittener Pitahayas, einer purpurroten, sinnlich glänzenden Kaktusfrucht, deren Fruchtfleisch weiß leuchtet.

»Herzlichen Dank«, sagte Fernanda voller aufrechter Bewunderung und wies mit ihrer Linken auf eine weich geschwungene Steinplatte auf hölzernen Beinen. »Viktor, setz dich zu uns!« Fernanda faltete eine Tortilla und führte sie zum Mund. »Die mexikanische Küche ist *completíssimo*«, schwärmte sie. »Wir haben die besten Köche aus Oaxaca, Chiapas, ach, aus ganz Mexiko herbestellt, um täglich neue Menüs zu komponieren.« Sie strahlte fröhlich. »Unsere Gäste werden den Wert der mexikanischen Küche schätzen lernen.«

Ein paar Schritte entfernt, aber in Hörweite, sprach ein aus England stammender Architekt, der sich mit dem Bau eines Pavillons in Xinatli verewigen durfte, mit einem mexikanischen Bauleiter.

»Was ist das?« Der Architekt riss entgeistert die Arme hoch.

»Eine Mauer.«

»Das sehe ich. Nur, ist hier keine geplant.« Der Brite tippte mit dem Finger auf seine Planzeichnung. »Siehst du: *No wall*!«

»Dann reißen wir sie wieder ein, *Señor*!« Der mexikanische Bauleiter zuckte kurz mit den Achseln und pfiff seine Arbeiter zu sich. Sie schleppten Werkzeug herbei. Viktor entging nicht, wie erschrocken Ángel auf die lauten Hammerschläge reagierte. Fernanda hingegen deutete lächelnd auf die Szene.

»In der kleinen Urwaldstadt Xilitla hat der britische Millionär Edward James in den Sechzigerjahren Gott gespielt und mitten im Dschungel einen Skulpturenpark errichtet. Wie in Xinatli auch wurde damals vor allem ein Rohstoff verarbeitet: Fantasie. Der Kunstsammler James galt vielen als Sonderling, die Einwohner Xilitlas nannten ihn nur *Gringo loco*, den durchgeknallten Ausländer. Sein Freund Salvador Dalí sagte über ihn, er sei der einzig wirklich Verrückte im Kreis der Möchtegern-Surrealisten.«

Viktor lachte auf und meinte, man müsse schon sehr verrückt sein, um von Salvador Dalí diese Ehrung zu erhalten.

»Ja, tatsächlich!«, stimmte Fernanda in sein Lachen ein und fuhr dann fort: »Edward James heuerte Hunderte von Steinmetzen, Maurern und Schreinern aus der Umgebung an. Über ein Vierteljahrhundert setzten sie erfinderisch seine Ideen um. Auf einer Reise durch Indien schickte James seinem Lieblingstischler eine Postkarte, auf der er die Säule eines Palastes eingekringelt hatte. Das reichte als Bauanweisung für die mexikanischen Arbeiter, die ihr Handwerk beherrschen und manchmal ihre eigene Fantasie mit einbringen ... da kann schon mal eine Mauer entstehen und wieder verschwinden.« Fernanda konnte ihre Plauderlaune kaum dämpfen. »In James' Dschungelpark macht keines der Gebäude wirklich Sinn. Es gibt Türen, die nicht geöffnet werden können, Treppen, die ins Nichts führen, eine Bibliothek ohne Bücher, ein Haus mit drei Stockwerken, das in Wahrheit fünf hat. Es ist das mexikanische Improvisationstalent, das nicht nur ihn, sondern auch die Surrealisten inspiriert hat«, sagte sie ein wenig zu lehrmeisterhaft und musste über sich selbst lachen. »Entschuldigt! Aber hört zu, es kommt noch besser: Auf seiner Reise durch Mexiko entwarf André Breton einen Stuhl, fertigte eine perspektivische Skizze an und ging zu einem Schreiner. Ein paar Tage später wollte er seinen Stuhl abholen und was war passiert?«, fragte sie in die Runde.

»Wissenslücke«, entgegnete Viktor knapp.

»Der Schreiner hatte ihm einfach einen perspektivischen Stuhl gebaut, mit krummen Beinen. Wenn das nicht wahrer Surrealismus ist! Die Surrealisten aus Europa wollten den Wahnsinn erproben, den sie hier missverstanden haben. Wer Wahnsinn täglich erleben muss, versteigt sich ins Nützliche.« Sie blickte Viktor belustigt an. Dieser fragte sich, wie nützlich eigentlich ihr Unterfangen am Ende war, und wie wahnsinnig. Ángel hatte seinen Teller von sich geschoben und stierte wieder dunkel auf die Baustelle. »Doña Fernanda, entschuldige mich.« Er stand auf und verließ den Palmengarten.

»Was ist mit ihm?«, fragte Viktor.

»Seit Tagen ist er komisch. Ihm bekommt der Lärm nicht.« Sie stützte sich auf ihre Ellenbogen. »Nun zu dir. Wie geht es voran?«

»Es läuft alles.«

»Ja, das denke ich auch.« Sie griff nach einem Umschlag in ihrer Handtasche, entnahm ihm ein Stück Papier, faltete es auf und reichte es ihm.

»Was ist das?«

»Es ist für dich. Du sollst es lesen. Die ersten Zeilen sind unwichtig«, sagte sie noch. »Es geht um Gerätschaften, die im Bergbau eingesetzt werden.«

Mich haben die Lichter der Großstadt überfordert, las Viktor. *Aber auch in diesem Dorf, am Rande der Berge, höre ich sie noch. Die Stimmen in meinem Kopf. Es ist, als seien sie in den Hohlräumen der Mauern oder unter dem Kopfsteinpflaster eingesperrt. Wenn ich laufe, höre ich das Knirschen. Gelächter. Schon recht altes Gelächter, als wäre es müde wirklich zu lachen. Ich bin nunmehr schwer krank, zu schwach, um zu reisen, und habe wahrscheinlich nicht mehr lange zu leben. Ich möchte hierbleiben, bis die Stimmen leiser werden und mein Herz leichter. Ich bitte dich noch um einen Gefallen. Sag meinem Sohn, dass ich nicht mehr die Kraft hatte, ihn zu treffen. Es ist mir schwergefallen, ihm mehr als ein halbes Leben lang nicht gegenüberzutreten, ihn nicht aufwachsen zu sehen. Auch wenn es mir jetzt das Herz bricht, ich habe es nicht geschafft. Ich nehme die Schuld mit ins Grab. Meine letzte Bitte: Gib ihm eine Chance.*

Viktor setzte ab. »Was ist das?«

»Das weinerliche Geschwätz eines alten Mannes.« Sie blickte Viktor scharf an. Für einen Moment hatte er das Gefühl, den Abgrund ihres Schweigens nicht ermessen zu können. »Dein Vater hat sich damals nach Mexiko abgesetzt, um in der Bergbaufirma meines Vaters als Ingenieur zu arbeiten. Er hatte nach einem Vorfall Europa verlassen müssen. Wir wurden …«, sie stockte. »Freunde, Vertraute.« Sie lächelte schwach. »Das Foto bei mir an der Wand, erinnerst du dich? Es war dein Vater. Er hat es nie überwunden, dass er seine alte Familie im Stich gelassen hat. Ein trauriger Mann. Ein Leben lang hat es an ihm genagt. Er wollte dich um Verzeihung bitten. Aber die Krankheit raffte ihn dahin.«

»Ich verstehe nicht.« Der Brief fiel ihm aus der Hand. Der Schmerz, den er wahrnahm, war fern, dunkel und weich. Es war kein Schock, der ihn schlagartig getroffen hatte, sondern eine schleichende Beklommenheit, die ihn umzingelte, um im rechten Moment zuzuschlagen. »Warum zeigst du mir das? Warum jetzt?«

»Es ist an der Zeit.« Sie tupfte sich mit einer Serviette über die Lippen. »Ich will ehrlich zu dir sein. Als Architekt warst du zu unerfahren, um solch ein gigantisches Projekt wie Xinatli zu stemmen. Dir fehlte es an Erfahrung, dir fehlte ein Name. Ich kannte dich nur aus den Erzählungen deines Vaters, er hat deinen Lebensweg verfolgt. Als wir mit der Ausschreibung begonnen haben, sah ich die Chance gekommen. Ich habe mich für dich entschieden, obwohl du nicht die Reife dazu hattest.«

Ich habe eine ökologische Revolution erschaffen – hätte seine eitle, aber ehrliche Antwort lauten können, ein unvergleichliches Bauwerk aus Lehm. Aber er war zu stolz, um es ihr entgegenzuhalten. Stattdessen stand er schweigend auf. Sie hielt ihn am Arm fest. »Hier ist deine Welt, Viktor. Eine Welt, für die dein Vater zu schwach gewesen ist und die du nun mitgestalten kannst. Dein Vater hat nichts erschaffen, er hat seine Arbeit in Gang gehalten, sonst nichts. Aber in dir steckt jemand ...«, sie klopfte sich auf die Brust, »den du bekämpfst. Doch sei dir gewiss, dass dieser Jemand dir hilft, über dich selbst hinauszuwachsen. Ich sage dir, du hast deinen Vater übertroffen. Er hat sich vor vielen Entscheidungen davongeschlichen, du aber bist hier.« Sie atmete auf. »Du hast dich entschieden.«

»Ich muss arbeiten«, sagte er frostig und setzte zum Abschied seinen Sombrero auf. Jahrelang hatte er auf den einen Moment der Wahrheit gewartet, diese Variante jedoch erschien ihm so unsagbar einfach und lieblos. Sein Vater war schlichtweg abgehauen, hatte sich nach Mexiko abgesetzt. Zuerst gab es Öl in Norwegen, dann seine Mutter in Deutschland, zum Schluss Erz in Mexiko. Im Grunde genommen hatte er sich in all die Schöße dieser Erde gebohrt und an ihnen Raubbau betrieben.

»Die Vergangenheit ist ein Grab vieler Irrtümer. Alle haben wir Angst vor ihr«, Fernandas Augen blitzten auf. »Und die Zukunft? Bauen wir sie, Señor Sørless. Bauen wir an ihr. Verstehst du die Tragweite?«

Er dachte an den Schlussstein, den er mit seinem Vater immerzu in den vielen Kirchen gesucht hatte. Gab es auch einen Schlussstein in ihm selbst?

»Bauen wir sie, Viktor«, wiederholte Fernanda noch einmal.

»Ich muss arbeiten«, wiederholte er leise.

DER FRÜHE Nachmittag war von dichten Nebelschwaden gezeichnet, die schwer über der Erde hingen. Auf ausgerollten Yogamatten wurden sehr gelenkige Körper gestreckt, die sich zur gemeinsamen Praxis unter einem natürlichen Baldachin aus dunkelgrünen Blättern eingefunden hatten.

Damion lehnte lässig an der Hotelbar des Respirationszentrums. Er trug ein taubengraues Hemd aus Leinen und eine weite Hose, schwang sein Cocktailglas und ließ darin die Eiswürfel kreisen, ehe er einen kräftigen Schluck durch die Kehle rinnen ließ. Ruhig und gelassen stand er da, als könnte in der Welt nichts Aufregendes mehr passieren.

»*Namaste*!«, grüßte er. Viktor reichte ihm die Hand, Damion wies sie ab. »Im Dschungel gibt man sich nicht die Hand, sonst schwitzt man noch mehr.« Er grinste. »Schönes Hotel. Pardon: Respirationszentrum.« Viktor nahm die Aussage nickend zur Kenntnis.

Damion führte erneut sein Cocktailglas zum Mund, während er die Körper der jungen Frauen fixierte, die kerzengrade in ihren hautengen Leggings auf dem Kopf standen. »Die Tuluminati sind eingetroffen«, kommentierte er die Anwesenheit der jungen Jetsetterinnen, nahm einen weiteren Schluck und sagte mit betont sphärischer Stimme: »Das Licht ist einfach magisch hier, nicht wahr?« Er schien von irgendetwas amüsiert zu sein. Viktor setzte sich auf einen Barhocker und ließ seinen Blick über das Gelände schweifen. Karla ist noch in ihrem Zimmer, dachte er. Auf dem Organisationsplan hatte er gesehen, dass sie heute angekommen sein musste. Der Gedanke ihrer Präsenz war schön – und zugleich beunruhigend.

»Die kleine Blonde dahinten, richtig süßer Arsch!«, provozierte Damion und erhielt Viktors genervten Blick zur Antwort. Unbeeindruckt fuhr er fort: »Sie nennt sich Beverly. Ihr Vater ist stinkreich. Ihre Mutter hat sie mit 16 zum Schönheitschirurgen geschleppt, um ihr die Titten machen zu lassen. Sehr vorausschauend, nicht wahr? Es gibt eine Theorie, laut der ein Mensch gute 10.000 Stunden Unterricht benötigt, um das Klavierspiel zu beherrschen. Piano – wozu all der Aufwand? Titten bringen einen weiter. Beverly fliegt mit der

Kohle ihres Daddys durch die Welt und ist damit als selbsterkorene Transformationskünstlerin ständig auf dem Weg zur besseren Version ihrer selbst. Was sie da noch optimieren möchte, ist mir allerdings schleierhaft. Allerdings redet sie gern, um nicht zu sagen ununterbrochen davon, wohin sie es jeweils treibt und dann auch, mit wem sie es schon getrieben hat. Unterwegs sein«, schwärmte er, »reisen. Innere Heilung. Sich reinigen lassen. Ist ihr unheimlich wichtig. Den finanziellen Aufwand der Selbstoptimierung übernimmt der Herr Papa. Optimale Voraussetzung für einen endlosen Weg.« Die Eiswürfel drehten eine weitere Runde in seinem Glas. »Was soll's. Ich habe sie gern gebumst.«

»Das ehrt dich.«

»Neben ihr atmet Naomi sich heilig. Sie ist ein wenig spiritueller als alle anderen.«

»Verstehe.«

»Glaube ich nicht. Du bekommst echt Ärger, wenn du weniger erleuchtet bist als sie.« Er wechselte den Ton, und fragte ernsthafter: »Was führt dich her?«

»Ich suche den Putzmann.«

»Willst du mich verarschen?«

»Das Putzen ist ein Indikator für mögliche Probleme. Es offenbart, ob die Proportionen eines Gebäudes stimmen. Wenn der Putzmann die Hände überm Kopf zusammenschlägt, war alles umsonst.« Damion wandte sich ab und sah hinüber zu den durchtrainierten Körpern, die sich am nahe beim Saum des Dschungels gelegenen Pool versammelt hatten. »Wie Kröten vor der Paarung an ihrer Wasserstelle. – Willkommen im Beverly Hills des Dschungels!«, sagte er, nur um gleich darauf wieder das Thema zu wechseln: »Hör mal, Viktor, die Pyramide, ihre Form, die Sache mit der klassenlosen Gesellschaft finde ich gut, sehr nobel, irgendwie, alles in allem. Aber, gilt das Konzept auch fürs Hotel? Pardon: Respirationszentrum?«

»Atmet es sich in Höhenluft besser?«

Ein kurzer Blick der Verachtung.

Naomi und Beverly näherten sich mit schlenkernden Armen und betont lasziven Schritten.

»Na, wie war die erste Runde Dschungel-Yoga?« fragte Damion seine Erleuchtete.

»*Magico*«. Kein anderes Wort schien Naomi für ihr eigenes Erstaunen passender sein zu können. »Das Licht ist einfach unfassbar!«

»Cocktails?«, fragte Damion.

Naomi zögerte, musterte die handbeschriebene Kreidetafel mit den Getränkeangeboten. »*Boxja' k'aab iim*?«

»Schwarzes Wasser mit dem Saft der Zitze«, übersetzte Viktor.

»Will heißen: Befleckte Milch, wie die Italiener es nennen. Latte macchiato!«, half Damion und lachte laut zu Viktor hinüber.

Naomi stockte. »Ich glaube, ich nehme einen frisch gepressten Saft. Was ist im *Vampiro*?«

Damion reagierte schnell: »Rote Beete, Spinat, Orange – darf ich Euch einladen?« Die beiden jungen Frauen nickten: »Gern!«

»Ladys, unser Sprachgenie hier heißt übrigens Vicky«, brachte Damion die Unterhaltung in Schwung. Viktor wusste nicht, aus welcher unsichtbaren Tasche die beiden jungen Frauen ihre Handys hervorgezaubert hatten, aber plötzlich lagen sie in ihren Händen und schienen ihre Langweile nur zu mehren.

Damion schubste Viktor an, gab ihm ein Zeichen, das eindeutig zu wissen versprach, wie die Dinge in der Welt der Erlebnisökonomie laufen. »Er ist übrigens der Architekt der Anlage hier«, sagte er beiläufig.

Beverly blickte auf. »Echt? Oh mein Gott, lass uns ein Bild machen.« Sie reichte Naomi ihr Handy, hakte sich bei Viktor ein, warf ihre blonde Mähne zurück und lächelte breit über ihr hübsches Gesicht. Naomi drückte in dreister Gleichgültigkeit ab und reichte ihrer Freundin das Handy. Beverly vergewisserte sich der Aufnahme, mit der sie nicht zufrieden war. »Kannst du nicht ein bisschen natürlicher lächeln?«, fragte sie. Viktor lag ein Satz auf der Zunge, den er aber nicht aussprach, und schon hakte sich Beverly ein zweites Mal bei ihm ein, warf wieder ihre Mähne zurück und lächelte nun selbst so natürlich wie möglich. Naomi drückte ein weiteres Mal ab, Viktor schloss die Augen – und mahnte sich zur Ruhe. Beverly prüfte das Ergebnis. »Oh, das sieht gut aus! So träumerisch«, erklärte sie. Viktor lächelte dünn und wandte sich an Damion: »Kannst du mal übernehmen? Gleichgültigkeit liegt dir doch!«

Er ging ab.

Der Zauber des Ortes war offensichtlich fragil, es war nur eine Frage der Zeit, wann auch hier die Logik des Marktes greifen würde. Viktors Stimmung heiterte sich erst wieder auf, als er einen Dschungel-Linguisten aus Honduras mit seinen Mikrophonen in den Bäumen erspähte, der mehr mit Reptilien als mit Menschen kommunizierte und ein Vokabular allen Lebendigen ausarbeitete.

Viktor verließ die Außenanlage, seine Schritte hallten auf den Steinplatten wider. Am Haupteingang, der zu den Zimmern und Suiten führte, stand ein Baumriese, um dessen Stamm die sechs Meter fünfzig hohe Decke eine kreisrunde Aussparung aufwies, sodass man hoch zu seinen sich stark vergabelnden Ästen blicken konnte. Sein Laubdach spendete Schatten und verwischte die Grenze zwischen Innen- und Außenwelt der Anlage. Kleine Schilder markierten den Weg ins Innere. Sie waren in die Lehmwände eingearbeitet. Eine mexikanische Künstlerin hatte sie aus Amethysten angefertigt und poetische Begriffe wie *Progreso* oder *Soledad* benutzt, um die unterschiedlichen Stockwerke und Bereiche zu markieren.

Viktor schlug die Richtung der *Recuerdos* ein – der Erinnerungen, und folgte der hölzernen Treppe hinauf in den zweiten Stock, wo Fernanda ihre Suite bezogen hatte. Die Tür zu ihrem Apartment stand offen. Im Raum hantierte Karla an ihrer Kamera, positionierte sie auf einem kleinen Stativ. Sie merkte nicht, wie er den Raum betrat, wie er ihre Handgriffe musterte, ihren Nacken, der leicht verschwitzt glänzte. Ihr Haar trug sie nun etwas länger, es fiel ihr in Locken über die Ohren.

Viktor räusperte sich entschuldigend.

Karla drehte sich um.

»Du bist hier«, sagte er.

»Heute angekommen.«

»Bereitest du ein Interview vor? Mit Fernanda?«

»Ja, das letzte.«

»Gut.«

»Möchtest du mir etwas sagen?«, fragte sie.

»Hast du die Geschichte mit deinem Vater überwunden? Hast du Jeanne getroffen?«

»Ja«, sie hat mir erklärt, wo sie das Foto gefunden hat, in welchem Revier, unter welchen Umständen.« Sie zuckte mit den Achseln. »Ich bin nicht grade glücklich darüber, dass mein Vater, dass sein Blut hier ausgestellt wird.« Sie fröstelte, rieb sich mit beiden Händen die Oberarme. »Aber am Ende es ist eben nur Blut. Abstraktes Blut, das nicht mehr fließt.« Ein deutlicher Schmerz zeigte sich in ihren Zügen. »Ich hätte mir eine andere Version über sein Verschwinden gewünscht«, sagte sie nun sanfter, ihre Gesichtszüge wurden weicher, versuchten nicht mehr zu verbergen, wie sehr sie gelitten hatte. »Aber dreht sich die wesentliche Frage nicht tatsächlich darum, ob wir ein faktisches Ende wirklich brauchen, wenn ein Mensch verschwindet? Wie viel Offenheit halten wir aus?« Sie wandte sich wieder ihrer Kamera zu. Mit einem Klick startete die Aufnahme. Sie prüfte noch einmal den Bildausschnitt, schob einen Sessel beiseite, und richtete mit sicheren Handgriffen die Szene ein.

»Du bist mutig«, sagte er. »Wollen wir ein Ende finden?«

»Was meinst du?«, fragte sie, noch ganz in ihrer Choreografie der Vorbereitung vertieft.

»Gehen wir spazieren. Ich setze dich später hier wieder ab«, schlug er vor. »Komm.«

Sie verließen die Suite der Erinnerungen, gingen schweigend nebeneinander, bis sie über schmal eingefasste Trampelpfade das Dickicht am Saum des Urwalds erreichten. Blätter streiften ihre Gesichter, die Schwüle der Abendsonne ließ sie weich werden.

»Weißt du schon, was du machen wirst, wenn du die Doku für das Museum abgefilmt hast?«

»Ich werde nach Japan gehen, oder in die Demokratische Republik Kongo.«

»In den Kongo?«, fragte er und versuchte nicht daran zu denken, wo sie in ein paar Jahren sein mochte. Doch die Vorstellung, sie in der Ferne zu wissen, beunruhigte ihn.

»Im Osten des Landes wird sexuelle Gewalt gegen Frauen als Kriegswaffe eingesetzt«, sagte sie. »Die Milizen dort foltern und missbrauchen Mädchen und Frauen, um die sozialen Strukturen zu zerstören. So können sie besser die Minen unter Kontrolle bringen, aus denen sie die Rohstoffe für unsere Akkus ziehen. Ich will dort filmen. Die Augen vor diesem Drama zu verschließen, hieße, sich schuldig zu machen.«

Er nickte und war von ihrem Wagemut beeindruckt.

»Wohin gehen wir?«, fragte sie.

»Wir sind gleich da.« Sie traten auf eine Lichtung. Die Luft war frisch vom schweren Regen, der inzwischen einer aufdampfenden Feuchtigkeit gewichen war. Vor ihnen erhob sich im Dunst der anbrechenden Nacht das Museumsgebäude, die Pyramide. Seitlich zum Eingang war der Rote Teppich ausgerollt worden. Sie traten näher an ihn heran. Karla kniete nieder, tastete ihn gedankenversunken ab und berührte behutsam das Gewebe des Stoffes. Eine schwarze Strähne fiel ihr übers Gesicht.

»Ich habe gestern etwas über meinen Vater erfahren«, fing Viktor leise an. »Eigentlich habe ich nur begriffen, dass er ein Feigling war, mehr nicht. Die Erinnerung an ihn bleibt etwas, das ich nicht verstehen werde, damit muss ich wohl leben.« Er hielt inne. »Für alles andere ist es nun zu spät, etwas bleibt für mich ungeklärt, ganz ähnlich wie für dich mit deinem Vater.« Er ging langsam auf sie zu, mittlerweile war sie wieder aufgestanden. Er machte einen ersten Schritt auf den Teppich, dann einen zweiten; das Gewicht seines Körpers sank ins Gewebe des Stoffes ein und hinterließ flache Abdrücke. Er trat an Karla heran. Beide spürten die Stöße ihres

Atems, kurz darauf schlugen ihre Köpfe aneinander – hart, stur, mit dem Willen, zu obsiegen. Seine Hände glitten zu ihrer Hüfte hinab und suchten Halt.

Er hatte diesen Augenblick herbeigesehnt. Sie hatte gefehlt, nichts weiter. Ihn erfüllte Dankbarkeit, dass sie da war. Sie sah ihm in die Augen, öffnete leicht ihren Mund, ihre Lippen berührten sich, wie Feuer Baumwolle berührt. Sie packte seinen Schopf und zog seinen Kopf zur Seite. Stille. Sie verharrten in ihrer jeweiligen Position. Noch immer sah sie ihm direkt in die Augen. Weich und bestimmend zugleich. »Mach alles auf!«, flüsterte sie. »Versprich es mir, alles!«

»ENTSORGT IHN!«, brüllte Ángel zornig. Der Hüne hatte einen luftigen Flanellanzug angezogen, die straffe Haltung eines eingefleischten Exerzierplatzmeisters jedoch nicht abgestreift. Ein Vogelschwarm sammelte sich über den Kronen der Bäume, zog Kreise in der Luft, bevor sich einige Exemplare auf den Ästen niederließen, um wie Schaulustige die Szene zu begaffen.

Über den Pfad, den Viktor eingeschlagen hatte, zog eine armdicke Schlange ihren glänzenden Körper ins tiefere Dickicht. Er war in Karlas Zimmer aufgewacht, hatte den Raum verlassen, weil er sie nicht hatte vorfinden können, und dann Benedetto gesucht, der, gemeinsam mit den anderen Journalisten, inzwischen auch schon angekommen war. Ziellos war Viktor über die Wege durch den Dschungel geirrt, vergeblich hatte er versucht, den Chor seiner inneren Stimmen zu bändigen, als er schließlich auf die Lichtung gestoßen war. Die Leiche eines Vorarbeiters wurde auf einer Trage weggebracht. Sein Hemd war zerfetzt und blutig, die Hose aufgerissen, sein Gesicht von einer Schusswunde entstellt.

An einem kleinen Holzschuppen lehnten Werkzeuge. Ein Schubkarren stand herum.

»Was ist passiert?«, fragte er in Ángels Richtung, der ihn starr anblickte.

»Arbeitsunfall.«

»Es sieht nicht wie ein Arbeitsunfall aus!« Viktor näherte sich der Leiche des Vorarbeiters, die wie Bauschutt wegtransportiert werden sollte. Er zog seinen Sombrero ab und führte ihn zur Brust. »Das ist doch Paco!«, rief er und schaute irritiert auf Ángel. »Das ist Paco. Ich kenne ihn von der Baustelle, er hat mit mir gearbeitet!«

8

Ángel packte ihn am Arm. »Wir regeln das!«

Viktor löste sich mit einer schnellen Bewegung aus dem Griff. »Was regelt ihr?«

»Meine Sorge. Kümmere du dich um deine Arbeit.«

»Ich habe hier nichts mehr zu tun.«

»Dann kümmere dich um deine *Chica*«, Ángel klang plötzlich übertrieben spöttisch. »Besorg es ihr, wo immer du magst. Verplempere deine Zeit, wenn du meinst, es bringt dir was. Ich sage dir, es bringt nichts. Nur: Halte dich hier raus, komplett raus! Verstanden?«

Viktor begriff die Drohung. Sein Mund stand offen, er verspürte Lust, Ángel ins Gesicht zu spucken.

»Was ist?« Ángel trat einen Schritt auf ihn zu. »Dir fehlt der Mumm, es mit mir aufzunehmen.«

Da schlug Viktor zu. Ángel schrie auf und rammte Viktor seine Faust in den Bauch, warf ihn im nächsten Augenblick zu Boden, presste seinen Ellenbogen gegen Viktors Schläfe, der sich unter Ángels schwerem Körper wand. Ángel würgte ihn, schnürte ihm die Luft zu, bis er nahezu erstickte.

»Du kleiner Wurm«, schrie er. »Ich sagte: Wir – regeln – das!« Dann ließ er von ihm ab und wandte sich wieder den umstehenden Arbeitern zu. »Los!«

Man trug die Leiche weg. Viktor keuchte und rappelte sich auf. Der Trupp der Männer war im Dschungel verschwunden. Viktors Schädel schmerzte, sein Herz raste, er hatte noch immer Schwierigkeiten zu atmen. Er trauerte in seinem eigenen Elend um Paco, mit dem er sich angefreundet hatte, da er ihm mit seiner Freude und Zuversicht bei allen notwendigen Veränderungen am Bau stets loyal zur Seite gestanden hatte. Abends war er Tag für Tag über viele Monate hinweg immer der letzte gewesen, der zu Fuß zurück in sein Dorf marschiert war, heim zu seiner Familie, während die anderen schon längst bei den Ihren waren. Was soll ich tun?, dachte Viktor. Die überwältigende Kulisse des Dschungels und die Tatsache, dass in diesem Moment eine Leiche in ihm zum Verschwinden gebracht wurde, sprachen eine eindeutige Sprache.

DIE SUITE öffnete sich mit einem breiten Balkon zum Dschungel. Ángel trat ohne anzuklopfen ins Zimmer, die Vorhänge der geöffneten Fenster flatterten unter einem Windstoß auf. Fernanda stand mit dem Rücken zu ihm im Rahmen der Schiebetür des Balkons. Ihr Schatten reichte bis in die Mitte des Raums und warf seine Konturen auf den Holzboden. Sie drehte sich um. »Du siehst besorgt aus«, stellte sie ausdruckslos fest.

»Eduardo droht uns«, sagte Ángel außer Atem. »Er hat einen Vorarbeiter töten lassen.«

Sie schluckte und ging langsam auf ihn zu. »Der Immobilienhai? Was ist passiert?«

»Wir haben Paco heute morgen tot auf der Baustelle gefunden. Seine Leiche wies mehrere Einstiche und eine Schusswunde auf.« Ángel spürte seine Finger zittern. ›Grausamkeit ist schlecht fürs Geschäft‹, hallte es in ihm wider. Statt einer womöglich besorgten Frage aus Fernandas Mund traf ihn ihr bohrender Blick.

»Niemand hat davon Wind bekommen«, sagte er.

»Wirklich niemand? Die Hotelgäste, die Presse?«

»Niemand, bis auf die Arbeiter«, antwortete er schließlich. »Und Viktor.«

Ihre Hand fuhr krachend auf den Tisch nieder. »Verdammt, wir hätten uns nicht auf irgendwelche Deals einlassen sollen!« Fernanda wirkte plötzlich um Jahre gealtert »Ich hätte es wissen müssen …« Nachdenklich blickte sie zu Boden. Für einige Sekunden war es totenstill.

»Der Mord an Paco ist traurig, aber niemand muss davon erfahren«, sagte Ángel langsam. »Ich kann das regeln.«

»Was willst du regeln?!«, rief sie empört. »Einen Mord? – Was ist mit Viktor?«

»Er ist ein Feigling. Er wird nichts tun.«

»An dem Museum klebt jetzt Blut!«, fauchte sie und tippte Ángel auf die Brust.

»An Geld klebt immer Blut.«

Sie ging unruhig im Raum auf und ab. Ángel versuchte, sie zu beschwichtigen: »Du weißt, dass wichtige Geschäfte *oscurito* abgewickelt werden. Gefährlich wird es nur, wenn Licht auf eine Sache fällt. Das wird nicht geschehen. Wir sind mit einer Zahlung in Rückstand. Er wird sich besänftigen lassen, wenn das Geld wieder fließt.«

»Zu spät«, sagte sie. »Es ist zu spät. Die Geschichte wiederholt sich! Sie wiederholt sich auf brutale Weise!« Plötzlich sackte Fernanda zusammen, ihre Lider begannen unkontrolliert zu zucken, ihr Mund öffnete sich wie für einen Schrei, aber sie blieb stumm. Ángel näherte sich ihr, wagte aber nicht, sie zu berühren. Fernandas Spannung löste sich in Tränen. »Ich habe damals das Kind bei mir aufgenommen, dessen Eltern bei einer Explosion gestorben waren, die mein Vater mit seiner Profitgier zu verantworten hatte.« Sie redete nicht in Ángels Richtung, sie sprach auf sich selbst ein. »Und wieder kommen Eltern um, weil sie ihrer Arbeit nachgehen. Wir haben einem Kind das Kostbarste auf dieser Welt geraubt, was es haben kann. Für ein Museum, für eine Idee.« Sie sah an Ángel vorbei mit ins Leere laufenden Augen. »Dieser Ort hat seine Unschuld verloren. Was soll nun werden?«

Eine Frage, die Ángel weder beantworten wollte noch konnte. Stattdessen sagte er seelenruhig: »Ich tue, was zu tun ist. Ich fahre persönlich zu Eduardo und versichere ihm, dass die Zahlung unterwegs ist« Und damit verließ er den Raum. Fernanda blieb wie erstarrt sitzen.

Tierische Schreie drangen aus dem Dschungel an ihr Ohr. Das Sonnenlicht brannte durchs Blätterdach und glühte im Raum nach. Nur ein kleines Licht summte vor sich hin. Ein rotes Licht. Karlas Kamera war auf Aufnahme gestellt.

DER WASSERFALL stürzte rauschend hinab in ein Becken aus hellem Türkis, das sich in mehreren Stufen tief in die Erde grub. Das sprudelnde Wasser drang über ein eng geführtes Flussbett aus dem Dickicht des Dschungels in die Anlage. Gischt spritzte auf, stob empor und sprühte Viktor einen zarten Film aus feinsten Wassertropfen ins Gesicht. Er stand knietief im Wasser, empfing die Kühle in der Hoffnung, sie könne alle Brände in ihm löschen. Es ist viel passiert in den letzten Wochen, dachte er. Die jüngste Begegnung mit Karla, die Wortmeldung seines Vaters aus dem Jenseits und jetzt die Ermordung von Paco. Die Ereignisse hatten ihn wie eine Sprungfeder auseinandergedehnt, doch statt nach der Anspannung wieder in Position zu schießen, schien seine innere Feder gerissen, endlos entformt. Er sah hinüber zum Urwald und dachte kurz: Hier reift das Ewige. Am Saum zum Wald standen zwei Bäume, deren Geäst ins Blau des Himmels ragten. Zwei Bäume: Dem Urwald entrissen und in riesige Kessel verpflanzt. Zwei Bäume, die sich nun auf Schienen aufeinander zubewegten, wie es die Installation des Künstlers Michael Sailstorfer vorsah. Achtzig Jahre sollte ihr Weg quer über das Terrain andauern. Langsam kamen sie einander näher, würden in der Zukunft an einem genau festgelegten Zeitpunkt aufeinandertreffen, ihr sattes Laubwerk ineinander verweben, ihr Grün vereinen. Danach waren sie bestimmt, ihren vorgebahnten Weg fortsetzen, bis an das Ende der Schiene, um dort wieder ins Erdreich eingepflanzt zu werden und sich ein weiteres Mal im Boden zu verwurzeln. In gegenseitiger Reichweite, doch erneut voneinander getrennt. Die Vorstellung, diese beiden Giganten drifteten aufeinander zu wie zwei Liebende, nur, um sich dann wieder zu verlieren, und dass dies zudem menschengemacht war, brachte eine Unwucht in seine Gedanken.

Neben einem mächtigen Sapotenbaum saß Benedetto auf einem Stein am Ufer und las. Als er Viktor bemerkte, legte er sein Buch beiseite und watete durchs Wasser auf ihn zu.

»Grandios, nicht wahr?«, sagte Benedetto und sah auf die Bäume, die noch Hunderte Meter auseinanderstanden.

Viktor atmete tief durch: »Ich kann kaum sagen, an welcher Stelle es mir mehr weh tut, wenn ich an das Los der beiden Bäume denke: Die Vorstellung, dass sie sich treffen oder dass sie sich wieder voneinander lösen?«

»Mich fasziniert die Schiene«, sagte Benedetto leise. »Die Illusion der Fügung.«

Ihre Blicke trafen sich, vorsichtig der eine wie der andere. Viktor sah als erster weg: »Nichts ergibt mehr Sinn.«

Benedetto griff nach einem flachen Stein und warf ihn über die Wasseroberfläche. Er versank nach zwei Sprüngen. »Ist es die Abwesenheit von Sinn, die dich kränkt? Oder glaubst du bloß, keinen zu finden?«

»Ich bin es leid, zu suchen«, seufzte Viktor. »An falschen Orten, in mir.«

»Was meinst du?«

»Das Denken macht mich inzwischen müde. Ich will nicht mehr in die eigene Psyche absteigen, um nach irgendwelchen Erklärungen zu suchen«. Er schüttelte mürrisch den Kopf. »Ein dunkles Bergwerk, in dem nichts Kostbares mehr verborgen liegt. Ich empfinde nur Zorn und Verbitterung. Ich habe den Eindruck, es sei ab einem gewissen Punkt nicht mehr wichtig, noch genauer die Motive des eigenen Handelns zu erforschen. Purer Luxus in einer Zeit, die alles ins Belanglose zieht, nichts weiter. Man verebbt schnell an der eigenen Existenz. Ich bin durch damit, alles fühlt sich hier ...«, er klopfte sich mit dem Zeigefinger auf die Brust, »irgendwie eng an, irgendwie bedrückend, was weiß ich ...«

»Ja, ja, düstere Diagnosen, unendlich viele Therapieangebote.«

»Ich meine es ernst.«

»Was genau?«

»Die Frage, was kommt nach dem Ich.«

»Ich verstehe dich nicht.«

Viktor blickte seinem Freund offen in die Augen. »Schau mich an, große Ideale. Ich will etwas schaffen, um die Realität, in der wir leben, zu überwinden. Dabei verleugne ich alles, was ist. Warum habe ich so viel Angst vor der Wirklichkeit? Mag sein, aus dem Bedürfnis heraus, meine bisherigen Zurückweisungen, meine Verletzungen durch Anerkennung meiner Leistung zu überschreiben. Diese Verletzungen sind doppelzüngig! So lange sie wirken, bleibe ich in Gegnerschaft zu mir selbst, und lasse die Welt um mich herum außen vor.« Er schnippte mit den Fingern und deutete auf Benedetto. »Und jetzt schau dich an. Du bist auch ein Genie des Egoismus, ein belesener Pornodarsteller, der Auflösung im rosafarbenen Fleisch sucht und neben belangloser Reiseliteratur noch Artikel schreibt, in der Hoffnung, ganz groß rauszukommen. Was bringt dir das? Gebäre doch ruhig ein paar tanzende Sterne. Schön für dich – und so unendlich eitel. Die Suchbewegung deiner Lust ist doch nur ein zum Scheitern verurteilter Versuch, deinen existenziellen Ballast in den Abgrund des Vergessens zu treten. Aber ich sage es dir: Da hast du keine Chance. Das meldet sich alles wieder zurück.«

Benedetto musste laut lachen, dann schaute er Viktor ernst an. »Mein Lieber, ich kann die Welt ertragen, wie sie ist. Ich kann sie so stehen lassen. Trotzdem müssen mein Schmerz und meine Empörung nicht lächerlich sein. Aber«, brach es aus ihm heraus, »ich kann der Welt zugewandt bleiben, sie in vollen Zügen genießen.«

»Genießt du sie oder nutzt du sie ab?«

»Was willst du mir eigentlich sagen?«

»Allein sind wir niemals einzigartig, sondern einfach nur allein.«

Viktor ging einen Schritt auf Benedetto zu, legte ihm seine rechte Hand um den Hals und erforschte sein Haar, das in der Sonne glänzte, dann ließ er die Hand wieder sinken. »Sind wir nicht alle allzu beschäftigt mit der eigenen Leidenserzählung, von der wir glauben, sie sei eine besondere? Sollten wir nicht aus ihr heraustreten, wie aus einem zu klein gewordenen Kinderzimmer, dem man längst entwachsen ist? Auch in Italien. Können wir nicht den Augenblick miteinander teilen, ohne ständig wie ich nach Zukunftsentwürfen zu schielen oder in der Bemühung, unsere Vergangenheit aufzulösen, wie du? Weg mit der Schwebe, seien wir einfach da!« Stumm standen sie sich einen Augenblick lang gegenüber. Dann hob Viktor wie aus dem Nichts wieder seine Rechte, näherte sie vorsichtig dem Gesicht seines Freundes und begann mit der Kuppe seines Mittelfingers dessen Wangenknochen nachzuzeichnen, seine Schläfen, seine Brauen, dann strich er ihm durchs Haar und presste schließlich in einer keuschen Bewegung seine Lippen auf Benedettos Mund. »Du bist eine Provokation«, sagte Viktor, nachdem sie wieder voneinander abgelassen hatten, »eine gute.«

Benedettos Mund blieb offen. »I-Ich ...«, stammelte er dann, und erwiderte schließlich den Kuss, kaute sanft an Viktors Lippen, »... ich habe schon lange nicht mehr gestottert.« Er lächelte. »Meine Klassenkameraden haben mich *Be-bé* genannt, nachdem ich versucht hatte, meinen Vornamen auszusprechen. Später habe ich ganze Gespräche im Voraus in meinem Kopf abgespielt. Verrückt, nicht wahr? Und riesige Absätze auswendig gelernt, anstatt sie in der Klasse aus den Lehrbüchern vorzulesen.«

Viktor dachte an Benedettos Zimmer in Berlin, an die Abbildungen der Buchstaben, an den Jali, durch den das Licht geströmt war. Er sah dem Verlauf des Ufers nach. »Komm mit!«

Er zog Benedetto durch das künstlich angelegte Becken, seitlich vorbei am Wasserfall, den Abhang hinauf. Oben angekommen, standen sie vor einem großen, rechteckigen Spiegel, der zwischen die Felsen eingeklemmt und mit Holz eingerahmt war.

»Wohin willst du?«, fragte Benedetto.

»Ich wollte schon immer mal durch einen Spiegel gehen«, sagte er geheimnisvoll. »Eine Künstlerin hat diesen hier aufgestellt und dies- und jenseits seiner beiden Seiten Pflanzen und Steine exakt gleich angeordnet. Man gelangt auf die andere Seite der Erscheinungen, aber lass uns weiter hochgehen, dort oben ist es wunderschön!« Sie stiegen bergan und gelangten zur Anhöhe, wo sich in einem tiefen Becken das Flusswasser sammelte, bevor es schäumend in die Tiefe fiel. Viktor entkleidete sich. Benedetto schaute ihn an, tat es ihm gleich. Viktor ging auf ihn zu, stand ihm gegenüber, streifte über seinen Nacken, spürte die eigensinnige Zirkulation des Blutes. Er legte beide Hände auf Benedettos Brust, begann ein Spiel der Bewegung hinauf zum Hals mit der einen und hinab zum Bauch mit der anderen, und weiter zu zwei feinen, von straffen Muskeln betonten Leistenfalten. Viktor besah sich den Körper seines Freundes genau, der nun seinerseits das Spiel der Hände begann. Als Viktor es schließlich wagte, Benedettos Glied zu umgreifen, stöhnte dieser leicht auf und blinzelte ihm zu. Viktor küsste ihn, legte ihm die Hand auf die Schulter und drehte ihn zur Seite. Mit der anderen Hand streichelte er die Oberschenkel, umrundete die Backen seines Hinterns, und wollte weiter und tiefer in das Geheimnis dieser Spalte vordringen, die sich ihm hinzugeben begann. Er beugte Benedettos Rücken leicht nach unten, fuhr mit den Fingerspitzen aufwärts über dessen Wirbelsäule, über Nacken und Schultern, faltete schließlich Benedettos Arme überkreuz auf und hielt sie wie zwei Zügel fest im Griff. Sein Schwanz pochte, richtete sich auf. Er fuhr mit ihm Zentimeter um Zentimeter über Benedettos behaarte Spalte – und sank ein. Einsinken – Benedettos Arme im Rücken gestreckt, seine Beine leicht auseinandergeschoben. Einsinken – während sich sein eigener Körper spannte, um tiefer eindringen zu können, griff Benedetto nach Viktors Flanke und drehte ihn zu sich. Sie kämpften, sie fielen zu Boden, sie keuchten, Viktor nahm Benedetto schließlich in sich auf, sie wälzten sich hin und her, brachen wie Wellen ineinander, sanken schließlich erschöpft aus ihrer Umklammerung. Benedetto legte ihm die Hand auf den Bauch. Sie schliefen am Wasser ein.

EIN RASCHELN weckte sie auf. Sie lösten sich aus ihrer Umarmung, zogen sich an, gingen wortlos den Weg zurück vorbei am Trickspiegel. Plötzlich kam Karla aus dem Dschungel auf sie zugelaufen, mit hochrotem Gesicht. »Schaut euch das an!«, rief sie laut und zeigte auf ihre Kamera. Hastig bediente sie Knöpfe, schob eine Hand über die Anzeige, um Schatten zu spenden, und spielte die Aufnahme ab: Ein leeres Zimmer, Fernandas Suite: Lange passiert nichts, dann betritt die Museumsgründerin den Raum.

»Ich will sie nicht ausspionieren.« Viktor blinzelte Karla zu.

»Warte«, sagte sie. »Gleich wird's interessant.«

Ángel taucht auf, schweißgebadet.

»Ist das von gestern?«, fragte Viktor.

»Nun warte doch!«, forderte Karla.

Leicht genervt lauschte er der Unterhaltung, bis Ángel ihn schließlich einen Feigling nannte. Er blickte Karla an, ehe sie die Aufnahme stoppte.

»Was machen wir?«, fragte sie aufgebracht.

»Ich weiß es nicht.« Viktor wischte sich Schweiß von der Stirn. »Können wir etwas tun?«

»Entweder wir machen die Sache publik und das Museum ist gestorben«, erklärte Benedetto, »oder wir halten die Füße still und lassen die Dinge sich selbst regeln.«

Karla widersprach aufs Heftigste: »Menschen mit Macht kommen davon, weil sie keiner Rechenschaft verpflichtet sind. Das passiert immer, wenn sich die Dinge selbst regeln.«

»Sollen wir die Eröffnung des Museums verhindern. Ist das besser?«

»Ach, der Herr Architekt. Zum ersten Mal was gebaut, wie?«

»Darum geht es nicht, du hast keine Ahnung.« Viktor fuhr Klara scharf an und packte sie verärgert an beiden Schultern, die er sofort wieder losließ. »Was ist nur mit dir?«, fragte er leise. »Besser, wenn Besucher gar nicht erst über den Roten Teppich schlendern, über deinen toten Vater?«

»Ich habe dir gesagt, ich habe Frieden damit geschlossen.«

»Ich weiß nicht, ob ich dir glaube.«

»Glaube, was du willst.« Sie wandte sich wütend ab. Viktor atmete tief durch. Vor ein paar Stunden hatte er noch stärker an Zärtlichkeit geglaubt als an Parolen, jetzt aber beharrten sie alle drei wieder nur auf der Gesetzmäßigkeit ihres eigenen Urteils.

»Wartet«, mischte sich Benedetto ein. »Ich kann es veröffentlichen. Die Geschichte hat Sprengkraft. Ich weiß, wem ich es anbiete. Viktor, deck die Machenschaften mit mir zusammen auf!«

»Du willst also endlich deinen großen Coup landen!«

»Wie bitte?«

»Ich habe immer an Utopien geglaubt. Wisst ihr, was Utopie bedeutet? Nicht-Ort. Eine Wunschvorstellung, in der alles absolut perfekt ist. Lange habe ich nur das Prinzip Alles-oder-nichts gelten lassen. Ich wollte immer alles umgestalten, in einer totalitären Vision. Lehm löst sich, ich tue es nicht. Vom Nächstbesten wollte ich nie etwas wissen. Xinatli ist nicht perfekt, wahrlich nicht, aber vielleicht ein Anfang. Was wird dieser Ort zerstören, was wird er erschaffen?« Viktor blickte in zwei unbeugsame Gesichter. »Paco ist hier gestorben«, bettelte er hilflos. »Sein Tod soll nicht umsonst gewesen sein. Auch er – auch er … «, wiederholte Viktor, » … auch er hat an dieses Museum geglaubt. Die Idee war in ihm. Er hat sie bereits in die Welt getragen.«

»Unrecht bleibt Unrecht«, entgegnete Benedetto knapp. »Die Leute müssen davon erfahren. Wir sollten veröffentlichen.«

»Dann stirbt das Museum«, entfuhr es Viktor leise.

»Dann lassen wir es sterben.«

»Gibt es noch eine andere Möglichkeit?«, fragte Karla.

»Ja, ein Neubeginn«, sagte Viktor und hütete seine letzten Worte wie ein Geheimnis. Er sprach sie tonlos vor sich selbst aus. »In uns.«

»MEINE FRAU ist im Zimmer.« Ángel nickte Felipe zu und nahm den sanften, über allen Zimmern liegenden Geruch nach Krankheit und Putzmitteln wahr. Er trat vorsichtig ins Schlafzimmer, wo Maria zugedeckt auf dem Bett lag. Ihm fiel auf, wie dünn ihr Haar geworden war, wie eingefallen ihre Haut wirkte. Als sie ihn erblickte, schienen ihre Augen kurz aufzuleuchten. Er setzte sich neben sie auf einen Stuhl. Schweigend blickte er sie an.

»Du bist gekommen«, flüsterte sie erleichtert.

»Ich war gerade in der Gegend«, antwortete er.

Sie wandte ihren Kopf zur Seite und hustete. »Ich habe mehr Tumor als Gedärm in mir«, sagte sie. Dann musterte sie ihn unerträglich lang.

»Ich bin immer noch derselbe«, grummelte Ángel. »Ich kann den Tod nicht wertschätzen, weil ich das Leben nicht wertschätze.«

»Weißt du«, sagte sie leise, aber entschlossen. »Ich habe unsere Zeit geschätzt. Du warst gut zu mir. Du hast deine Welt außen vorgelassen. Auch wenn ich gemerkt habe, dass sie dich innerlich zerfrisst.« Das Sprechen bereitete ihr sichtliche Mühe und doch sprach sie weiter: »Du darfst nicht warten, bis die Erde die Erinnerung an all deine Verbrechen schluckt. Gerade, weil an so vielen Orten deine Erinnerungen neben fremden Körpern begraben liegen.«

»Ja, ich trage Schuld in mir«, sagte er. »Sie wird dadurch nicht geringer, dass ein anderer das Gleiche getan hätte.« Er schüttelte den Kopf. »Es hilft nichts, zu wissen, dass man auf eine krumme Bahn geraten kann, die keine krumme Bahn mehr ist, sobald sie sich als einzig gerader Weg aus einem Leben voller Armut und Elend erweist.« Ángel zeigte das Gesicht einer gestohlenen Jugend, bleich, scharfkantig, aber schlaff. Maria nickte zaghaft, unter sichtlichen Schmerzen.

»Erzähle es«, flüsterte sie. »Erzähle mir, was in Guatemala passiert ist. Ich will dein Leben mit ins Grab nehmen. Dein ganzes Leben, unser Leben. Erfülle mir diesen letzten Wunsch.« Ihre Stimme klang fast erloschen, er spürte, wie der Druck in seiner Brust anstieg und ihn einschnürte. Er atmete tief durch, und schluckte, dann wurden seine Worte endlich begehbares Land.

»Es war 1982«, fing er an. »Wir kämpften gegen eine kommunistische Guerilla-Truppe. Sie hatten sich in kleinen Dörfern verschanzt. Wir vermuteten unsere Feinde in einem Dorf, tief im Dschungel. Es gab dort nichts, außer lehmigen Straßen, Holzhütten und einer kleinen Kirche. Die Männer des Dorfes sollten sich bei unserem Stützpunkt melden. Aber sie kamen nicht.« Er kniff die Augen zusammen, seine Mundwinkel zuckten. »Wir fanden in der Nähe von ihnen Waffen. Eine Fuhre trug die Initialen der Guerilla-Truppe. Erst später stellte sich heraus, dass es die Initialen der Gründer des Dorfes gewesen sind. Der Zufall wollte, dass es die gleichen Buchstaben waren.« Er zuckte mit den Schultern, als würde es keine große Rolle mehr spielen. »Im Sommer wurden wir zu unserer Mission gerufen. Wir sollten dem Dorf eine Lektion erteilen. Wir verkleideten uns als Guerilla-Kämpfer, tauschten unsere Uniformen gegen Shirts und Hosen aus. Wir trugen sogar rote Armbänder. Schließlich sollte alles am Ende die Schuld der Kommunisten sein.« Er musste tief Luft holen, rang darum, eine feste Stimme zu bewahren.

»Sprich weiter«, sagte sie.

»Ich erinnere mich an die unerträglich sengende Sonne. Wir stürmten das Dorf zur Mittagszeit. Wir traten alle Türe ein und versammelten die Dorfbewohner. Sie leisteten keinen Widerstand. Wir fanden keine Waffen. Unser Kommando trieb die Männer in die Schule, die Frauen und Kinder in die Kirche. Unser Offizier vergewaltigte ein Mädchen vor den Augen seiner Familie. Andere taten es ihm gleich.« Er starrte an die Decke, als könnte er dort eine Antwort finden. Dann blickte er wieder zu Maria. »Wir befahlen den Frauen, uns Essen zu kochen. Es schmeckte sehr gut. Wir aßen alles auf. Ein junges Mädchen heulte, weil sie uns bedienen musste.
Ich sah einen Soldaten, wie er das Mädchen nach dem Essen hinters Haus zerrte. Er sagte zu mir, die *Impfungen* würden starten. Also brachten wir die Dorfbewohner zum ausgetrockneten Brunnen, reine Routine, hatten wir ihnen erklärt. Sie kamen arglos

mit.« Sein Erzählfluss stockte, als er auf dem Nachttisch eine Halskette entdeckte, die er damals Maria zu ihrem dreißigsten Geburtstag geschenkt hatte. Nun hatte sie ihre Augenlider fast geschlossen, lächelte aber mild.

»Erzähl weiter«, sagte sie.

»Ein Soldat nahm dann einer Mutter das Baby weg. Es hatte zu laut geschrien. Er ging zum Brunnen und warf es hinein. Er nahm ein weiteres Kind, und warf auch dieses in den Brunnen. Wir verbanden den Erwachsenen die Augen und zwangen sie, niederzuknien. Wir fragten sie, wo sie die Waffen versteckt hätten. Wir fragten sie, wo die Guerilla-Kämpfer seien. Aber sie wussten von nichts. Dann schlug ich mit einem Hammer auf sie ein.« ›Ihr Verdammten der Erde‹, schrie einer der Dorfbewohner mit halb erstickter Stimme. ›Ihr Hurensöhne werdet alle sterben!‹, brüllte ich und schlug weiter zu. Der Brunnen füllte sich. Als er halb voll war, gelang es einem Mann, seine Augenbinde abzunehmen. ›Schaut mir wenigstens in die Augen, ihr Feiglinge!‹, schrie er. Ein Kaibil war außer sich, schoss den Mann mit seinem Maschinengewehr tot und warf eine Granate in den Brunnen. Am Nachmittag marschierten wir mit ein Dutzend Frauen und Kindern auf einen Hügel. Ein älterer Junge aus dem Dorf warf sich mutig vor uns. Eine Frau sagte: ›Wir sind keine Tiere, die man auf dem Feld erschießt. Wir wissen, dass ihr uns tötet, warum tötet ihr uns nicht gleich hier?‹ Ein Soldat packte die Frau. Der Junge floh. Wir schossen nach ihm. Vergeblich! Er war verschwunden. Wir töteten die Frauen mit einem einzigen Schuss. Mit der Nacht kam die Gewissheit. Es gab nur noch Soldaten, Tiere und Leichen im Dorf. ›Wir haben es zu Ende gebracht‹, sagte ein Soldat stolz. Ich wusste, es war noch nicht zu Ende. Im Morgengrauen liefen drei Mädchen und zwei Jungen in die Mitte des Dorfes. Sie hatten sich irgendwo versteckt gehalten. Ein Lieutenant sagte. ›Ich werde die Jungs richtig anziehen. Ich werde aus ihnen richtige Cowboys machen, mit Stiefeln, Hosen und Shirts.‹« Ángel stockte. Was habe ich da gesagt?, dachte er schlagartig. Woher wusste Damion davon? Einer der Jungen musste überlebt haben! Ángel hielt inne und besann sich erst einige Momente später Marias Bitte. »Wir nahmen die Jungs später in unser Hauptquartier mit«, fuhr er fort. »Ich weiß bis heute nicht, was mit den Mädchen geschehen ist. Wenige Tage darauf kehrten wir zurück ins Dorf und setzten alles in Brand. Die Operation wurde als Erfolg verbucht. Wir haben alle ermordet, grundlos.« Er knetete seine eigenen Hände mit furchtbarer Kraft, als die Energie in seinen Muskeln endlich erlosch, sackte er zusammen. Ein Leben lang war sein Handwerk die Grausamkeit gewesen, von Kindesbeinen an hatte er sie erlernt. In diesem einen klaren Moment jedoch, da er seine Erinnerungen sehen konnte, weil sie ihn ansahen, begriff er sein ganzes Leben als Schande. Er verspürte eine Regung, die er nicht mehr bekämpfen konnte, und weinte leise. »Der Bürgerkrieg tobte noch bis Mitte der Neunziger in Guatemala«, sagte er mit zitternder Stimme. »Dann wurde ein Friedensvertrag unterzeichnet. Die Kaibiles wurden von der Regierung totgeschwiegen. Die gesamte Armee verkleinert. Das Heer schrumpfte von knapp 30.000 Soldaten auf 10.000.« Er lachte unter Tränen auf. »Wie viele andere floh auch ich nach Mexiko. Ich kannte einen Soldaten von der Militärschule der *Gringos* in Panama. Er bot mir Arbeit in einem Kartell an. Ich war gut ausgebildet. Ich konnte töten. Es passte wie die Faust aufs Auge. Die Jahre vergingen, zu viele Jahre. In meinem Leben war jeder Tag ein Todestag.« Er atmete durch. »Aber ich hatte Glück. Ich konnte aussteigen. Das schaffen nicht viele.« Er lachte auf. »Jetzt beschütze ich ein Museum im Dschungel. Irre, nicht wahr? Aber im Dschungel kenne ich mich aus.«

Marias Augen waren geschlossen. Ángel beugte sich zu ihr und horchte nach ihren Atemzügen. Er hörte nur seine eigenen.

DER SPRENGMEISTER José inspizierte das Innere eines der beiden Türme. Die Wände waren komplett mit weißen Leinenbahnen verhängt, ein riesiges Gerüst schraubte sich bis hinauf zur Decke. Beinahe väterlich strich er mit der Hand über eine der vier tragenden Säulen aus Vulkanstein und nickte schließlich zuversichtlich in die Runde. »Ein solches Gebäude zu sprengen, ist, wie das Fällen von Bäumen, eine Kunst.« Seine Worte hallten durch das Innere des Turms. Viktor sah zur Kuppel auf und dachte für sich, wie hoch, wie beherrschend sie doch über ihm schwebte. Das Sonnenlicht strömte durch eine ovale Öffnung herein, die an einen Kraterrand erinnerte, und brach auch seitlich durch rhythmisch versetzte Sehschlitze im Mauerwerk in kleinen Lanzen ins Gebäude. Gespenstische Rechtecke leuchteten zwischen den Gerüststäben an den Wänden auf. Sie waren ebenfalls mit Leinen überdeckt.

»Aber ich verstehe einfach nicht, warum dieses Gebäude gesprengt werden soll. Es ist doch grade erst errichtet worden?«, sagte José und fuhr fort: »Man fällt ja auch keinen Baum, den man soeben erst gepflanzt hat!«

Miguel Mwamba antwortete kurz angebunden: »Lange Geschichte«.

José ging indessen seiner Arbeit nach und markierte bestimmte Stellen an den Säulen mit weißer Kreide. Viktor verfolgte seine präzisen Handlungen mit dem Blick eines aufmerksamen Schülers. »Was genau machen Sie da?«, fragte er interessiert.

»Ich vermerke die Positionen, an denen wir die Hohlräume für die Explosionskörper bohren werden. Die Zündungen müssen so ablaufen, dass das ganze Gebäude senkrecht in sich zusammenfällt. Dafür bedarf es einer sorgfältig errechneten Verkettung in der Abfolge der Sprengungen. Die ersten Markierungen befinden sich auf 20 Meter Höhe, sie sind alle durchnummeriert und zünden in einer genau festgelegten Reihenfolge.«

Miguel klopfte José auf die Schulter. »Unser Meister des Dynamits, vielen Dank!«

Viktor wies auf eine geöffnete Kiste, in der sich mehrere Rollen Sprengstoff befanden. »Das wird alles benötigt, um die beiden Türme zu sprengen?«

»Um Gottes willen, nein!« José lachte auf. »Damit könnten wir das gesamte Museum in die Luft jagen.«

»Können Sie mir zeigen, wie man den Sprengstoff anbringt?«

»Ich dachte, Sie sind einer, der Gebäude baut und nicht zum Einsturz bringt! Aber gut: Zuerst verkabelt man die Drähte. So ... Dann steckt man sie vorsichtig in den Plastiksprengstoff. Ganz vorsichtig. Sonst ...«, José blies seine Backen auf: »Boom!«

»Wie verläuft die Zündung?«, fragte Viktor und hatte mit seinem Interesse den Sprengmeister für sich gewonnen. José lud Viktor ein, ihn später bei der Anbringung der Sprengkörper zu begleiten. Viktor sagte dankbar zu. José verabschiedete sich, um im zweiten Turm seine Arbeit zu verrichten.

»Was für eine Welt genau erschaffen wir hier eigentlich?«, fragte Viktor Miguel angespannt.

»Wir schaffen keine neue Welt, wir suchen nach einer anderen. Ein guter Ausgangspunkt für einen offenen Beginn.«

»Was, wenn wir das Schlechte mit uns mitbringen?«

»Das habe ich bereits getan.«

Viktor starrte Miguel an.

»Hier drinnen wird es sich in etwas Anderes verwandeln«, sagte der Künstler und ging auf eines der verhüllten Rechtecke an der Wand zu. Er legte seine rechte Hand an den Stoff, bereit, das streng gehütete Geheimnis zu lüften und die Identität des ersten Bildes preiszugeben. »Wenn ich dir sage, dass ich mit den Magmatürmen eine Spiegelerfahrung erschaffen habe, wenn ich dir sage, dass sie eine koloniale Erfahrung und den Doppelcharakter der Welt enthüllen, wärest du dann bereit, dein Denken zu überprüfen?«

Viktor nickte stumm, blickte gespannt auf die Hand des Künstlers, die im Begriff war, das Tuch fest zu ergreifen. Die erste Stoffbahn fiel.

»Der Rembrandt«, sagte Miguel, während er sich verneigte. Viktor schluckte. Das hatte er nicht erwartet. Er trat näher an das Gemälde heran, schüttelte ungläubig den Kopf. »Es ist ... unfassbar schön.«

»Beruhige dich! Ein perfektes Imitat, an dem man die berühmte Impasto-Technik ebenso perfekt sehen kann wie am Original selbst«, flüsterte Miguel. »Rembrandt nutzte sie, um das Licht im Gemälde zu beeinflussen. Besonders bei einem weltbekannten Seestück, das in den Neunzigern in Boston aus einem Museum geraubt wurde und seither als verschollen gilt.«

Viktor lachte irritiert. »Ich verstehe nicht, was du vorhast.«

»Ich sagte doch, wir gehen der Sache auf den Grund. Bei der Impasto-Technik wurde Bleiweiß verwendet, um eine dicke, pastenartige Konsistenz der Farben zu erlangen. Produziert wurde Bleiweiß zu Rembrandts Zeit durch gezielte Korrosion von metallischem Blei. Die Fläche, die du hier als Bild siehst, ist voll von dem Gift.«

»Das heißt, ihr habt den Schadstoffgehalt ...« stocherte Viktor im eigenen Begreifen und neigte den Kopf zur Seite.

»... von verschollener Raubkunst untersucht, richtig«, nickte Miguel. »Du siehst hier in diesen Türmen eine Schadstoffbilanz der Kunstgeschichte. Einer weißen, männlichen Kunstgeschichte.« Er lüpfte leicht einen weiteren Vorhang hoch. »William Turner. Er verdankte seinen Ausdruck Sikkativen, die chemisch die Farbe erhärteten.«

Viktor lachte ungläubig auf. »Was hast du vor?«, fragte er, noch ganz unschlüssig.

»Ich will wissen, wie viel Gift aus der Geschichte tropft. Ich habe es hier versammelt. Es wird sich verwandeln.«

Miguel wirkte auf Viktor wie ein Magier, der seinen großen, finalen Trick ankündigt. Er ging an ein verdrilltes Seil, das mit sämtlichen Stoffbahnen verknüpft war. Seine Stimme klang leise, aber präzise: »Sprengen wir die Türme! Machen wir Raum für die vergessene und ignorierte Kunst, der bislang kein Platz auf dieser Welt eingeräumt worden ist. Wir haben die Wahl: Zwischen Dynamit und …« Miguel flüsterte noch leiser: »Biodynamit, organischem Sprengstoff.«

Er zog an dem Seil.

Die Stoffbahnen fielen herunter. Majestätische Stille. Vor Viktors Augen begann die rundliche Krateröffnung des Turms zu glimmen, glutrot wie Lava, das Innere des Turms leuchtete auf, im grünen Fuchsfeuer lebender Organismen, Biolumineszenzen, die eine pulsierende Fläche aus Irrlichtern an den Wänden erzeugten. Viktor ging auf die Knie, er konnte nicht anders. Miguel hatte eine Sixtinische Kapelle erschaffen – aus Pilzen und Flechten. Vor ihm leuchtete in allen erdenklichen Farben, in verschiedener Helligkeit und Intensität, ein Fresko aus organischer Materie auf.

»Es ist wunderschön«, stammelte Viktor, sichtlich ergriffen.

Miguel trat zu ihm. »Ja, nicht wahr? Das ist die Arbeit meiner letzten zehn Jahre«. Er lächelte. »Bereit für einen Rundgang, bereit für die Hintergründe?« Er half Viktor auf die Beine.

»Gern, wirklich gern!«

»Die Superhelden meiner Kindheit waren die Pilze und Flechten der reichen Welt der Sierra Norte. Dort hat jeder Berg, jedes Tal sein eigenes Klima. Mein Vater, ein Pilzfarmer aus Tansania, hat mich früh in das sonderbare Leben der Pilze und Flechten eingeführt.« Er wandte sich Viktor zu. »Schau, jeder Mensch und jedes Tier findet Nahrung in der Welt und führt diese seinem Körper zu. Pilze aber führen ihre Körper in die Nahrung. Um das zu erreichen, müssen sie sich unaufhörlich umgestalten und in Beziehung zu ihrer Umwelt treten. Sie bahnen sich ihren Weg durch den Boden, durch Sedimente, durch Korallenriffe, durch Wurzeln – selbst durch Gestein. Sie können extrem wirksame Enzyme ausstoßen, mit denen sie den Boden auflösen. Flechten zerlegen ganze Felsen mit ihren Säuren. Sie sprengen sie förmlich in kleinste Formen auf. Diese Lebewesen können sogar nichtorganische Materie oder auch Gifte zerlegen. Manche Pilze schaffen die Umwandlung von Glyphosat.«

Viktor inspizierte die Wand, die Farben, und war berührt von dem leuchtenden Leben, das sich da vor ihm ausbreitete, wahrscheinlich die grundlegendste Form allen Lebens, dachte er bei sich. Die Welt der Beziehung zwischen Organismen, die, einmal auf Erden, sich ihre Umgebung selbst erschaffen. »Sprengen«, sagte Miguel. »bedeutet in der Sprache mancher Menschen nur Zerstörung.« Er lächelte und legte seine Hand behutsam auf eine erdbraune Pilzdecke. »Doch in der Sprache dieser Organismen bedeutet es nichts anderes, als sich weiter zu verflechten, tiefer in die Materie einzudringen und sich mit ihr auf je unterschiedliche Weise zu verbinden.«

Viktor war, er konnte es nicht verhehlen, sprachlos. Miguel genoss die Wirkung, die sein Kunstwerk auf den jungen Architekten ausübte, und setzte dann fort: »Wir befinden uns hier an einem Ort des Übergangs. Die Magmatürme werden zu den Myotischen Türmen. Der Akt des Sprengens wird zum Akt der Verbindung. Diese Mauern sind die Garanten der Umdeutung unserer Welt.«

»Was ist mit dem Countdown?«

»Auch die Vorstellung von Zeit wandelt sich hier. Ein Countdown ist Teil einer Welt, in der sich alles um die Symbolik des Spektakels dreht, nicht aber um Erhaltung und Sorge, um Gemeinschaft. Es ist die Zeitrechnung der Egoisten, in der jeder Moment zum PR-Moment wird. Berge brauchen keinen Countdown, das Universum, das Meer braucht keinen Countdown. Und wir Menschen brauchen ihn auch nicht. Und manchmal, und daran glaube ich fest, reicht es, ein einziges Wort in einer anderen Verwendung zu begreifen, um ganze Denksysteme zu hinterfragen. Darauf werfe ich ein Licht. Auf eine neue Lesart der Ordnung der Dinge.«

»Wozu dann das echte Dynamit?«

Miguel führte ihn zum Eingang des Gebäudes. An einer kleinen Säule vor den Türmen blieb er stehen. »Wir Menschen können uns entscheiden. Wer seine Hand in diese Form legt und die Platte nach unten drückt, wird die Türme und ihre Schönheit auf herkömmliche Weise in die Luft sprengen. Und damit auch sich selbst. Und wahrscheinlich viele andere. Die erste Hand entscheidet. Sie warf auch immer schon den ersten Stein. Wird es jemand wagen? Wir werden es sehen. Lautet die Entscheidung Sprengen ... – übrigens, du kannst mir gleich noch helfen, das alles wieder zu verhüllen.«

Viktor hielt seine Hand schwebend über den beiden Flächen. Zerstörung und Leben – so dicht lagen sie beieinander. Die Entscheidung lag bei einem einzigen Menschen. Plötzlich schoss ihm ein anderer Gedanke durch den Kopf, den er auch sofort aussprach: »Was ist mit den echten Gemälden, die als verschollen gelten?«

Miguel antwortete wie nebenbei: »Na, die hat Fernandas Team in die Schweiz gebracht, als es nach Genf geflogen ist. Dort wird alles sicher verwahrt. Meinst du, die Lust, andere zu verletzen, könne ein gutes Bindemittel für Kunst sein?« Sie gingen zurück in den Turm und begannen mit der Wiedereinrichtung der Verhüllung.

MANCHMAL GAB es Orte auf der Welt, die bereits eine eigene Welt waren. Für einen Moment brauchten sie kein Anderswo, sie genügten sich selbst. Ein solcher Ort war heute Abend Xinatli. Violett erstrahlte er im Augenblickslicht des Nachthimmels, begrenzt von den Schatten des Dschungels. Die Sterne surrten hoch über der Lichtung. Die eigens zur Eröffnung angereisten Menschen hielten geschliffene Bambusbecher in ihren Händen, prosteten einander zu, fanden sich in kleinen Gruppen zusammen, begrüßten einander, plauderten unter freiem Himmel. Sie trugen Roben, Abendkleider, weiße Tuniken, Anzüge oder bunte Trachten, und sie alle hatten, ausnahmslos, ein Lächeln im Gesicht. Ihr leises Flüstern, von Erwartung berauscht, verwob sich mit dem Rauschen des Wasserfalls, das ein leichter Wind zu ihnen herübertrug, und es schien, als fühlten sie sich alle, ohne es zu sagen, von der zeitlosen Gleichmut der hohen Palmen und noch höheren Baumriesen umfriedet, die als mächtige grüne Säulen aus dem Dickicht ragten. Die Nacht wölbte sich voller Würde über das Geschehen. Vor den Gästen lag der Dschungel – und ein Irrgarten des Fantastischen. Die Geladenen des Abends waren nun im Begriff, die Trampelpfade zu erkunden, die sie tiefer ins Herz der Finsternis führten, um am Ende zu den Magmatürmen zu gelangen, die in schaurig schönes Sternenlicht getaucht waren und auf ihre offizielle Sprengung warteten. Es lag ein Zauber in der Luft, der sich spürbar in die Gemüter mischte. Nicht aber für Viktor. Er hatte diese Kulisse errichtet. Was habe ich da getan? fragte er sich, und war sich nicht sicher, ob er mehr Werkzeug gewesen ist oder die Hand, die es geführt hatte. Er stellte seinen Bambusbecher mit Mezcal auf das Holztablett eines Kellners, rückte seine Fliege zurecht, richtete sich auf und ging los. Ein alter Maya stand vor dem Eingangstor in den dunkelgrün aufsprießenden Wald, einem Schlüsselloch zu einer anderen Welt, das von einem kleinen Flusslauf gesäumt wurde. Seine weiße Tunika leuchtete und ließ ihn wie eine Lichtversion des grimmigen Charon am Styx erscheinen.

»*In Lak'ech*«, begrüßte er Viktor und schloss seine Augen, während er Viktor die Hand auf die Brust legte. Viktors Atem beruhigte sich. Der Maya blinzelte ihm zu und hieß ihn, auch ihm eine Hand auf den Brustkorb zu legen. Er spürte den Herzschlag des Mayas an seiner Handfläche.

»Was bedeutet *In Lak'ech*?«, fragte er leise.

»Ich bin dein anderes Du«, flüsterte der Maya ruhig. »Du und ich: Wir sind eins.« Er lächelte liebenswürdig. »Da wir eins sind, können wir uns nichts anhaben. Deine Kraft ist meine Kraft. Dein Schmerz meiner. Wenn du mich verletzt, verletzt du auch dich.« Die Berührung war intim, wie die Berührung eines Körpers eben war, so sehend im Tasten. Der Maya zog sich zurück. Viktor ging seines Weges.

Der Dschungel wurde dichter, Fackeln leuchteten hier und da auf, sie säumten den Pfad und schenkten ein gewisses Gefühl von Sicherheit. Dennoch hatte Viktor Angst, ein Tier, etwa ein Jaguar, mochte aus den Tiefen des Waldes hervorspringen und ihn packen. Nicht ohne Grund war am Eingang ein Hinweis angebracht, dass ein Begehen des Komplexes unter möglicher Lebensgefahr nur unter eigener Verantwortung geschah. Nach ein paar Gehminuten sah er Fernanda, wie sie eine Installation mit Spinnen betrachtete. Leise trat er neben Fernanda und grüßte mit einem Kopfnicken. In einem schwebenden Glasgehege schufen Spinnen verschiedener Arten ihr Werk, durchwebten die Luft und spannten ein komplexes, organisches Geflecht, das sanft von der Seite künstlich angestrahlt wurde.

»Kunstwerke der Natur, nicht wahr?«, sagte Fernanda fasziniert.

Viktor beobachtete eine Spinne, die einen dünnen Ast emporgeklettert war, und sich nun von dessen Ende hinunterstürzte, im beinahe freien Fall und wohl in der Zuversicht, dass der Faden trug. Ein Sturz in den Glauben hinein.

Fernanda war verwundert. »Was ist Viktor, freust du dich nicht? Heute ist die Eröffnung. Ist es nicht ein großer Tag für dich?

Er blieb still. Fernanda ließ ihm Zeit. Der Tod von Paco hatte sich bei ihm eingebrannt, das Video von Karla erschien vor seinem geistigen Auge. Er fragte sich, ob er nicht ganz bewusst wollte, dass sich diese Bilder einbrannten in sein Gedächtnis und er die Erinnerung nur heraufbeschwor, damit sie dabliebe und nicht aufhörte, weh zu tun. Schmerz, sagte er zu sich, mag ein exakter Lehrer sein und ist ganz sicherlich der Ausdruck einer Grenze. Aber eben nur ein bewusst einberufener Schmerz, der es ihm anscheinend leichter machte, sich über die Umstände zu empören, ohne sie zu verändern. Es war an der Zeit, diese Opferrolle hinter sich zu lassen. Er senkte den Blick. »Ich spüre Unruhe in mir«, sagte er schließlich in die Nacht hinein.

»Bewahre sie fürs Erste«, sagte Fernanda und lächelte. »Morgen wirst du anders auf diese Welt blicken. Wir sehen uns bei den Magmatürmen.« Sie ließ ihn stehen und ging raschen Schrittes davon. Besucher zogen an ihm vorbei, grüßten oder waren im eigenen Erstaunen gefangen. Er löste sich von der Installation und ging in den dichter werden Dschungel, ließ sich vom Hohlweg der Fackeln leiten, bis sich der Pfad gabelte und rechter Hand in einem Bogen nach oben führte, während er linker Hand tiefer hinab zu einer Höhle vordrang. Viktor folgte dem Weg zur Höhle, in deren Inneren unter einer hohen Kuppel ein Podest aus Glas über dem Boden zu schweben schien. Unter der Glasfläche wogte ein unterirdischer Fluss und verlor sich im Gestein. An menschliche Figuren erinnernde Skulpturen waren wie im Tanz erstarrt, schienen vom Gestein festgehalten, obgleich sie beinahe den Anschein machten, als flögen sie leichten Fußes durch den Raum, tief versunken in ein seltsames Stellungspiel und doch wie verschoben von etwas Mächtigerem als dem Tod: der Zeit. Sie befanden sich augenscheinlich inmitten des Prozesses von Verfall und Verwesung. Ihre Körper wiesen weder Geschlechtsmerkmale auf, noch waren sie von Haut und Fleisch umhüllt, hielten sich aber aufrecht in ihrer Konstruktion aus Knochen und Sehnen. Obwohl ihre Haltung eine Melodie andeutete, eine Melodie, die sie wieder zum Tanzen erwecken mochte, herrschte im Raum eine gespenstische Stille. Nur die Reflektion des Wassers illusionierte einen tänzelnden Schritt der

Statuen. *Mausoleum der erstarrten Bewegung*, betitelte ein kleines Schild die Installation.

Viktor dachte unwillkürlich an den Gründungsmythos von Mexikos Hauptstadt. Nach jahrelangem Nomadendasein hatte sich die Prophezeiung des auf einer sumpfigen Insel im Texcoco-See auf einem Kaktus sitzenden Adlers, der eine Schlange fraß, für die Azteken erfüllt. Dort hatten sie dann auch Tenochtitlán, ihre neue Hauptstadt, errichtet, das heutige Mexico City. Gebaut mehr auf einem Sumpf als einem See. Mittlerweile hatte sich die Gefräßigkeit der Stadt in alle Bereiche ausgebreitet. Wasser, das von harter Materie überlagert wurde. Am Ende siegen die Steine, dachte er. Das Leben, war es mehr als ein Schicksal der Steinwerdung? Stabil werden, nicht agil. Sinne versteinerten sich, Lügen versteinerten sich, Menschen versteinerten sich, um ihre Geschicke besser zu meistern. Er verließ den Ort, er bedrückte ihn.

Wieder zurück auf dem Pfad im Dschungel, zogen weitere Besucher an ihm vorbei, sie wurden zahlreicher. Durch das dichte Geäst der Pflanzen hindurch erstrahlte plötzlich seine Pyramide. Monumental ragte sie in den Nachthimmel auf. Sein Herz pochte, zum ersten Mal sah er das Gebäude in wirklicher Aktion. Mit bewegten Gefühlen ging er auf sein Werk zu. Ein Schmerz durchfuhr seine Brust, als ein Schwung von Gästen vor dem Roten Teppich verharrte. Er betrat das Gebäude über eine Wendeltreppe aus Lehm. Der Wasserfall im Innern beruhigte ihn. In den Gesichtern der Gäste spiegelte sich Faszination. Er erkannte Benedetto, der sich halb verdeckt vom Schleier des Wasserfalls angeregt zu unterhalten schien. Nur mit wem? Viktor konnte die Figur hinter dem niederrauschenden Wasser nicht erkennen, sah jedoch, wie Benedetto seinen Kopf hinunter beugte, um seinen Gesprächspartner besser zu verstehen. Oder?, durchfuhr es ihn. Und nun sah er sie, Karla und Benedetto, wie sie zu einem Profil verschmolzen. Er trat näher an die beiden heran, mutig und sicherer denn je zuvor.

»Hier bist du ja!«, rief Benedetto. »Deine Pyramide ist beeindruckend. Ein wahrer Sinnesschmaus.«

»Danke.«

Karla nickte zart, sie lächelte. Ihre Stirn schimmerte. Sie trug ihr schwarzes Haar zu einem Zopf geflochten, ihr trapezförmiger Haaransatz kam deutlich zum Vorschein. Viktor erwiderte ihren Blick freundlich und dachte doch: Karla *und* Benedetto, Wunde *und* Wunder zugleich. Ein einziger Buchstabe riss einen himmelweiten Abgrund auf, ein ewiges Offenhalten. Am Ende aber lag die Entscheidung an ihm, sich auf die vornehme Seite der Freiheit zu schlagen – das Gönnen zuzulassen. Und darin fühlte er eine Bereitschaft zum Jubel. Am Ende blieb es ihm allein vorbehalten, jeglicher Missgunst und Abschätzung, Angst und Einsamkeit, ein letztes, doch triumphales »Ja« entgegenzurufen. In ihm und nur in ihm allein, dass spürte er nun deutlich, lag die Möglichkeit, durch die wirkliche Begegnung mit jemanden ein anderer zu werden, als er einmal war, ganz ähnlich wie ein Haus, das sich wandelte, sobald ein Gast es betrat. Er küsste Benedetto und er küsste Karla und er wusste noch immer nicht so recht, was sie drei eigentlich bewegte und verband.

»Wir sind auf alles vorbereitet, nicht wahr? Schauen wir, was passiert«, sagte er beim Gehen.

Er meinte es genau so.

Als er wieder beim Ausgang ankam, las eine junge Mexikanerin die Beschreibung zum Roten Teppich durch und war zu Tränen gerührt. Er hielt inne und fühlte in sich nach, spürte eine tiefe Bewegung der Dankbarkeit. Dann empfing ihn die schwarze Nacht des Dschungels. Nur der namenlose Rat der Sterne tagte weiter. Durch das Dickicht nahm er eine Abkürzung zum Hotel. Dort überrollte ihn die Fülle der Menschen. Er sah das rote Leuchten der Lampions, die quer über den Pool gespannt waren und spürte die gärende Stimmung von Alkohol. Die Gäste schienen von der nicht nachlassenden Hitze förmlich aufzuquellen und suchten in Drinks und am Pool nach Abkühlung. Viktor wanderte durch die Korridore des Hotels, bis er bei Fernandas Suite angekommen war. Vom Schlüssel hatte er sich ein Double besorgt, unbemerkt und ohne Mithilfe dritter.

Im Raum herrschte schwüle Stille. Er schlich sich ins Zimmer, ließ das Licht aus. Seine Finger streiften über die Möbel, befühlten das Holz. Vor dem Balkon machte er Halt und war hingerissen von der Kulisse des Dschungels, der grünen Gischt der im Wind rauschenden Blätter. In der Ferne sah er die Magmatürme, die jetzt in rotes Licht getaucht waren. Der Countdown sollte bald beginnen. Er setzte sich an den Schreibtisch. An dem Video war ihm etwas aufgefallen, dem er auf die Spur gehen wollte. Karla konnte unmöglich für die Aufnahme verantwortlich sein. Wer aber war es dann? Etwa Fernanda selbst? Wollte sie so gesehen werden? War es ein Hilferuf? Er versuchte eine Schublade zu öffnen. Sie wackelte, war aber verschlossen. Er nahm den Brieföffner, der auf einer Ablage lag, klemmte ihn zwischen die schmale Ritze der Schublade, stemmte sein Gewicht dagegen – sie sprang auf.

»Suchst du etwas Bestimmtes?« Ein Sessel drehte sich schwungvoll um. Er sah Damion im Zwielicht. Seine Hände waren zu einem Zelt aufgerichtet. Er strich sein Haar zurück. Sie schauten einander an, ihre Blicke trafen sich wie scharfe Klingen.

»Nein«, sagte Viktor und schloss die Schublade. Damion stand auf und ging zur Fensterfront. »Wie fühlt sie sich an – die Macht?«, fragte er ruhig. »Wenn dein Wirken Werke zeitigt? Ist es nicht ein schönes Gefühl? Das einzig wahre Gefühl, am Leben zu sein? Man redet immer vom *Willen* zur Macht. Eigentlich sollte man von *Liebe* zur Macht sprechen. Es ist erfüllend, sie zu spüren, nicht wahr?«

Die Lichter der Außenanlage und die Gespräche der feiernden Menge drangen durch die leicht geöffnete Balkontür an sie heran. Damion zog die Schiebetür auf, der Lärm schwoll an. Er fächerte sich Luft zu. »Hörst du sie? Die Stimmen? Siehst du die fröhlichen Gesichter?«

Viktor blickte kühl über seine Schulter zu Damion hin. »Ich kann nicht für sie sprechen«, sagte er ausdrucklos.

»Aber Viktor!«, zischelte Damion scharf. »Genieße den Augenblick! Diese Menschen bringen dein Werk zum Klingen. Sie lachen, weinen vielleicht, feiern auf jeden Fall hier an diesem Ort, den du errichtest hast.« Er unterbrach sich, als ein jauchzender Schrei zu hören war, gefolgt vom Aufklatschen eines Körpers im Pool. Er legte eine Hand auf Viktors Schulter. »Dieser ganze Trubel um deine Person.« Er machte eine theatralische Pause. »Ich bin stolz auf dich.«

»Einer mehr«, antwortete Viktor mit gespieltem Lächeln. »Ich muss weiter.«

Damion versperrte ihm den Weg, ging ein paar Schritte zur Tür und drehte sich um. »Ich bin dein größter Fan ... «, er rieb sich die Hände, »... und dein größter Förderer. Du weißt gar nicht, wie sehr ich dich unterstützt habe.«

Viktor lachte auf. »Ach ja?«

»Du warst am Boden, kurz vor der Pleite. Wie ein Phönix bist du aus der Asche auferstanden. Ich bewundere dich.« Damion ließ ein Grinsen folgen, von dem nicht zu sagen war, ob es boshaft oder gütig sein sollte. Er hob sanft seine Hand in die Höhe: »Weißt du, es gibt verschiedene Formen der Macht. Die erste ist plump: Gewalt. Gewalt ist verzweifelte Macht. Sie kämpft mit Schwertern, mit Drohungen, mit Einschüchterung. Das ist langweilig. In den meisten Fällen barbarisch.« Er hob die andere Hand in die Höhe: »Die zweite Macht besteht darin, Vermögen oder Status einzusetzen, um auf Dritte Einfluss zu nehmen. Gegen ihren Widerstand. Nun, die Leute mit Geld zu überzeugen, mag reizvoll sein, ist aber nicht wirklich originell.« Er trat näher an Viktor heran und führte beide Hände zusammen: »Die dritte Art von Macht ist raffinierter. Sie ist die perfekte Macht. Sie will nicht in das Spiel eingreifen, sie bestimmt die Regeln des Spiels. Sie setzt den Rahmen der Handlungen fest, den Rahmen für jegliche Emotion: Verzweiflung, Euphorie, Versagensangst und, und, und ... « Damion deutete hinaus auf die feiernde Menge. »... und Erfolg!« Er lachte auf. »Diese Form der Macht spielt mit der Illusion von Handlungsfreiheit. Menschen glauben zu lassen, sie hätten die Wahl über ihre Entscheidungen, sie glauben zu lassen, sie könnten wirklich Strukturen verändern, ist ein Hochgenuss.« Er stoppte wenige Zentimeter vor Viktors Gesicht. »Das-ist-die-wahre-Macht«, buchstabierte er.

»Spannend! Du solltest hier Kurse geben.« Viktor neigte den Kopf zur Seite und war im Begriff zu gehen.

»Warte.« Damion gebot ihm Einhalt. »Als ich sagte, ich sei dein größter Förderer, meinte ich das ernst. Du weißt, Fernanda hat dich nicht aufgrund deines Talents für das Projekt ausgesucht.«

»Ich weiß«, antworte Viktor bissig. »Sie scheint nicht unzufrieden.«

»Das stimmt. Der Brief deines Vaters hat sie überzeugt. Aber du hast dich auch als außerordentlich geschickt erwiesen.«

»Lass meinen Vater aus dem Spiel«, funkelte Viktor ihn an.

»Rate mal, wer ihn ins Spiel gebracht hat? Deinen Vater, diesen Säufer, der für nichts anderes zu gebrauchen war, als ihn sein Leben in *Cantinas* vergeuden zu lassen. Erstaunlich, was so ein wehmütiger Brief alles bewirken kann. Findest du nicht auch, dass er überzeugend klang?«

»Du bist wahnsinnig.«

»Die Einladung zum Dinner im Weltkulturmuseum? Sie ging mir leichter von der Hand. Schwieriger war es, dich zu kreativen Höchstleistungen reifen zu lassen. Künstler müssen leiden, um etwas Großes zu schaffen.«

»Du bist verrückt, völlig verrückt.« Viktor bahnte sich den Weg zur Tür. Damion durchschnitt die Stille in seinem Rücken.

»Rebekka hat so sanfte Haut, nicht wahr?«

Viktor wirbelte herum, Wut schlug in ihm auf. Er raste auf ihn zu. In Sekundenschnelle zückte Damion eine Pistole und hielt sie ihm vor die Brust.

»Na, nicht so hastig.« Damion dirigierte Viktor vor die Fenstertür des Balkons. »Hast du dich nie gefragt, wer dir das Video zugeschickt hat?« Damions Stimme wurde ruhig. »Rebekka war unglücklich«, sagte er leise. »Sie hat dich wirklich geliebt. Weißt du das? Ich halte es ihr zugute, sie hat sich lange gesträubt. Essen gehen, Zuhören, Empathie zeigen, was musste ich nicht alles tun. Aber es hat sich ausgezahlt. Ihre Haut ist wirklich sehr zart. Sie quiekt sehr sinnlich.« Damion deutete ein leises Stöhnen an, bevor er laut zu lachen begann.

»Du bedeutest ihr nichts«, spuckte Viktor ihm ins Gesicht.

»Du hast recht, es ist gar nicht so wichtig. Das Schöne ist der Moment der Dramatik. Wer konnte ahnen, dass du dich in die Frau verliebst, deren Vater in einem Kunstwerk begraben liegt? Spannende Wendung. Euer Einsatz nach dem Erdbeben hat euch nähergebracht ...« Während Damion lustvoll seine Rede weiterführte, suchte Viktor den Raum nach Gegenständen ab, nach dem Brieföffner, einem Lampenschirm, einem Kabel ... für einen kurzen Moment kam es ihm vor, als befände sich noch jemand im Raum. Saß Fernanda in der Ecke? fragte er sich. Oder halluziniere ich?

»Und Viktor«, sagte Damion inzwischen von seiner eigenen Rede erregt, »vergessen wir nicht, dass eine weitere Personalie noch eine Rolle spielen wird. Der Mörder von Karlas Vater ist unter uns, Sicherheitschef des Museums, das du gebaut hast. Welch Zufall! Ich frage mich, wer ihn eingestellt hat. Sowas kann man sich nicht ausdenken.«

Viktor fiel es schwer, den Worten zu folgen, in denen so viel Häme mitschwang. Er schüttelte den Kopf. »Ich verstehe nicht.«

»Weißt du, was die erste und einzige Keimzelle der Macht ist?« Damions Aquamarinaugen blitzten im Dunkel des Raumes auf. »Angst. Menschen versuchen bis zum Tode hin, ihrer Angst zu entkommen. Sie fürchten um ihr Leben, ihre lächerliche Arbeit. Sie fliehen vor ihrer Vergangenheit. Sie suchen nach Sinn. Sie sind so einsam und sie betteln nach Anerkennung. Sie lügen, um weiterzukommen. Sie sind erbärmlich und verlieren ihre Unschuld. Ohne Angst keine Macht. Die Furcht der Menschen macht sie gestaltbar.«

»Dir wird Gerechtigkeit widerfahren«, sagte Viktor kalt.

Damion nickte gelassen. »Gerechtigkeit, ein großes Wort. Es sieht danach aus, dass alle anderen schlechter abschneiden als ich. Du kennst die Aufnahme. Erinnere dich, dass eine Person nicht im Raum war. Ausnahmsweise eine Person, die gerade eine millionenschwere Beteiligung an Fernandas Unternehmen in den Händen hält. Den Jackpot, eine Art Auszeichnung. Glaubst du, Karla hat das Video aufgenommen?« Damion zischte seine Worte beinahe. »Es wäre doch zu schade, wenn alles an die Öffentlichkeit gelangte, Mister Vicky Leaks! Durch dich oder deinen jämmerlichen Reisejournalisten. Fernanda, diese stolze Frau, hat so viel Großes vor mit ihrem Museum, diesem hässlichen Kadaver, der schon mit seiner Geburt zu faulen beginnt!«

»Warum sagst du mir das alles?«

»Warum? Ich will dir verraten, wer der größte Künstler dieses Museums ist. Jemand, der aus einem Material alles formen kann.« Er hielt die Pistole stramm vor Viktors Brust. »Du bist mein größtes Kunstwerk, Vicky Sørless. Ich habe dich erschaffen«, in seiner Stimme schwelte ein rasender Ausdruck. »In diesem Moment, wo du zum ersten Mal in deinem Leben eine tiefe Verbindung spürst, wirst du niemanden mehr berühren. In diesem Moment, wo du tatsächlich etwas Wesentliches aufgebaut hast, stürzt alles mit dir ins Nichts. In diesem Moment, wo du dich über deine Vergangenheit erhebst, endet deine Zukunft. Macht erschafft Menschen – und zerstört sie. Du hast nie gelebt. Ich habe dich entschieden. Du langweilst mich.« In Damions Augen funkelte abgrundtiefe Verachtung. Plötzlich lachte er auf, lachte lauter und lauter. Viktor starrte ihn entgeistert an. Dann nutzte er die Sekunde der Selbstvergessenheit, rammte Damion mit voller Wucht seinen Fuß in die Eingeweide, hastete auf den Balkon und sprang schließlich über dessen Geländer in die Tiefe.

EIN KNACKSEN war zu hören, als Viktor auf dem Boden aufschlug und sich in wilden Schwüngen ausrollte. Sein linker Knöchel schmerzte – er griff sich ans Bein, kniff die Augen zusammen. Dann versuchte er sich zu orientieren. Das Dickicht versperrte den Weg zum Pool, dachte er. Ich muss durch den Dschungel.

Die Natur stach ihm ins Auge. Erst ein Baum, dann Bäume, dann zog ihn der Dschungel in seinen Bann. Viktor blickte tief hinein in die bedrohlich wirkende Dunkelheit. Er hörte Schreie, Scharren und Rascheln im Unterholz. Eine Kugel zischte an seinem Kopf vorbei und drang krachend in den Stamm eines Baumriesen. Viktor schrak auf und rannte los. Lianen schlugen ihm ins Gesicht, ein zweiter Schuss fiel, streifte ihn. Er stürzte, seine Hand grub sich in den feuchten Grund des Waldes. »Steh auf!«, feuerte er sich an und erhob sich wieder. Seine Beine – er spürte sie kaum mehr, aber sie trugen ihn. Sie trugen ihn schneller, als er denken konnte in den immer dichter werdenden Dschungel hinein.

Er sprang über aststarke Wurzeln, sah herumgeisternde Schatten, Vögel und direkt vor ihm eine Kreatur, die zischend zurückwich. Er blieb stehen, schaute sich um. Ein rotes Glühen durchbrach den Wall aus Blättern. Die Magmatürme, dachte er, der Countdown für die Sprengung wird gleich beginnen. Er spurtete los, vom Mut angetrieben, den der Anblick der angestrahlten Türme in ihm hervorrief. Er sah die Liane nicht, auf die er zulief, knallte mit dem Kopf gegen sie, taumelte und fiel zu Boden.

Stille, das Keuchen der Erde.

Sein Blick bewegte sich entlang der aufragenden Stämme, wanderte von Ast zu Ast, verlor sich in den Kronen der Bäume, erfasste das schimmernde Firmament über ihm. Er schloss die Augen. Ein Nachglühen der Gestirne warf rote und gelbe Punkte auf seine Netzhaut. Als er die Augen wieder aufschlug, sah er blitzendes Metall über sich. Ein Schatten baute sich vor ihm auf. »Das Ende, *amigo!*« Damions Stimme drang zu ihm, erst leise, dann lauter werdend. Ein letzter Schuss.

*

Umrisse in Weiß. Zarte Linien. Eine Silhouette, Viktors Vater stand vor ihm im Kinderzimmer. Er wirkte leicht, leichter als Luft. Er nahm einen Stuhl und setzte sich neben das Bett, hob ein Buch vom Boden auf und las ihm ein Märchen vor. »Als sie sich aber zu Tische setzten, nahm der Bursch seinen Schnappsack und band ihn sich, ohne dass der Troll es bemerkte, vorn um den Leib. Nun schüttete er mehr Speisen in den Schnappsack, als er aufaß. Als der Sack voll war, zog er sein Taschenmesser hervor und machte einen Schlitz in seinen Bauch, es war aber der Schnappsack, in den er schnitt. Der Troll sah ihn an, aber sagte nichts.« Sein Vater blätterte die Seite um, befeuchtete seine Lippen – und las weiter. »Als sie eine gute Zeit gegessen hatten, legte der Troll den Löffel nieder. ›Nein, nun kann ich nicht mehr!‹ sagte die finstere Gestalt.

›Du musst essen‹, sagte der Bursch. ›Ich bin noch nicht einmal halb satt. Mach es wie ich und schneide ein Loch in deinen Bauch, dann kannst du so viel essen, wie du willst.‹

›Ja, aber das tut doch gewaltig weh‹, sagte der Troll.

›Oh, es ist nicht der Rede wert‹, setzte der Bursch nach. Da nahm der Troll sein Messer und schnitt sich ein großes Loch in den Bauch, und als er das getan hatte, fiel er tot zur Erde nieder.«

Sein Vater schlug das Buch zu.

»Das ist grausam«, sagte der kleine Viktor. Sein Vater strich ihm übers Gesicht. »Nein, das ist es nicht. Der Troll wäre sowieso gestorben.« Er ging zur Tür, drehte sich um und sagte vom Türrahmen aus: »Trolle leben im Inneren der Berge, sie verkriechen sich tief unter der Erde und trauen sich selten heraus. Sie fürchten sich vor dem Licht. Geht die Sonne auf, bevor sie wieder in den Berg gelangen, werden sie zu Stein. Deshalb gibt es auf der Welt so viele Steine.« Er sah liebevoll auf seinen Sohn. »*Sove godt*, mein Junge.«

»*Pappa*«, sagte Viktor. »Ich will nicht zu einem Stein werden.« Sein Vater nickte. »Mach dir keine Sorgen. Das wirst du nicht«, sagte er und machte das Licht aus. 1

*

»Steh auf«, gebot ihm eine männliche Stimme. Viktor presste die Augen zusammen. Vor ihm sah er verschwommen eine ausgestreckte Hand, die sich ihm darbot. Er blickte auf sein Hemd hinab, es war voller Blutflecken. Sein Arm schmerzte, als er ihn hob. Die Hand packte energisch zu und riss ihn mit einem Ruck auf die Beine. Er fühlte sich schwach, taumelte. Ein kräftiger Arm stützte ihn unter der Schulter. Langsam bekam er einen festeren Stand, der Nebel in seiner Wahrnehmung löste sich auf. Auf dem Boden vor ihm lag ein regloser Körper: Damion. Der Kopf zeigte eine Schusswunde, am Boden stockte Blut.

»Auf einen mehr kommt es nun auch nicht mehr an«, knurrte Ángel und ließ von Viktor ab, der völlig unfähig war, auch nur ein Wort zu sprechen. Ángel verstaute seine Pistole in einem Lederhalfter, der mit einer Comicfigur verziert war. »Willst du hierbleiben?« fragte er.

Viktor schüttelte den Kopf: »Ich komme.«

Er stolperte los. Ihm schlug Gezweig ins Gesicht, er strauchelte über eine Wurzel, Ángel half ihm wieder auf. Blätter, Wurzelwerk, Äste, Lianen, Blätter, Blätter, Blätter und irgendwann dann stand er direkt vor den hell beschienenen Magmatürmen.

Die ersten Stoffbahnen wurden entrollt. Plötzlich fingen die Gipfel der Türme an zu glimmen. Sie verwandelten sich. Die Zeit der Pilze und Flechten hatte begonnen. Es ist unfassbar schön, dachte Viktor. Mit einem letzten ernsten Blick salutierte Ángel vor ihm, entfernte sich und tauchte in der Menge unter. Festlich gekleidete Menschen standen vor den Türmen versammelt und warteten gebannt auf das Kommende. Eine Silhouette löste sich aus der Menge und trat auf ihn zu.

»Wo warst du?«, fragt Karla besorgt.

»Ich hatte eine Unterhaltung.«

»Du blutest.«

»Nicht jeder hier ist in Partylaune.«

»Und jetzt?«, fragte sie. »Was machen wir jetzt?«

Er blickte nervös auf die Türme.

Er fragte sich, gegen was er sich noch widersetzen wollte.

Er fragte sich, wann die Enttäuschung ins Gesicht eines Träumers glitt.

Er wollte noch nicht aufgeben, er blickte sie an. Ihr einzigartiges Gesicht und doch: ein Gesicht unter Gesichtern, vergleichbar und unvergleichlich zugleich.

Es rührte ihn. Ihre Augen waren groß, dunkel und feucht, abwartend schauten sie ihn an.

Er berührte mit dem Daumen ihr Gesicht, strich über ihre Lippen, ihre Zahnlücke blitzte auf.

Dann ließ er abrupt von ihr ab.

»Was ist los?«, fragte Karla irritiert.

»Die Magmatürme stehen im Osten«, sagte er. »Genau im Osten. Schau!« Er zeichnete mit den Fingern das Kreuz der Himmelsrichtungen in den Boden, dann zog er einen Kreis um die vier gleichlangen Pfeile und blickte wieder zu ihr auf: »Alles darin ist erkundet, alles eine seit Langem eingewohnte Welt. In ihr sind die Dinge längst beim Alten, wir haben das Schöne in ihr zerlegt und atomisiert, es hat nicht geholfen, wir sind in ihr einsam, und ich habe das Gefühl, wir waren es immer schon. Ich habe die Menschen beobachtet, mich selbst«, sagte er ernst. »Wohin also sollten wir unseren Blick wenden?« Er neigte den Kopf zur Seite. »Gibt es vielleicht eine weitere Himmelsrichtung, jenseits der Windrose? Stoßen wir, wenn wir uns auf sie einlassen, auf das Leben? Auf das, was sich stets ändert, ohne sich zu verlieren? Jenseits unserer festgefahrenen Welt?«, er sah wieder hinab auf die Zeichnung im Erdboden. »Wie würden wir eine fünfte Himmelsrichtung markieren?«, fragte er und erhob sich, um Karla an ihrer Hüfte zu fassen, dann fragte er erneut: »Wie, Karla, würden wir eine fünfte Himmelsrichtung markieren?«

Sie schauten einander an.

Der Countdown der Magmatürme hatte seine letzte Minute erreicht. Viktor ließ seine Hände an Karlas Hüften ruhen, der Abstand zwischen ihnen wurde durch den Brückenschlag seiner Arme gehalten. Er flüsterte nun unter dem offenen Nachthimmel, seinen eigenen Worten selbst ganz Ohr: »Wir haben uns unter unseren Berührungen beben sehen. Sie sagen: Biologie. Wir haben uns unter unseren Worten lachen hören. Sie sagen: Psychologie.« Ganz langsam bewegte er verneinend seinen Kopf. »Ursache – Wirkung. So einfach ist das nicht. Wir haben uns ohne Grund kennengelernt, jetzt sind wir eine Geschichte. Bewegend und verwirrend, aber eine Geschichte.« Er hielt inne. Näherte seinen Körper um nur wenige Grade an, bis er die Wärme ihrer Energien strömen spürte. »Karla, ich möchte gern wissen, wie unsere Geschichte weitergeht. Ich möchte wissen, wohin sie uns treibt und was sie freisetzt, wenn wir mit dem größten Einsatz spielen, den wir einbringen können: Mit uns. Ohne jegliche Vorstellung, von dem, was werden könnte, ohne alle Erwartung. Nur mit dem, was wir sind. Mit unserem Verlangen, wie es in uns bebt, mit den ungelösten Fragen. Gehen wir ihnen nach – und antworten wir ihnen, gemeinsam, umsichtig und offen. Spekulieren wir, Karla, auf uns.«

Einige Sekunden verstrichen, ohne dass sie ihm antwortete.

»Wir werden einander immer ein Risiko bleiben.« Er hob ganz langsam seine Hand, strich ihr über die Brauen, die Wange, wollte zu einem Kuss ansetzen, als es im Gebüsch knackste.

Karla blickte sich um, dann wieder zu ihm. »Wir haben uns getroffen, ja, und vielleicht werden wir uns wieder verlieren. Dazwischen, Viktor …«

»Viktor! Karla! Hier seid ihr ja!« Benedetto brach durchs Dickicht und lief auf sie zu. Sie sahen beide in seine Richtung. Der Countdown der Magmatürme wurde von der Menschenmenge lautstark heruntergezählt.

Merkwürdig, dachte Viktor. Es gab eine Welt, die ich zerstören und aufreißen wollte. Aber wie werden die Menschen gleich staunen, wenn sie *diese* Sprengung erleben? Was werden sie sehen?

Zehn

Neun

Acht

Und jetzt, da sie einander sahen …

Sechs

Jetzt …

Vier

Drei

Zwei

Eins

…

ANMERKUNGEN

LITERATUR

Der Roman enthält gedankliche Inhalte von James Baldwin, Marica Bodrožić, Tatiana Bilbao, J.M. Coetzee, Oliver Driesen, Carolin Emcke, Frida Escobedo, Guillermo Fadanelli, Frantz Fanon, Michel Foucault, Chido Govera, Byung-Chul Han, François Jullien, Franz Kafka, Søren Kierkegaard, Bruno Latour, Emmanuel Lévinas, Nahuel Lopez, Malcolm Lowry, Robert Macfarlane, Ángeles Mastretta, Achille Mbembe, Octavio Paz, Ana Lilia Pérez, Helmuth Plessner, Luz C. Pro, Ayn Rand, Hanno Rauterberg, Rainer Maria Rilke, Juan Rulfo, Rike Schmid, Merlin Sheldrake, Peter Sloterdijk, Juan Villoro, Jesmyn Ward, Oscar Wilde und Stefan Zweig, die in eigener Sprache wiedergegeben wurden.

Der Roman beinhaltet Zitate aus dem Roman *Rayuela, Himmel und Hölle* (2010) von Julio Cortázar, aus dem Werk *Elementos de filosofía moderna* (1774) von Juan Benito Díaz de Gamarra y Dávalos und dem Artikel *Buscando a Óscar… y a la justicia* (2012) in dem Magazin Progreso von Ana Arana und Sebastian Rotella.

Es wurden 76 Personen für dieses Buch interviewt.

KUNST

Die *Magmatürme (2019 – heute)* wurden in Zusammenarbeit mit Miguel Mwamba Rodrigues entworfen.

Der *Rote Teppich (2020 – heute)* ist inspiriert von den Werken *Alfombra roja* (2007) der Künstlerin Rosa María Robles und *Teppich Weißensee* (2016) von dem Künstler Michael Sailstorfer.

Das *Mausoleum der erstarrten Bewegung (2018 – heute)* beruht auf der Idee des Künstlers Hedi Xandt.

Die Installation *Zwei Bäume (2018 – heute)* basiert auf der Skizze und Idee von Michael Sailstorfer.

Die Installation mit Spinnen ist inspiriert von den Werken Beyond Memory (2019) der Künstlerin Shiota Chiharu und der Werkserie Hybrid Webs (2013) des Künstlers Tomás Saraceno.

ARCHITEKTUR

Das *Dune House* wurde vom Studio Viktor Sørless entworfen und von Christian Zöllner und bloomimages visualisiert. Die neu arrangierte *Pyramide* wurde vom Studio Viktor Sørless entworfen und von Martin van Laack, Christian Zöllner und bloomimages visualisiert.

MUSIK

Die Songzeile *Mi cuerpo es una prisión* basiert auf der spanischen Übersetzung des Stückes *My body is a cage* von Arcade Fire. Das mexikanische Volkslied *Cielito lindo* wurde von Quirino Fidelino Mendoza y Cortés verfasst.

secession

secession